Z

Fiston Mwanza Mujila

TANZ DER TEUFEL

Roman

Aus dem Französischen
von Katharina Meyer
und Lena Müller

Paul Zsolnay Verlag

Die Originalausgabe erschien erstmals 2020 unter dem Titel
La Danse du Vilain im Verlag Métailié in Paris.

Die Übersetzung wurde durch ein Stipendium
des Deutschen Übersetzerfonds gefördert und mit dem Zuger
Anerkennungspreis ausgezeichnet.

Zur Übersetzung siehe auch:
www.toledo-journale.de

1. Auflage 2022
ISBN 978-3-552-07277-0

Satz: Nadine Clemens, München
Autorenfoto: © Richard Haufe-Ahmels
Umschlag: Anzinger und Rasp, München
Design: Jonathan Adler
Druck und Bindung: CPI books GmbH, Leck
Printed in Germany

FSC
www.fsc.org
MIX
Papier | Fördert
gute Waldnutzung
FSC® C083411

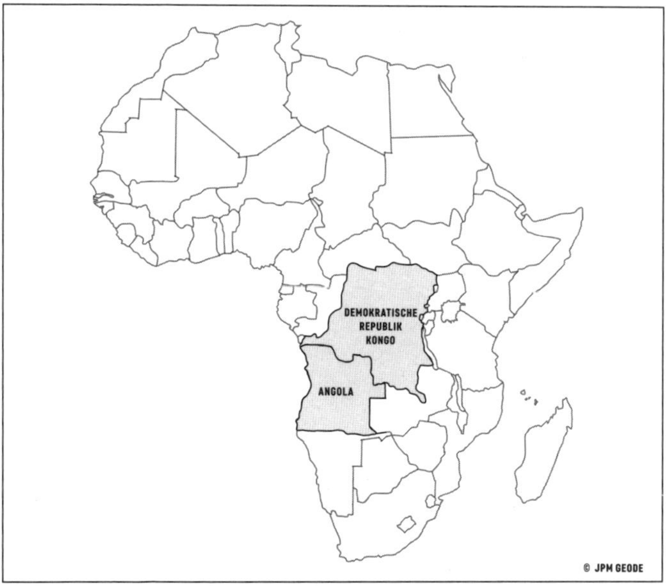
DEMOKRATISCHE
REPUBLIK
KONGO
ANGOLA
© JPM GEODE

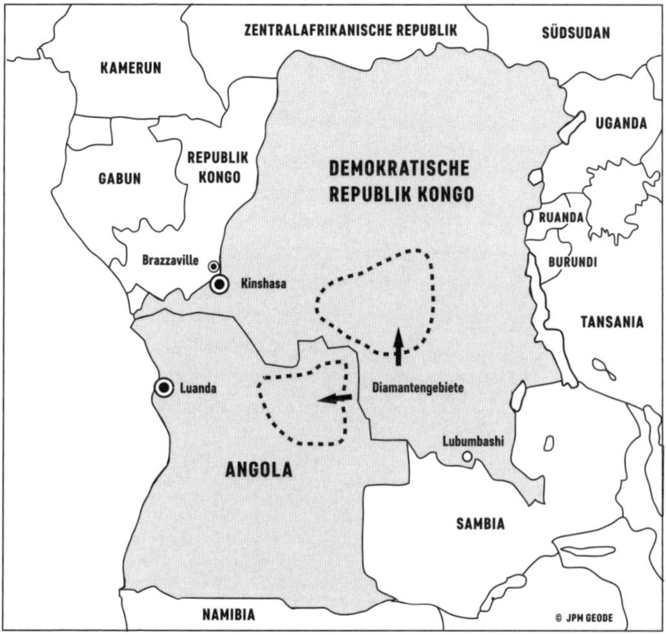
ZENTRALAFRIKANISCHE REPUBLIK
SÜDSUDAN
KAMERUN
UGANDA
REPUBLIK
KONGO
GABUN
DEMOKRATISCHE
REPUBLIK KONGO
RUANDA
BURUNDI
Brazzaville
Kinshasa
TANSANIA
Luanda
Diamantengebiete
Lubumbashi
ANGOLA
SAMBIA
NAMIBIA
© JPM GEODE

1

Das aufrührerische und unbeschreibliche Leben von Tshiamuena, auch – völlig zu Recht und post mortem – die Madonna der Minen von Cafunfo genannt, ungeachtet der Eifersucht gewisser Diamantenschürfer ohne Charisma, Ehrgeiz und Elan

Die Madonna war keine dieser Furien unter dem Einfluss von Alkohol oder anderem Gesöff ohne jedes Maß. Sie war keine Untergangsprophetin oder Seherin von irgendwelchen Unheilszenarien aus der Gosse. Sie machte keine Geschäfte mit Träumen, hinkenden Hoffnungen und Hirngespinsten, und ihr wisst ja, wohin dieser Krempel führt, wenn er euch die ganze Zeit um die Ohren fliegt. Die Penetranz, mit der die Spaßverderber an diesen Kleinigkeiten herummäkelten, kannten wir alle zur Genüge. Den ganzen Tag leierten sie dieselben Sprüche herunter, als hätten sie auf Erden nichts Besseres zu tun, als die Madonna schlechtzumachen – »Tshiamuena dies, Tshiamuena das; Tshiamuena hat Flügel, sehr große Flügel, und sobald es Nacht wird, widmet sie sich der Hexerei, fliegt meilenweit ohne einen einzigen Tropfen Treibstoff und belegt uns mit einem Fluch, sodass wir in der zweiten Welt keine Diamanten mehr finden.« Was hatten wir uns nicht schon alles anhören müssen? Nichtssagendes Gebrabbel, Kolportagen, Lügengeschichten, denn sobald es um Tshiamuena ging, spitzten alle die Ohren; jeder wurde zum Gelehrten, Universitätsprofessor, Soziologen, Sprachwissenschaftler und Ethnologen; jeder packte seine Küchentisch-Philosophie aus, um ihr Tun und Lassen genauestens zu analysieren. Selbst hohle Nüsse fanden wieder Lust am Leben, waren inspiriert, voller Verve und gesprächig wie Politiker auf Wahlkampftour. Das Saufen kann man niemandem verbieten, aber dummes Geschwätz zu verbreiten, nur um jemanden in die Pfanne zu hauen, das überstieg doch den Verstand, erst recht, wenn es sich dabei um eine Autorität wie die Madonna handelte. Wie konnte es sein, dass Menschen – die ja ein Geschlechtsteil, einen Bauch, Arme, Beine und ein Gehirn hatten – den ganzen Tag damit zubrachten, auf den Rettungswagen zu feuern? Sie schoben ihr den Zusammenbruch des gesamten tropischen Afrika in die Schuhe: die Fehlgeburten und die fehlgeschlagenen Staatsstreiche, die Kriege, den Größenwahnsinn von Kaiser Bokassa … In einem fort stellten sie Spekulationen an, schwelgten in Verschwörungstheorien und setzten alles daran, Kausalzusammenhänge zwischen der Madonna – seligen Angedenkens – und jedem beliebigen Unglück aufzudecken, das die zairische Diaspora traf. Und immer wieder diese Gerüchte über Kannibalismus. Verkehrte Welt! Die Madonna, eine ausgemachte Hexe, die nach Fleisch und frischem Blut gierte? Selbst wenn man einen Menschen – aus plausiblem Grund – hasst, ist es absurd, ihm jeden Erdrutsch, Durchfall und sonstige schlimme Sachen in die Schuhe zu schieben … Sie hatten noch nicht mal ihren Rausch ausgeschlafen, die Zähne geputzt und den Hosenschlitz zugezogen, da zerrissen sie sich schon das Maul und wollten eine lebende Legende stürzen.

Dieses ganze Theater ist doch einfach erbärmlich. Merkwürdigerweise wurden die bösen Zungen umso lauter, je mehr von ihrer Energie und ihren Ersparnissen Tshiamuena allen zuführte. Wie man es auch dreht und wendet, Klatsch, Tratsch und üble Nachrede tun der Wahrheit keinen Abbruch: Tshiamuena war eine Grande Dame, eine außergewöhnliche Erscheinung, eine Mutter für viele von uns, eine Königin, eine Frau der Macht … Sie hatte nicht die Statur einer Opernsängerin, die Klasse einer Miss World oder das herrische Auftreten einer Herzogin, aber sie überwältigte und hypnotisierte uns, sobald sich unsere Blicke trafen. Man musste sie nur ansehen und wurde von einem epileptischen Anfall gepackt. Wir Zairer – größtenteils nach 1960 geboren – brachen in Tränen aus, wenn wir nur ein Schwätzchen mit ihr hielten.

Wenn Tshiamuena vom Schmuggel in den 1970ern gleich nach der Unabhängigkeit Angolas sprach, wagte keines der Männchen, sich aufzuplustern, um den Wahrheitsgehalt ihrer Worte in Frage zu stellen. Sie zählte ganze Ahnenreihen von Schürfern auf – Patrocinadores, Dona Moteurs, Lavadores, Taucher, Karimbeurs … Sie war nicht das Gedächtnis von Angola. Sie war Angola. Das andere Angola. Das Angola der Minen, des Geldes, der Klunker, der Erdrutsche, des diamantenhaltigen Kwango-Flusses; das Angola, von dem jeder – ob geldgierig oder nicht – mindestens einmal im Leben träumt. Tshiamuena war über alle Machenschaften zwischen Zaire und Angola im Bilde, hatte das Kommen und Gehen der Zairer stets im Blick, wusste, wann dieser oder jener zum ersten Mal nach Angola gekommen war, über welchen Schleichweg und mit welchem Kapital in der Tasche … In den seltenen Momenten des Wahnsinns – wenn Tshiamuena sich in endlosen Tiraden verlor und ihre Augenlider flatterten – zählte sie die Toten auf; ganze Listen von jungen Leuten, alle aus Zaire, ums Leben gekommen bei der fieberhaften Suche nach schnellem Reichtum durch fremde – sprich: angolanische – Diamanten. Nie unterbrach ein Hickser, naives Gerede oder Gelächter ihren Erzählstrom – obwohl es in den Minen von Cafunfo von jungen Zairern wimmelte, die sich ohne ersichtlichen Grund kaputtlachten. In ihrem strahlenden Gesicht konnten alle ihre Grübchen bewundern.

Tshiamuena war geboren, um zu herrschen. Was für eine Frau! Mit erhobenen Armen, als wäre ein Gewehr auf sie gerichtet, wütete sie im Pizzicato; und wir, in unseren Lumpen, erstarrten zu Salzsäulen, bewegungslos, unempfindlich gegen Hitze und Kälte, gegen Hunger, gegen Müdigkeit, gegen die Angst vor einem drohenden Erdrutsch, und stopften uns voll mit ihren Erinnerungen, als wären es Sojabrötchen mit Butter. Tshiamuena delirierte, anders konnte man es nicht nennen, und unsereins labte sich an ihren Phantasien. Toxische und übertriebene Männlichkeit wurde im Keim erstickt. Ihre Worte berührten uns, flossen uns die Speiseröhre hinunter, walzten uns durchs Hirn und ließen uns ausgelaugt, völlig außer Atem zurück, wie nach einem üblen Pogrom oder nach tausend Jahren Arbeitslager. Ihre unkontrollierbare Müdigkeit, ihre Nervenzusammenbrüche, ihr Speichelfluss, ihr Erbrechen, ihr kurzfristiger Verlust von Sprache, Gehör und Geruch, ihr Zittern an Füßen und Kopf, ihre plötzliche Schläfrigkeit waren Wasser auf den Mühlen derer, die ihr vorwarfen, einer Sekte anzugehören und den Leuten das Schürferglück zu rauben, sodass sie nie das große Los ziehen würden, ohne dafür mindestens ein Familienmitglied zu opfern. Andächtiges Schweigen – das selbst die Soldaten der UNITA-Rebellion nicht brachen – beendete ihre Predigten. Dieses mächtige Schweigen wog schwerer als die vom Graben entkräfteten Körper oder die Verzweiflung, mit leeren Händen nach Kinshasa zurückzukehren. Die Stille war, zusammen mit ihrer krächzenden Stimme und der ungeheuren Selbstsicherheit, mit der sie daherredete, das tägliche

Brot jener langen Nächte ohne Glühbirne, Öllampe, ohne lieben Gott.

»In den siebziger Jahren«, sagte sie mit trockener Kehle und dem leeren Blick einer Sterbenden oder einer plötzlichen Vollwaisen, »war Angola ein Paradies für opportunistische, unverfrorene und ins schnelle Geld verliebte Zairer. Alle Zairer aus Kinshasa und Kasaï, die alt genug waren, um in den Stand der Ehe zu treten und sich den Bauch vollzuschlagen, schworen auf Angola. Die portugiesischen Siedler hatten Kind und Kegel zusammengerafft und in aller Eile die Kolonie geräumt. Die UNITA von Dr. Jonas Savimbi und die MPLA von José Eduardo dos Santos, die gemeinsam für die Unabhängigkeit gekämpft hatten, lieferten sich eine nachträgliche Schlacht um das Machtmonopol. »Damals«, flüsterte Tshiamuena, ganz aufgelöst und den Tränen nahe, »verwandelte sich Angola in ein Sieb. Poröse Grenzen. Massenflucht in beide Richtungen. Zairer, nicht älter als ihr selbst, strömten zu Dutzenden, zu Hunderten ins Land, beladen mit allen möglichen Waren. Angola war von der Welt abgeschnitten. Und ihr könnt euch gar nicht vorstellen, wie ihnen die Dinge des täglichen Gebrauchs wie Waxstoffe, Zigaretten, Bier, Transistorradios, Konservenbüchsen, Gummistiefel, Zucker und Salz, Seife, Secondfoot-Klamotten aus der Hand gerissen wurden. Diese Produkte wurden mit Diamanten aufgewogen.«

Tshiamuena war eine hervorragende Erzählerin. Sie konnte dieselbe Geschichte fünfzigmal zum Besten geben. Und in jeder Fassung nahm sie eine andere Färbung an. Als lebendige und jahrhundertealte Augenzeugin dieses goldenen Zeitalters – Krieg ist die günstigste Gelegenheit, um Geschäfte zu machen, es gilt alles oder nichts, entweder ihr fahrt dicke Gewinne ein, oder sie ziehen euch das Fell über die Ohren – fand sie es bedauerlich, dass so mancher Zairer sich auf Kosten von Angola eine goldene Nase verdient hatte, und das, obwohl auch sie nicht wenig Klunker eingesackt hatte. Sie sagte, den Angolanern sei nicht nach Feiern zumute gewesen und somit auch nicht nach Diamanten. Sie zerfleischten sich gegenseitig, und die Diamanten lagen untätig herum.

Ach! Die Madonna, Tshiamuena, eine bemerkenswerte Frau! Alle Zairer, die sich in Angola ihre Sporen verdient hatten, hätten für sie ausgesagt, selbst mit einer Knarre am Kopf. Die Madonna der Minen von Cafunfo war einfach nicht aus demselben Fleisch wie wir, die wir jahrhundertelang durch die Schwemmminen von Angola geirrt waren. Sie war ein wunderbarer Mensch. Oase in der Kalahari-Wüste. Trinkwasser. Mutter Erde. Tempelhüterin. Eisenbahn im Dickicht unserer trüben Träume. Göttin des Fraßes. Der Zaire-Fluss im Kleinformat. Architektin unseres Verlangens nach Wohlstand. Älteste Tochter des Geldes und des Überflusses. Schutzheilige der zairischen Diamantenschürfer von Lunda Norte. Ach! Die Madonna! Kilometerlange Liebe im Dienste der zairischen Diaspora. Und als die diplomatische Vertretung der Republik Zaire in Angola aufgrund der Kriegshandlungen außer Betrieb war – geschlossen, verriegelt, verrammelt –, verkörperte die Madonna ganz allein die Botschaft von Zaire.

Zu dieser Zeit stand ein ganzes Gebiet der angolanischen Provinz – einschließlich Cafunfo – unter der Kontrolle der Rebellen, die die Abbaugenehmigungen mit eiserner Faust festhielten. Sie regulierten den Zugang zu den Minen bis ins Kleinste. Sie kassierten Kopeken für jeden eingesammelten Diamanten. Die Minen durften nur zu den vorgeschriebenen Zeiten betreten werden. Um in die Camps und die Minen zu dürfen, mussten die Schürfer eine Erlaubnis vorweisen, ansonsten drohten Prügel, bisweilen mit Todesfolge.

Zur Zeit dieser widrigen Umstände also trat die Madonna auf den Plan. Sie befreite die Gefangenen aus den Klauen der Rebellen, nutzte ihre Beziehungen, beginnend mit ihren angolanischen Ehemännern in chronologischer Reihenfolge – Mitterrand, Kiala, Augustino, José –, um ihnen die nötigen Papiere zu besorgen, kümmerte sich um die Kranken und die Verschütteten, verteilte Nahrungsmittel an die Bedürftigsten und unternahm jede Anstrengung, um die sterblichen Überreste all derer zurückzuführen, deren Familien die Reise nach Angola nicht auf sich nehmen konnten … Die Liste ihrer guten Taten ist so lang wie der Sambesi-Fluss.

Man erzählte sich in Luanda und Lunda Norte, dass sie, als sie noch ein Winzling war, ihre Eltern vor einem Brandanschlag gerettet hatte. Und das war so: Die Küche brennt. Das Feuer breitet sich aus in Richtung Elternschlafzimmer. Aus ihrem Zimmer erkennt die Kleine die Gefahr. Sie schlägt Purzelbäume in ihrem Bett und schreit wie am Spieß, aber die Eltern schlafen tief und fest. Mit übermenschlicher Anstrengung klettert sie aus ihrer Wiege. Hier widersprechen sich die Versionen. Entweder krabbelt sie bis zum Bett der Eltern, die alarmiert von den Schreien aufwachen. Oder, noch extravaganter, sie beginnt zu weinen, ohne die Wiege zu verlassen, zuerst nur kleine Tränchen, dann Tränen vom Ausmaß des Flusses (Zaire), bis das Feuer gelöscht ist.

Alle, die aus Angola zurückkamen, völlig am Ende oder die Taschen voller Klunker, sprachen mit schnarrender Stimme, wenn sie die Madonna heraufbeschworen, vielleicht um ein Schluchzen zu unterdrücken. Alle waren sich einig, dass die Republik Zaire es Tshiamuena mit gleicher Münze zurückzahlen sollte. Gebt dem Cäsar, was des Cäsars ist. Gebt der Madonna der Minen von Cafunfo, was der Madonna der Minen von Cafunfo ist. Im Eifer des Gefechts waren sie nicht zimperlich. Sie verlangten, dass die Cabu-Brücke ab sofort ihre Initialen tragen und auch der Boulevard Saio nach ihr benannt werden sollte und dass man auf der Place Victoire ein sieben Meter hohes Denkmal von ihr errichtete, in der linken Hand einen Einkaräter.

2

»Like Family« oder wie Molakisis Verschwinden seine Familie in helle Aufregung versetzt

Molakisi war abgehauen, ohne eine Anschrift zu hinterlassen, eine Postkarte zu schicken oder auch nur kurz anzurufen – »Liebe Eltern, ich mache Schluss mit meinem Getändel, den ständigen Beleidigungen und dem wiederholten Diebstahl.« Sein überstürztes und schlecht orchestriertes Verschwinden schürte die Konflikte und stiftete bei seinen Lieben große Verwirrung. Sein Vater hörte auf zu saufen und die Loslösung der Provinz zu fordern (Tata Mobokoli war für seine Exzesse bekannt). Wortreich brachte er seinen Verdruss zum Ausdruck:

»Es kann im Leben nicht nur darum gehen, sich abzuspalten«, jammerte er. »Gut, mein Sohn ist ein Kleinkrimineller, meinetwegen auch ein Ganove ohne rechten Glanz, aber er ist und bleibt mein Sohn. Ihr könnt nicht verlangen, dass ich mich freue, wenn ich nicht weiß, wo er haust, ob er genug zu essen hat und wie er klarkommt. Solche Mätzchen kennt man seit Babel; die Bälger sind starrsinnig wie ein Fluss. Der Fluss hat keine Nationalität. Folglich besitzt er weder Impfpass noch Ausweis. Ein Fluss durchquert ohne Vorwarnung das Land seiner Wahl. Welche Nationalität hat der Sambesi oder die Donau, die durch zehn Länder fließt? Der Fluss besitzt diese angeborene Frechheit: immerzu strömen und sich nach Lust und Laune durch die

Gegend schlängeln. Es gibt Kinder, die machen es genauso. Sie wählen ihren Weg selbst: Vernunft oder im Extremfall eben Schmuggel. Ihr könnt machen, was ihr wollt, für Glück und Wohlergehen sorgen, gewissenhaft über ihre Erziehung wachen, sie mit Liebe überschütten, am Ende entscheidet das Balg doch selbst über seine Zukunft. Was soll ich denn machen? Habe ich mir etwas vorzuwerfen? Ich erwarte nicht, dass jetzt glückliche Zeiten anbrechen, aber ich finde es deplatziert, mich als gescheiterten Vater zu verurteilen.«

Tata Mobokoli schloss seine Tiraden fast immer mit den Worten:

»Die Kinder auf den Straßen von Lubumbashi und Kinshasa bilden eine eigene Rasse, die Rasse der Ausgestoßenen und Benachteiligten, was hat mein Nachwuchs da zu suchen? Wie viele Eltern haben nicht mindestens ein Kind, das abgehauen ist?«

Molakisis Schwestern drehten komplett durch. Es war schwer zu sagen, ob diese Widerspenstigkeit nicht einfach an einer schlecht verdauten Pubertät lag. Sie pöbelten gegen Ordnungskräfte, bedrängten Passanten, pissten unter freiem Himmel und lachten aus voller Kehle. Mama Mobokoli stand ihnen in nichts nach. Sie schwänzte die Erweckungskirche und verweigerte dem lieben Gott das Fasten und Beten, das ihr Hausfrauen-Dasein ausmachte. Viele erkannten in ihrem Verhalten wie auch in der Verzweiflung ihres Mannes eine Spur Zynismus. Sie waren am Boden zerstört, untröstlich, bis ins Mark erschüttert, und das, obwohl sie ihren Nachwuchs noch wenige Wochen zuvor als Knallkopf, Einzeller, feigen Schleimaal oder ähnlich unterirdisches Getier beschimpft hatten, sodass es in ihrer Gesellschaft schon unangenehm wurde, da entweder der eine oder die andere oder beide zusammen im Chor unablässig den Jungen schlechtmachten – und bei Molakisi bedauerlicherweise auf taube Ohren stießen. Damien und Ezechiel, der jüngere und der jüngste Bruder des Ausreißers, waren vielleicht die Einzigen, die sich nicht aus der Ruhe bringen ließen. Seit der Trottel weg war, stolzierten sie strahlend und mit geschwellter Brust in seinen Schuhen durch die Gegend.

Des einen Leid ist des anderen Freud. Als Sanza – ein Freund von Molakisi, der seit einiger Zeit bei der Familie wohnte – seine Matte ausrollen wollte, nahmen die beiden Spinner ihn beiseite.

»Mach dich vom Acker und komm bloß nicht wieder.«

»Hau ab und lass uns in Ruhe!«

Trotz sieben Jahren Altersunterschied hingen Damien und sein Brüderchen ständig zusammen und plapperten, wenn es drauf ankam, einander alles nach. Deshalb wurden sie auch die Siamesischen Zwillinge genannt.

»Die Pause ist zu Ende, Schluss mit der Kompradorenbourgeoisie«, verkündete Damien, während sein Bruder drohend einen Stuhl hob. Sanza fixierte die beiden Brüder. Seine linke Hand zitterte. Er hatte nicht wenig Lust, sie zu Brei zu schlagen. Weil er aber wusste, dass er wenig Aussicht auf Erfolg hatte, sammelte er seinen Kram zusammen – einen leeren Schulranzen, zwei Hosen, eine Strickjacke –, warf ihnen einen letzten grimmigen Blick zu und trat aus der Tür.

3

Sanza in einer Nacht ohne Fusel

Lubumbashi hatte kein Moos angesetzt. Wie früher, als die Bevölkerung beim Angelusläuten ins Stadtzentrum strömte, um sich als Kammerdiener, Ammen, Köche, Boys, Gärtner, Mechaniker, Maurer oder Laufburschen bei den Belgiern, Franzosen oder Amerikanern zu verdingen, und es am Ende des Tages wieder verließ, da sonst Gefängnis oder Prügel drohten, stiefelten die Einwohner von Kamalondo jeden gottgegebenen Tag über die Gleise, die die Vorstadt (oder das, was davon übrig war) und das Zentrum voneinander trennten, und beeilten sich, vor Anbruch der Dunkelheit ins traute Heim zurückzukehren – in Ermangelung einer fahrtüchtigen Karre, einer Fahrkarte oder aus Angst vor den kolossalen Staus. Alles konzentrierte sich auf die Altstadt. Taxifahrer, Büroangestellte, Händler, Schüler, Banker, Arbeitslose, Diebe – in der Vorstadt gab es nicht viel zu klauen, und außerdem machte es sich nicht gut, vom eigenen Nachbarn erwischt zu werden – kamen in Hochstimmung von der Arbeit. Die Scheinwerfer der Schrottkarren durchlöcherten den nicht elektrifizierten Himmel wie ein Feuerwerk. Auch Hühner, Schweine, Ziegen rannten in ihre Bettchen – einige Bewohner hielten Tiere. War es die Sehnsucht nach dem Landleben? Oder Geschäftssinn? Vielleicht beides. Also rannten auch die Tiere. Ausgelaugt von Sonne, Müdigkeit, Schlamm und Staub, dämmerten sie schon vor sich hin, träge und erholungsbedürftig, weil sie, die Rüssel stets in Alarmbereitschaft, den ganzen Tag draußen gewesen waren, sich vergnügt, gejagt, gedöst, im Müll gewühlt und – im Fall der Hunde und anderer Caniden – für nichts und wieder nichts gebellt hatten. Der Staub – der Fluss oder der Schlamm in Zeiten der Sintflut – mischte sich mit der pechschwarzen Nacht. Hupen in der afrikanischen Nacht. Hupen. Und wieder Hupen, das mit Gelächter, sarkastischen Bemerkungen oder Grimassen beantwortet wurde.

»Wie war der Tag?«

»Na ja, Zaire halt.«

»Und wie geht's der Kleinen? Isst sie schon Brei?«

»Gut sehen Sie aus!«

»Eine schöne Schmonzette …«

»Die Zairer, wie man sie kennt und liebt!«

Die Leute winkten, erkundigten sich nach dem Zustand des Landes und grüßten einander.

Gedankenverloren stieg der junge Mann über die Gleise – den Massen entgegen, die sich wunderten, dass der Junge so spät noch in die umgekehrte Richtung lief –, trat auf die Avenue des Usines, ließ das Krankenhaus Jason Sendwe links liegen, ging am Marché Central vorbei und bog in die Avenue du Marechal Mobutu ein.

»Die Sache ist gebongt, ich schlafe vor der Post!«, überlegte der Junge.

Die Nacht hatte die ganze Provinz fest im Griff. Das Stadtzentrum war wie ausgestorben. Seine Bewohner verschanzt in ihren Behausungen wie in den alten Zeiten der Kolonie.

Alle Kinder, die von zu Hause ausrissen, exilierten sich erst einmal ins Zentrum, bis sie einen Beruf fanden – Schuhputzer, Taschendieb, Tellerwäscher in billigen Restaurants, Detektiv für betrogene Ehemänner und vernachlässigte Frauen, Docker im Hauptbahnhof, fliegender Händler für Säckchen, Sandalen und westafrikanische Secondhand-Boubous, Diamba-Raucher, Hilfsmechaniker, öffentlicher Schläfer –, in den ersten Zug nach Mbuji-Mayi stiegen oder in einer Mine als Taucher oder Schürfer anheuerten.

Weil er den Weg nicht kannte, stolperte Sanza orientierungslos durch die Gassen. Er dachte sogar daran, umzukehren und klein beizugeben. Beim Gedanken an seine Eltern, die ihn wegen seiner monatelangen Abwesenheit fortjagen, vermöbeln oder schlimmer ausschimpfen würden als je zuvor, blieb er lieber an der frischen Luft – »Was soll ich zu Hause?«, versuchte er sich selbst zu überzeugen. »Meine Freiheit und meine Rechte lasse ich mir nicht nehmen.«

4

Als sich die Madonna noch in Angola aufhielt, war es Balsam für die Seele, Zairer zu sein

Die Madonna hatte zu einer langen Schmährede angesetzt (Lunda Norte von heute Nachmittag, heute Morgen oder auch heute Abend ist nicht mehr die wunderbare Provinz, als die wir Zairerinnen und Zairer sie kennengelernt haben, als wir gleich nach der Unabhängigkeit nach Angola kamen. Sie ist für immer im Schmieröl der Geschichte untergegangen und lässt sich nicht mehr blicken. Einen Rettungsanker gibt es nicht. Meine Brüder, uns stehen Jahrhunderte des Mangels, des Elends und des Unglücks bevor), als man ein Knarren hörte. Vor der Tür stand ein abgerissener junger Kerl, der so hässlich war, dass es schon auf zwei Kilometer Entfernung zu sehen war. Die ursprüngliche Farbe seiner Kleidung ließ sich nur erahnen. In seiner linken Hand trug er einen Koffer, der sich nicht schließen ließ und in dem sich Unterwäsche, zwei Hosen, Socken und eine Schere befanden. Der Jugendliche blinzelte, als würde er zum ersten Mal im Leben die Augen öffnen. Obwohl er völlig erschöpft war von der Corta Marta, einem Schleichweg, den die Schürfer und sonstigen Händler von oder nach Zaire benutzten, schien er fasziniert von dem Schauspiel, das sich ihm bot. Auf seinen spektakulären Ritten auf den Güterzügen, seinen Spritztouren durch die verwinkelten Straßen der Vergnügungsviertel von Kinshasa und seinen Besuchen in der Unterwelt der Provinz Kasaï hatte der Junge von dieser sagenumwobenen Frau gehört, aber als ewiger Zweifler hatte er ihre Wundertaten unterschätzt.

Tshiamuena, die ihn im Eifer des Gefechts gar nicht bemerkt hatte, beschwor mit ihrer tiefen, schmachtenden Klagestimme – mit Schreien garniert – immer noch das Schlaraffenland:

»Das Angola von damals, das Angola der Diamanten, die nie versiegen, das Angola des Glücks, wo es vor Klunkern nur so wimmelte, wo man sie sogar im Müll finden konnte, von wo die wenigen kühnen Zairer, die es wagten, ihre Nase in das Wespennest zu stecken, bis in die vierte Generation gesegnet zurückkehrten. Das war ganz zu Beginn des Krieges, als die Angolaner sich untereinander bekämpften und keine Zeit hatten, sich um ihre Klunker zu kümmern, und wir die Pioniere auf der Jagd nach angolanischen Diamanten waren. Das Angola, dem wir nach der Flucht der Portugiesen so nahegekommen waren, wird es nie mehr geben. Heute, und da wisst ihr mehr als jeder Hellseher, boykottiert die Erde uns mit ihren Diamanten und, was noch schlimmer ist, steigt die Zahl der Anwärter auf Reichtum beträchtlich, sodass man sich fragt, wer überhaupt noch in Zaire bleibt, wenn die gesamte Jugend Lunda Norte überschwemmt … Ach Angola, wenn du uns in deinen Krallen hältst!«

Der Junge nahm seinen Mut zusammen.

»Ich bin auf der Suche nach Tshiamuena«, stammelte er ohne vorzutreten.

Niemand aus der erlauchten Versammlung beachtete ihn. Das Geschwätz der Madonna war wie guter Wein. Zuerst wirst du fröhlich, wenn du ihn trinkst, dann reißt er dir den Boden unter den Füßen weg. Tshiamuena schrie sich heiser, und die

Zairer und Zairerinnen (und ein paar handverlesene angolanische Staatsbürger) stimmten in die Beschwörungen mit ein. Sie berauschten sich daran.

Der Junge brach auf dem Boden zusammen. Die Schürfer waren so gebannt, dass keiner von ihnen es bemerkte, sich ärgerte, verblüfft aufschrie oder ihm zu Hilfe eilte. Sekunden, Minuten, Stunden verstrichen, bis Tshiamuena während einer ihrer Geschichten den Kopf hob und den leblosen Körper erblickte. Sie schrie:

»Da habt ihr das Angola von heute. Jemand ringt mit dem Tod, und ihr verschränkt die Arme!«

Wut, Trauer oder Erstaunen. Auf das Gebrüll der First Lady folgte ein allgemeines Durcheinander. Alle kamen näher und stürzten sich auf den Körper. Der eine wollte Erste Hilfe leisten, der andere Zweite, der Nächste lauthals den lieben Gott anflehen oder die Dämonen der Krankheit, der Unfälle und des Todes austreiben – »Geister der Finsternis, verlasst diesen Körper; ich befehle euch im Namen Jesu Christi, verschwindet!« –, damit der Junge wieder zu atmen begänne. Alle nutzten die Gelegenheit, um Tshiamuena zu beweisen, dass sie ein großes Herz besaßen. Der Zirkus um den Jungen machte sie aber nur noch wütender. Sie fühlte sich gekränkt, gedemütigt, tief getroffen und ihrer Menschlichkeit beraubt.

»Eles são todos mentirosos …«

Sie flüsterte einen Satz auf Portugiesisch. Diese Sprache gebrauchte sie nur, wenn es sich um einen Fall von höherer Gewalt handelte. Seit vorsintflutlichen Zeiten hatte man sie überhaupt nur bei zwei Gelegenheiten in dieser Sprache sprechen hören. Das letzte Mal, als Zeze, ein junger angolanischer Taucher, nicht wieder an die Oberfläche gekommen war. Sein Verschwinden hatte für helle Aufregung innerhalb der zairischen Diaspora in

Lunda Norte gesorgt. Von Selbstmord, Auftragsmord, menschlichem oder Materialversagen bezüglich der fragwürdigen Beschaffenheit des Bootes, bis hin zu Bezichtigungen der Hexerei und der weißen Magie wurden alle Möglichkeiten erwogen. Um das hartnäckigste, am weitesten hergeholte, dümmste und unangebrachteste Gerede zu unterbinden, trommelte die Madonna alle zairischen Garimpeiros zusammen – einschließlich derer aus Kasaï, ihrer Heimatprovinz –, die im richtigen Alter waren, um anderen an den Kragen zu wollen oder sonstige Dummheiten zu machen, und geigte uns ihre vier Wahrheiten. So hatte ich sie noch nie erlebt. Sie schimpfte in lupenreinem Portugiesisch. Das Angola der Minen und seine (Bett-)Geheimnisse. Wo hatte sie bloß dieses wunderbare Angolanisch gelernt?

Zwei Hünen schafften den leblosen Körper zum anderen Ende des Raumes. Im Wechsel verpassten sie ihm Herzmassagen, ohne überzeugendes Ergebnis. Tshiamuena begann zu weinen. Ihre Vergangenheit als professionelles Klageweib machte sich bemerkbar. Große Tränen strömten über ihr Gesicht. Plötzlich hatte einer der Kerle eine geniale Idee.

»Ein feuchtes Tuch!«

Die Madonna verschwand, tauchte eine Sekunde später mit einem Handtuch wieder auf und kümmerte sich höchstpersönlich darum, dem Jungen die Stirn damit abzutupfen, der schon bald unter dem frenetischen Beifall der anderen zum Leben erwachte.

Die Madonna war eine Frau mit hohem moralischen Anspruch und zudem äußerst fürsorglich veranlagt. Wir alle hätten sie gerne als Ehefrau, Mutter, Großmutter, Schwägerin, Ahnfrau, Vorfahrin, Urahnin, Stammesgründerin, Matriarchin und so weiter gehabt. Ich kenne welche, die hätten alles dafür gegeben – sogar ein paar Karat Diamant –, um sie als Cousine dritten Grades zu bekommen, und das trotz ihrer Ermahnungen, die ans Lächerliche grenzten – »Franz, du hast seit Monaten nicht mehr geduscht, und dein Mundgeruch bringt die Leute ganz aus dem Konzept, wenn du mit ihnen sprichst!«

Tshiamuenas Gefühlslagen waren so wechselhaft, dass man nur mit Mühe erraten konnte, in welcher Stimmung sie gerade war; selbst, wenn sie glücklich war, zeterte sie herum, grüßte nicht und hielt den Zairern (männlichen und weiblichen Geschlechts) und den Angolanern bei jeder Gelegenheit eine Moralpredigt.

Als wir schon alle dachten, sie wäre gegangen, um sich ein bisschen zu entspannen, kreuzte sie mit einem Topf randvoll mit scharfen Bohnen und Süßkartoffeln wieder auf, dazu ein Emaillebecher, eine Kanne Saft, ein Löffel und sogar ein Tischtuch.

Eine Frau ihres Kalibers ruht sich nicht aus, wie soll man mit einer solchen Last auf den Schultern auch ein Nickerchen halten? Es galt, die sterblichen Überreste der zairischen Schürfer nach Kinshasa oder in die Provinz Kasaï zu repatriieren, unzählige Mäuler zu stopfen, die Gefangenen aus den Klauen der angolanischen Regierung oder der UNITA-Rebellen zu befreien, die Wunden oder schmerzenden Knochen der Opfer (von Erdrutschen) zu versorgen, Schlägereien und sonstige Generationenkonflikte zu schlichten, psychologischen Beistand für die Schwächsten und Portugiesisch- und Tschiluba-Kurse für alle zu organisieren, Hochzeiten zu leiten, an Pocken oder Typhus Erkrankte zu heilen …

Wir ließen sie den ganzen Krempel alleine anschleppen. Aus Eifersucht. Womit verdiente dieses Kind, das aus wer weiß welchem Gestrüpp gekrochen kam, solch beinahe fürstliche Ehren? Der Junge leckte sich die Lippen, als er die Bohnen erspähte. Breitbeinig saß er da und mampfte, ohne den Topf aus den Augen zu lassen, als würde seine Suppe sich sonst in Luft auflösen. Er verschlang den letzten Bissen, wischte sich über den Mund und stand auf ohne das kleinste Zeichen der Dankbarkeit, um sich sonst wohin zu verpissen. Das Geschrei dämpfte seinen Eifer.

Jeden Abend wurden in ihrem Wohnzimmer Zusammenkünfte abgehalten. Junge und weniger junge zairische und angolanische Schürfer lehnten an Bänken, rauchten, diskutierten lautstark, spielten Karten und warben potenzielle Arbeitskollegen an. Zu jener Zeit waren die Minen von Cafunfo in der angolanischen Provinz Lunda Norte die ergiebigsten in ganz Zentralafrika. Die Zairer, die es dorthin zog, wurden in Rekordzeit reich. Dann kehrten sie zurück nach Kinshasa, zogen nach Libreville in Gabun oder gingen nach Europa und kamen erst zurück, wenn sie das ganze Geld verprasst hatten. Die Minen von Cafunfo standen auch in dem Ruf, ein riesiges Hospiz zu sein. Sie folgten einem Rhythmus von drei Erdrutschen pro Tag. Jedenfalls erforderte der Abbau massenhaft flexible Arbeitskräfte. Kam jemand bei einem Erdrutsch zu Tode, wurde er so schnell wie möglich begraben. Auf der Stelle wurden neue Schürfer rekrutiert. Alle neuen Kandidaten, die im Laufe des Tages ankamen, durchliefen dieses Ritual, um Zugang zu den Klunkern zu erhalten. Sie gaben Auskunft über ihre Person, beantworteten reihum die (teilweise erniedrigenden) Fragen der Hausherrin und die der anderen Schürfer, die in Scharen kamen, um dem Einstellungstest beizuwohnen. Wenn es einem Bewerber gelang, ein Schürferteam zu begeistern, wurde er in ihren Rennstall aufgenommen. Die Arbeit in einer Mine ist eine der gemeinschaftlichsten der Welt, jeder Rennstall bestand aus jungen und weniger jungen Leuten, Champions im Apnoetauchen, Froschmännern, Kasabuleurs oder Minentauchern, um die Klunker aus dem Kwango-Fluss zu fischen; den Dona Moteurs, die das Schiff und die Tauchausrüstung stellten; den ausdauernden Schürfern oder Karimbeurs, um in den Tiefen zu hacken; den Mwetistes mit ihren kräftigen Armen, um die Kiesel aus dem Fluss zu ziehen, wenn der Taucher die Eimer randvoll gefüllt hatte; einem äußerst agilen Team, einem Infanterieregiment nicht unähnlich, um die Ware zum Fluss zu befördern, wo sie direkt von den Lavadores verlesen und gewogen wurde, um dann von denselben Lavadores oder anderen Mwetistes zu behelfsmäßigen Lagern gebracht zu werden; einem guten Sponsor oder Patrocinador, falls die Dona Moteur nicht reich genug war, um die Arbeitswerkzeuge zu stellen, die Fressalien, das Bier und die Zigaretten zu kaufen, eine Abbaugenehmigung bei den Truppen der UNITA zu erwirken, der Rebellion von Jonas Savimbi, die die Region von Cafunfo kontrollierte, wofür der Patrocinador im Gegenzug Prozente auf jeden geförderten Stein bekam. Die Kette der Kooperationen der Schürfer und ihrer Mitarbeiter spannte sich von Kinshasa und Bandundu über zahlreiche Unterhändler und Vermittler bis nach Antwerpen. Denn ein Diamant oder jeder beliebige Stein aus der angolanischen Provinz Lunda Norte oder aus Kasaï besaß nicht den geringsten Wert, solange er nicht auf dem internationalen Markt landete.

Die Madonna schlug vor – der Begriff ist nicht ganz richtig, sie bestimmte über euren Kopf hinweg und ohne Rücksicht auf die Gerüchteküche oder eventuelle üble Nachrede –, die Rubrik Gemischtes zu überspringen und gleich zum Einstellungsgespräch überzugehen. Sie beschloss, dem Neuling den Vortritt zu geben. Wir in der ersten Reihe hatten, dank einer Öllampe, die einmalige Gelegenheit, den Anblick des Jungen zu genießen. Das musste man gesehen haben. Ausweichender Blick. Eine Haltung wie ein Rheumakranker. Die Zähne seit Jahrzehnten nicht geputzt. Eine völlig verwaschene Hose. Das Wams ebenso. Zerknittertes Hemd. Ausgelatschte Schuhe, und zu allem Überfluss eine Boxernase. In der Mine erzählte man, dass Geld Hässlichkeit lindert, dass Unansehnlichkeit, wenn man ein armer Teufel und verlottert war und nicht genug zu beißen hatte, noch zunahm und sich ausbreitete. Tshiamuena sah das genauso, obschon sie versuchte, nicht zu sehr ins Detail zu gehen. Von Natur aus missgestaltet, hatte der Junge sozusagen seinen eigenen Rekord übertroffen. Und Tshiamuena brach ohne erkennbares Motiv in lautes Lachen aus – das passierte höchstens einmal im Jahr. Um nicht blöd dazustehen, tat er es der Grande Dame gleich. Dieses hingeschluderte Verlegenheitslachen verlieh seinem Gesicht etwas Maskenhaftes. Tshiamuena waren, schon weil sie mitten unter uns lebte, ihre Rolle und der extravagante Spitzname, Madonna der Minen von Cafunfo, wie auf den Leib geschnitten. Jäh wurde sie ernst und schleuderte ihm die erste Frage ins Gesicht.

»Hast du auch einen Namen?«

»Ja …«

»Und der wäre?«

»Molakisi …«

»Und woher kommst du?«

»Aus Zaire.«

»Das ist uns klar.«

»Aus Lubumbashi. Ich habe auch in Kasaï und Kinshasa gelebt.«

»Tolle Erfolgsbilanz«, pfiff jemand im Raum.

Dieser Kommentar sorgte für unangebrachte Heiterkeit.

»Suchst du Arbeit?«

»Ja. Man hat mir gesagt, hier gibt's Diamanten zu holen.«

Gelächter unter den Versammelten. Spott. Eine boshafte Bemerkung zu seiner Nase und seinem antiken Koffer.

»Dein Alter? Aber das natürliche, dein Geburtsalter, nicht das offizielle.«

Die Madonna hing am Alter und an allem, was damit zu tun hatte. Es war eins ihrer zahlreichen Lieblingsthemen – »Immerhin kann man nicht leben, ohne sein Alter zu kennen oder wenigstens irgendein Datum an den Haaren herbeizuziehen«, entschuldigte sie ihre Neugier.

»Im November werde ich sechzehn.«

Tshiamuena wurde ärgerlich:

»Und du willst mit sechzehn schon reich sein? Mit sechzehn! Sechzehn und schon ein Spießer, ist das nicht ein bisschen früh?«

Molakisi war empört.

»Denkst du, ich bin dein Schoßhund?«

Er hatte sich blamiert, indem er den braven Jungen gespielt hatte – was eigentlich gar nicht seine Art war: Zu seiner Zeit in Lubumbashi, Kinshasa und selbst in Kasaï war er als Schläger bekannt, der den Leuten bei der geringsten Kleinigkeit an die Gurgel ging. Die Madonna war sprachlos. Damit hatte sie nicht gerechnet.

»Als Nächstes verlangst du von mir die Zustimmung der Eltern. Du kennst mich nicht einmal und mischst dich schon in mein Leben ein …«

Pfiffe. Ein Militär zog seinen Revolver. Wütend trommelten die Schürfer auf die Bänke: Was fällt dir ein, in so einem Ton mit Tshiamuena zu sprechen? Hast du eigentlich schon mal in den Spiegel geschaut? Die Jugend von heute! Wir sind hier in

Angola, ein bisschen Respekt für Tshiamuena, wenn ich bitten darf! Nimm das sofort zurück, Australopithecus! Du kannst ihr doch gar nicht das Wasser reichen … Du bist noch Jungfrau, hast von der Liebe keine Ahnung und ziehst über die Alten her? Geh erstmal eine Nummer schieben, dann treffen wir uns auf Augenhöhe. Ach! Diese Zairer des 20. Jahrhunderts …

Molakisi verwechselte die Mine mit der Straße. Er, der nichts als Schlägereien, Erpressung, Drohungen und fiese Tricks im Kopf hatte, war auf Leute gestoßen, die die gleichen Vorlieben pflegten. Er entschuldigte sich mit den Worten:

»Ich wollte dich nicht beleidigen …«

Die Madonna beschleunigte die Fragerunde. Die spöttischen Rufe, er möge doch nach Zaire zurückgehen, wurden lauter. Wie zu erwarten, war es erneut Tshiamuena, die dem jungen Mann zu Hilfe kam:

»Er ist noch ein Kind …«

»Ein Kind muss lernen, den Mund zu halten!«

»Wir haben die Schnauze voll von diesen Geizkrägen, die keinen Respekt für dich übrighaben.«

»Mir gefällt sein Gesicht nicht!«

»Diese Boxernase …«

Molakisi kam aus der Deckung:

»Ihr könnt mich nicht einschüchtern. Dafür müsst ihr schon mehr bieten als das bisschen Krach.«

Der Neffe von Zeze, Pedritto – der mit vierzig noch an den Nägeln kaute und am Daumen lutschte –, stürzte sich auf Molakisi, der seiner Faust nur knapp auswich. Agil wie eine Turnerin sprang Tshiamuena zwischen die Streithähne. Sichtlich verärgert über den Angriff auf den jungen Molakisi, richtete sie ein paar Worte auf Portugiesisch an Pedritto, bevor sie ihm befahl, sich vom Acker zu machen. Dieser versuchte noch, sie umzustimmen – »Ich weiß nicht, was in mich gefahren ist, das ist eigentlich gar nicht meine Art« –, aber Tshiamuena nahm, sehr zum Missfallen aller zairischen Garimpeiros, seine Entschuldigung nicht an.

Wie ein Haar in die Suppe fällst du in eine Mine ein, in der du niemanden kennst, ohne einen Cent in der Tasche, der ärmste aller Teufel – um in Pedrittos Worten zu sprechen –, versifft, ausgehungert und mickeriger als der Durchschnitt, und trotzdem gibt Tshiamuena dir eine Chance; sie liest dich auf, wacht über deine Gesundheit, als wärst du aus Porzellan, versorgt dich mit einem Bett, einem Kissen und einem Laken, Kost, sauberer Kleidung, und das alles ohne eine Gegenleistung dafür zu erwarten, und du scheffelst Geld und denkst nicht mal daran, deinen Anteil zurückzuzahlen, und am Ende schmeißt du sie weg wie eine Barbiepuppe.

5

Sanza, die Nacht und ihre ganze versandende Pracht

Das Stadtzentrum war wie eine ausgepresste Frucht. Die Arbeiter eilten zurück in die Vorstadt. Sanza rückte auf der Avenue des Usines vor. Drei Kinder seines Alters stolperten auf die Grand-Place. Der Stämmigste war mit Kochutensilien behängt. Seine beiden Gesellen flankierten ihn, jeder mit einer Basttasche voller Essen. Selbstsicher kam er näher. Mit festem Schritt, die Arme locker am Körper, den Hals leicht gestreckt, den Kiefer angespannt wie ein Würdenträger, der die Truppen abschreitet. Seine Kumpel quasselten ohne Punkt und Komma. Sie schmierten ihm Honig ums Maul. Allem Anschein nach versuchten sie, ihm ein Lächeln oder seine Zustimmung zu entlocken. Sie ließen sich über den Tag aus, lachten lauthals, tobten vor Freude, fluchten ... Routiniert in seiner Rolle als großer Manitu, zeigte der Kräftige wenig Begeisterung. Bei ihrem Anblick musste Sanza an Molakisis wiederholte Warnungen denken – ein richtiger Mann lacht nicht alle dreißig Sekunden. Das schadet der Männlichkeit. Der Stämmige machte hin und wieder einen Kommentar und wenn seine Kameraden laut losprusteten, betrachtete er sie herablassend, wie Insekten. Die Prozession überquerte die Avenue Mobutu, hielt vor der Post und legte, weiterhin in Hochstimmung, das Gepäck ab. Einen Steinwurf von Sanza entfernt. Er suchte Kontakt.

»Hallo Jungs.«

Sie ließen durchblicken, dass ihre Prioritäten woanders lagen:

»Er will uns provozieren.«

»Seine Fresse gefällt mir nicht.«

»Lubumbashi ist auch nicht mehr das, was es mal war. Alles voller Hinterwäldler.«

»Wie der aussieht …«

Sie schauten in seine Richtung, feixten, spuckten auf den Boden, spotteten … Ab und zu zeigte der Stämmige auf Sanza, was seine Vasallen wieder anstachelte. Da Sanza nicht reagierte, zündeten sie ein großes Feuer an, kochten Reis mit Gemüse und Stockfisch und vergaßen den Eindringling schließlich, als sie ihren Klebstoff inhalierten. Auf einem Bett aus Kartons schlief Sanza ein. Es war nicht so sehr die Müdigkeit, die ihm zusetzte, sondern tausendundeine Sorge. Vor mehr als einem Jahr war er bei Molakisis Familie untergekrochen und hatte alle Versuche seiner Eltern, ihn zurückzuholen, kategorisch abgewehrt. Und jetzt landete er von heute auf morgen auf der Straße, ohne Molakisi, seinen Beschützer. Es machte ihm keine Angst, eine Zeitlang auf der Straße zu sein. Unter Molakisis Fittichen war aus ihm ein mutiger junger Mann geworden. Was ihn aber beunruhigte, war die Leere, die ihn umgab. Mitten in der Nacht spürte er, dass da jemand war. Er riss die Augen auf, sah schemenhafte Gestalten und hörte (albernes) Gekicher und höhnische Bemerkungen. Schnell rieb er sich die Augen und erkannte zwei muskulöse junge Männer. Sie befahlen ihm aufzustehen.

»Keine falsche Bewegung, oder du lernst uns kennen. Wir sind nicht deine Cousins oder deine Großeltern. Wir verstehen keinen Spaß. Wir …«

»Moment, nicht so schnell …«

Anscheinend glaubte Sanza, sie würden ihn verwechseln oder bräuchten Hilfe und spielten sich bloß als Alphamännchen auf, um ihn zu ärgern. Er schaute nach rechts. Seine drei Mitbewohner zitterten und wollten die Flucht ergreifen. Dem Stämmigen war der Hochmut vergangen. Er hielt sich den Kopf und schluchzte. Die beiden Männer:

»Wir sind von der Finanzinspektion.«

»Ich verstehe nicht ganz …«

»Sollen wir's dir buchstabieren?«

»Worauf wollt ihr hinaus?«

»Die Stadt, die du hier siehst, sie gehört nachts uns. Bist du neu hier oder was?«

»Du gibst uns dein Geld, deine Unterhose, deine Hose, dein Hemd, deine Schuhe, und falls du dich weigerst, machen wir dich fertig.«

Bei diesen Worten war an Schlaf nicht mehr zu denken. Die vom Klebstoff vorzeitig gealterten Stimmen und Gesichter seiner Gesprächspartner ließen das Schlimmste befürchten. Der Jüngere hatte mindestens fünfundzwanzig Jahre auf dem Buckel. Sanza erkannte an ihrem Look und ihrer Arroganz, dass sie dem elterlichen Heim schon vor Jahren den Rücken gekehrt hatten.

»Ich habe nichts …«

Alles ging sehr schnell. Einer der beiden zog ein Messer. Er baute sich vor Sanza auf. Der tat, als würde er fliehen, der Mann mit dem Messer ging aus der Deckung, um ihn zu verfolgen. Das war sein Fehler. Sanza wirbelte herum und verpasste ihm einen Schlag mitten ins Gesicht. Der andere krümmte sich, die Nase gebrochen. Sein Partner stürzte sich auf Sanza, sie rollten über den Boden. Mit Mühe gelang es Sanza, ihn zu überwältigen. Er hockte sich auf ihn und schlug mit aller Kraft zu.

Der Typ befreite sich und wollte sich aus dem Staub machen. Sanza stellte ihm ein Bein. Der Angreifer stolperte einen Meter weit, fing sich wieder und spurtete in die Avenue Mobutu. Sein Komplize kniete flennend auf dem Boden, das Gesicht blutverschmiert. Die drei Jungen näherten sich Sanza. Sie schauten ihn bewundernd an. Er, der kleine Fisch, hatte die beiden Älteren in die Flucht geschlagen.

»Von welchem Planeten stammst du?«

»Das war mein erster Straßenkampf«, jubilierte der junge Krieger, der es noch nicht recht glauben konnte.

Sanza hätte Scheine und alles Gold der Welt dafür gegeben, dass Molakisi ihn hätte sehen können. Dank ihm war er überhaupt in der Lage, einen Angriff zu parieren. Er war ein Genie in Sachen Straßenschlägerei. Schwer zu sagen, woher er die Kraft nahm. Selbst wenn er sechs Kolossen gegenüberstand, haute er sie auseinander. Er nutzte seine Statur und seine dicken, adipösen Arme, um Faustschläge oder auch Stockhiebe abzuwehren. Er steckte ein, ohne dass es ihm etwas auszumachen schien.

»Warum haben sie mich angegriffen?«

Der Stämmige hatte zur anfänglichen Erhabenheit zurückgefunden, sagte aber kein Wort. Er inspizierte Sanza, als hätte er ein Insekt vor sich. Von Kopf bis Fuß, von Fuß bis Kopf, den Mund halboffen, wie jemand, der versucht, ein Würgen zu unterdrücken. Seine Gefolgsmänner wollten sich gegenseitig übertrumpfen und fielen einander ins Wort. Lauthals gaben sie Sanza Auskunft, um die Aufmerksamkeit ihres Chefs auf sich zu ziehen, der schon das Interesse am Thema verloren zu haben schien.

»Das sind Straßenkinder …«

»Nicht wirklich …«

»Weil sie schon lange keine mehr sind.«

»Sie haben hier alle Strippen gezogen, bevor sie genug hatten und …«

»Jetzt nutzen sie ihr fortgeschrittenes Alter und patrouillieren jede Nacht durchs Stadtzentrum.«

»Um die Schwachen und Neuen zu erpressen.«

»Dich zum Beispiel.«

Sanza konnte es kaum glauben.

»Hast du vielleicht Kohldampf?«, fragte der Stämmige beiläufig.

Sanza nickte und gesellte sich zu ihnen. Die anderen betrachteten ihn mit einer Mischung aus Furcht und Faszination. Die Augen starr auf ihn gerichtet, fragte der Stämmige demonstrativ:

»Kommst du in die Gruppe?«

Sein Gehabe erinnerte Sanza an Molakisi, der stets männliche Überlegenheit zur Schau trug und ihm vorwarf, keine Spur Männlichkeit an sich zu haben, dass er daran arbeiten müsse, dass mächtige Männer, Alphamännchen in seinem Jargon, mit tiefer Stimme sprechen, die Leute (herablassend) mustern und keine Freude zeigen.

»Du kommst in die Gruppe«, drängte der Junge.

»Ich muss darüber nachdenken …«

»Soll das ein Witz sein?«

»Ich finde das respektlos«, sagte einer der Komplizen. »Man nennt mich den Anarchisten, weil ich weiß, wie man Chaos verursacht. Du wirst es noch bereuen, wenn du …«

»Man nennt mich den Weißen«, sagte der andere schnell. »Ich sehe aus wie ein Weißer.«

»Und er«, sagten sie im Chor wie zwei Schauspieler, die dieselbe Szene schon tausendmal geübt haben, »heißt Ngungi. Hast du noch nie von ihm gehört? Schade …«

»Ich bin Sanza.«

Und die beiden Knirpse:

»Er ist eine wandelnde Bibliothek.«

»Er weiß über alles und jeden in Lubumbashi Bescheid.«

»Außerdem ist er einer der reichsten Männer von Zaire.«

»Sein Vermögen wird auf …«

»Er ist ein alter Freund von Präsident Mobutu.«

»Hört auf zu spinnen. Große Klappe und nichts dahinter.«

Unter den amüsierten Blicken ihres Chefs übertrafen sie sich gegenseitig:

»Er besitzt Limousinen.«

»Und Linienflugzeuge.«

»Und Hubschrauber, Dörfer, Schlösser …«

»Es heißt, er ist …«

»Er kennt Mireille Mathieu, Belmondo, Alain Delon, Michel Sardou, Romy Schneider …«

»Er ist Ölmagnat …«

Sanza wandte sich an Ngungi:

»Ist es wahr, was der Weiße und der Anarchist über dich sagen?«

»Ja, ich bin wohlhabend«, sagte er lakonisch. Um das Gespräch zu beenden und zu verdeutlichen, dass Sanza schon zu seinem Clan gehörte, wechselte er das Thema: »Wir sind eine Bande. Die Straßenkinder … Unser Revier ist der Platz vor der Post und die Grand-Place. Du brauchst eine Erlaubnis, um bei uns einzuziehen. Du hast Glück, dass es bei uns zivilisiert zugeht.«

»Anderswo hätten sie dich aus dem Fenster geworfen.«

»Zusammengeschlagen.«

Ngungi, ganz der charismatische Leader mit Augenmaß:

»Jeder Clan hat seine Spezialität und hält ein Gebiet des

Stadtzentrums besetzt, das manchmal blutig erkämpft wurde. Hier bestimme ich. Wir haben lange vom Diebstahl gelebt. Jetzt sind wir in der wirtschaftlichen Zusammenarbeit mit den Franzosen. Andere Gruppen leben vom Betteln, von kleinen Jobs als Schuhputzer, Streichholzhändler, Lastenträger.«

»Diebe.«

»Autowäscher. Aber Vorsicht«, sprach Ngungi weiter, »die Finanzinspektoren haben ihr letztes Wort noch nicht gesprochen. Früher oder später kriegen sie dich. Du hast einen Orkan ausgelöst. An deiner Stelle hätte ich meine Unterwäsche, mein Hemd hergegeben.«

»Die krieg ich klein.«

Ngungi brach in Gelächter aus.

6

Sanza wollte nicht länger der Schoßhund seiner Eltern sein

Das Leben zu Hause hatte mich zur Verzweiflung gebracht. Eine geradezu gewagte Eintönigkeit. Nach meinen ersten Nächten vor der Post spürte ich trotz der Kälte, des Klebstoffs, der Feindseligkeit der Militärs und der Finanzinspektoren, dass mein Platz nicht im Warmen hinter vier Wänden war, sondern an der frischen Luft. Aber in die Rübe meiner Mutter wollte das einfach nicht hinein, sosehr ich es auch versuchte. Von Molakisis Familie in Kenntnis gesetzt, hatte sie mich ein paar Monate nach meinem Auszug aufgestöbert. Für einige Minütchen hatte ich ihr meine Aufmerksamkeit geschenkt.

»Nur hier und sonst nirgends fühle ich mich lebendig. Da brauchst du dich nicht gleich umzubringen«, antwortete ich auf ihr Flehen.

Sie ließ mir keine Ruhe und fand immer neue Gründe für eine Rückkehr in den Schoß der Familie. Sie sprach (mit viel Feingefühl) über Schule, Frühstück, Mittag- und Abendessen, die Familienbibliothek, saubere Kleider, das weiche Bett, eine Reise nach Kinshasa, Taschengeld, Fernsehen, Gesundheitsversorgung … Bei dieser Aufzählung musste ich laut lachen. Nichts kann die Freiheit ersetzen. Kein Essen, kein Taschengeld, kein Fernseher.

Draußen war ich mein eigener Vater, meine eigene Mutter, mein eigener Gott, mein eigener Vorfahr, mein eigener Präsident von Zaire. Die Welt war groß, weiter und saftiger als das traurige Leben, wo man um acht ins Bett muss, den Garten jäten und über den Hausaufgaben versauern soll. Und Typen wie den Weißen, Ngungi konnte man auch nur draußen kennenlernen. Meine Mutter behauptete, ich sei noch ein Kind.

»Du kannst noch nicht einmal ein Hemd bügeln!«

Die Aussage missfiel mir. Ich war schließlich kein Baby mehr. Kind zu sein war Schwerstarbeit. Zwischen uns und anderen Bälgern lagen Welten. Wir hatten die Erfahrung der Straße: Klebstoff, Rivalitäten mit verfeindeten Banden, Regen, Zusammenstöße mit dem Militär, während die Leute uns immer noch diesen hochtrabenden, verheerenden Beinamen »Kind« verpassten. Draußen war immer was los, Verfolgungsjagden mit den Finanzinspektoren, Wahnsinn, der Tanz der Teufel und das Mambo de la fête in seiner ganzen Pracht. In der Republik Zaire hatte bis auf Türsteher (nicht alle) und Militärs niemand Erfahrung mit dem Leben draußen.

Bevor sie verschwand, steckte sie mir einen Hundert-Zaire-Schein zu. Ich bog in den Boulevard Lumumba ein, ohne mich zu verabschieden. Sie blieb verblüfft zurück. Am nächsten Tag schaute Louis, mein Vater, vorbei. Er war zornig und schrie mich an.

»Du entehrst mich. Du entehrst deine Mutter. Du entehrst die Union Minière. Meine verstorbenen Eltern. Den gesamten Stammbaum!«

Von welchem Stammbaum redete er? Angesichts dieses Affronts reagierten die umstehenden Jungs.

»Die Union Minière geht mir am Arsch vorbei«, schimpfte Ngungi.

Und der Weiße:

»Die Union Minière ist eine Schlampe!«

Ich betrachtete das Ganze damals als eine Art schlechten Witz und erwiderte nichts, verzog noch nicht einmal das Gesicht. Molakisi hatte immer gesagt, dass ein normaler Mann, ein echtes Alphamännchen, keine Witze macht und selbst auf übelste Verleumdungen nicht reagiert. Mein Vater musterte mich. Ich erwiderte seinen Blick. Er versuchte, mich am Kragen zu packen, ich wich ihm aus. Er holte aus, um mich zu schlagen. Ngungi, der Weiße und sogar die Kinder anderer Banden verteidigten mich.

»Wenn du ihm ein Haar krümmst, hetz ich die Meute auf dich. Teufel, Teufel!«, brüllte Ngungi. Er lief immer mit nacktem Oberkörper herum, was die Narbe, die sich quer über seinen Bauch zog, gut zur Geltung brachte. Louis machte sich aus dem Staub. Wir johlten vor Lachen. Aber ich achtete darauf, es mit der Freude und dem Lachen nicht zu übertreiben, um meine Männlichkeit nicht zu gefährden.

7

Ngungis Fenstersturz oder wie dieser verdammte Sanza entdeckt, dass Flüge von der Post aus starten

»Und nachts fliegst du wirklich durch die Gegend?«, fragte ich Ngungi, als er mir seine ganze Geschichte auftischte.

Als er noch bei seiner Familie lebte, hatten sie ein Embargo über Ngungi verhängt. Schon bei seiner Geburt, als er noch ein Baby war, hatten seine Eltern ihn für eine ruhmreiche Universitätskarriere vorherbestimmt. Sie rieten ihrem Sprössling, nicht herumzugammeln – »Du musst erfolgreich sein, wo deine Mutter und ich versagt haben!« –, sich nicht mit Kleinkriminellen abzugeben und nichts anzufassen, was ihm nicht gehörte. Das Kind aß nicht in der Kantine – aus Angst, sich zu vergiften oder sich gar Typhus einzufangen – und vermied es, sich mit anderen Kindern aus der Schule anzufreunden.

Sein Banknachbar, ein spindeldürrer Junge namens Remy, heftete sich in der Pause und nach Schulschluss an seine Fersen. Eines Tages entschied Remy sich für die offene Konfrontation. Er reichte Ngungi ein Stück Brot.

»Ich habe keinen Hunger.«

»Es soll dich auch gar nicht sattmachen …«

»Lass mich in Ruhe!«

»Komm, probier schon, mein Brot ist nicht schlecht.«

»Ich kann nicht, das weißt du genau.«

Plötzlich fing Remy an zu lachen und musterte seinen Klassenkameraden, als hätte der sich gerade in die Hose gepinkelt.

»Extrem bedauerlich, wie du in deinem Alter noch am Rockzipfel deiner Mutter hängst, du Opa. Diese langweilige Phase haben wir schon längst hinter uns …«

»Stimmt doch gar nicht«, verteidigte sich Ngungi.

Remy erhöhte den Druck:

»Dir fehlt die Phantasie. Wie willst du wissen, dass du nicht von deinen Eltern abhängig bist, wenn du nie was ohne ihre Erlaubnis machst? Schau dich doch an, was für eine traurige Gestalt du bist. Du hast keine Freunde, du spielst nie Fußball, nicht mal mit Mädchen sprechen kannst du …«

Ngungi knickte schließlich ein. Dann passierte etwas Komisches. In seinem Mund verwandelte sich der Brotkanten abwechselnd in ein Stück Banane, Mango, Weintraube, Ziegenfleisch – was er noch nie gegessen hatte – und Stockfisch. Sofort hatte er eine Verstopfung und bekam den ganzen Tag nichts mehr herunter.

»Du siehst gar nicht gut aus«, sorgte sich seine Mutter.

»Mach dir keine Sorgen …«

»Ngungi, du verheimlichst mir doch etwas.«

»Nur eine Migräne, sonst nichts, Maman.«

Ngungi schlich sich in sein Zimmer und schlief ein, ohne seinen Eltern Bescheid zu sagen. Mitten in der Nacht hörte er, wie eine schrille Stimme seinen Nachnamen rief. Er vergrub den Kopf unter den Laken. Das machte es aber nur noch schlimmer. Ein ohrenbetäubender Lärm prasselte auf sein Trommelfell. Schließlich erschien Remy in einer gelb-blauen Latzhose und zur Sicherheit mit einem Helm auf dem Kopf.

»Hast du deine Tasche schon gepackt?«

»Was willst du von mir?«

»Keine Spielchen! Ich bin nicht in Stimmung für Witze. Du hast an meinem Brot geknabbert, also kommst du jetzt mit.«

Es entbrannte ein langer Streit zwischen den beiden Kindern.

»Wenn du nicht mitkommst, übersteht deine Mutter den heutigen Tag nicht«, drohte ihm sein Klassenkamerad. »Würde es dir gefallen, sie in einem Sarg vor dir zu haben? Hast du schon mal eine Leiche gesehen?«

Sie zogen los, und über gewundene, halb-gepflasterte und spärlich beleuchtete Wege erreichten sie einen großen Flughafen. Die Formalitäten nahmen kaum mehr als ein paar Sekunden in Anspruch. Sie bestiegen eine Maschine, die aussah wie eine fliegende Untertasse und ohne Verzögerung abhob. Ngungi verlor die Orientierung.

Remy bemühte sich, ihn von den Vorteilen einer solchen Reise zu überzeugen.

»Es wird dir gefallen.«

Anderthalb Flugstunden später sahen sie in der Ferne phosphoreszierende Lichter. Als sich die Maschine dem Boden näherte, waren Wohnhäuser zu erkennen. Die Landung verlief reibungslos. Sobald sie Boden unter den Füßen hatten, rannten sie los, die Zeit im Nacken. Vor den Toren der Stadt wurden sie von einem großartigen Ehrenspalier aus Soldaten empfangen, das von einer etwa hundert Mann starken Blaskapelle gefolgt wurde, die die Nationalhymne eines asiatischen Landes spielte. Die Stadt, die vor ihnen lag, war ganz anders als Lubumbashi oder selbst Kinshasa und von sauberen und geräumigen Straßen durchzogen. Überall standen riesige Werbetafeln, auf denen lachende Kinder abgebildet waren. Ngungi und Remy waren als Einzige zu Fuß unterwegs. Verlegen und unsicher sah Ngungi sich um. Daraufhin sein Weggefährte herablassend:

»Wenn du schlau bist, kannst du mich an Reichtum noch übertreffen. Gehen wir zu mir, danach treffen wir uns mit meinen Kollegen.«

»Kollegen?«

»Sie erwarten dich schon. Sie freuen sich, dich endlich kennenzulernen und dass du nun einer von uns bist ...«

»Woher kennen Sie mich denn?«

»Ich habe dich schon lange im Visier. Schon seit letztem Jahr erzähle ich ihnen von dir.«

Sie hielten vor einer Villa. Remy schlug zweimal mit der Faust ans Tor. Ein Wachposten erschien und grüßte sie ehrfürchtig. Ngungi war sprachlos. Wie konnte es sein, dass Remy, der noch nicht einmal Geld für Schuhe hatte, in dieser anderen Welt in fast schon unverschämtem Reichtum lebte?

»Gehört der Schuppen dir?«

»Warum sollte er nicht mir gehören? Wirklich schade«, fuhr er bekümmert fort, »dass meine Frau und meine Kinder schon im Bett sind.«

Ngungis Blut geriet in Wallung. Er wurde laut:

»Du willst ein Familienvater sein? Ein Kind, das selbst schon Kinder hat?«

»Warum denn nicht? Ist es neuerdings verboten, sich fortzupflanzen? Hast du mich überhaupt schon einmal angeschaut?«

Diese letzten Worte sprach Remy wie jemand, der gerade aus einem tiefen Koma erwacht. Als sie das Wohnzimmer betraten, wurde Ngungi langsamer und beobachtete ihn. Er bemerkte, dass der Junge sich trotz seines jugendlichen Gesichts und Körpers wie ein Hundertjähriger bewegte.

»Wir haben kein Alter. Ich bin ein Vater. Bald sogar schon Großvater ... Ist es etwa ein Verbrechen, das Oberhaupt einer großen Familie zu sein? Ihr Zairer erstaunt mich! (Als ob er selbst kein Zairer wäre.) Du bist doch Zairer, oder etwa nicht? Also, warum hast du dann so viel Schiss?«

»Ich will zurück nach Hause zu meinen Eltern!«

»Ich wiederhole mich nur ungern. Ein Schritt nach draußen, und deine Mutter ist erledigt.«

Remy warf sich etwas über, während Ngungi das prachtvolle Wohnzimmer bewunderte: ebenholzgetäfelte Wände, Möbel im Stil des französischen Klassizismus, Gemälde – noch dazu Originale! – von Rembrandt, Klimt, Schiele, Monet …

In einem Cabrio fuhren sie zu ihrem Treffen. Auch dort wurden sie wieder mit Ehrenspalier und Jubelschreien begrüßt. Ein Mann um die sechzig – der sich für den ersten Erdenbürger auf dem Mond hielt, und zwar schon seit 1958 – hielt eine kurze Rede:

»Es ist immer wieder eine große Freude für unsere Bruderschaft, ein neues Mitglied zu gewinnen. Die gesamte Gemeinschaft heißt dich in meinem Namen herzlich willkommen und steht dir für alle Fragen zur Verfügung.«

Einer nach dem anderen nannten die anwesenden Männer – und die paar Frauen, etwa zehn insgesamt – ihren Namen, legten ihr Zigmilliarden-Dollar-Vermögen offen – Schlösser, Tierparks, Wohnungen in ganz Ostafrika und Osteuropa – und gaben schließlich die Namen der Familienmitglieder an, die sie geopfert hatten, um ihr Ansehen zu steigern. Ellenlange Listen. Die Versammlung endete mit einem üppigen Bankett. Eine Schar von Butlern, Hausdamen, Kellnern und Köchen schlängelte sich mit Feuereifer durch die Menge. Sie schleppten riesige Töpfe, randvoll mit Fleisch, trugen Stühle herbei, stellten Tische auf, räumten Gedecke auf und ab, hantierten mit Champagnerflaschen …

Ngungi erwachte, sein Körper war lädiert, die Landung auf dem Platz vor der Post war missglückt, aufgrund des miesen Wetters und wegen der schlechten Qualität des Blutes – in dieser Welt benutzten sie Blut als Treibstoff, behauptete er. Angeblich hatte sich die Post zu einem der größten Nachtflughäfen von Zaire gemausert. Alle Hexer, Aushilfshexer und Hexerlehrlinge von überall her – sogar aus dem benachbarten Sambia, aus Simbabwe und Angola, wenn ihre eigenen Flughäfen überlastet waren und die Direktflüge ausgingen – starteten vom Postplatz. Bordelle, Märkte, Bars, Krankenhäuser, der Hauptbahnhof und zahlreiche andere Orte waren vom Pöbel überlaufen und fungierten in der zweiten Welt als vollberechtigte Flughäfen. Ich fegte sein Geschwätz mit einer Handbewegung beiseite. Er lachte, und es klang, als würde er ersticken.

Am nächsten Tag schwänzte er die Schule. Am Abend kreuzte Remy wieder bei ihm auf. Ngungi entkam der Vollversammlung der Hexer nicht. Der Gesprächsleiter wandte sich feierlich an den Jungen:

»Ab sofort bist du Mitglied dieser Gemeinschaft. Um deine Loyalität zu unserer Bruderschaft unter Beweis zu stellen, musst du als Erstes die Entlassung deines Vaters bewirken.«

Ngungi wusste nicht, was er tun sollte. Er feilschte:

»Wie sollen wir über die Runden kommen, wenn Papa nicht mehr malocht?«

»Das musst du uns nicht fragen!«

»Ihr verlangt ein Wunder von mir … Ohne diesen Job …«

»Dann hättest du dich nicht auf das Stück Brot stürzen sollen.«

»Ich könnte niemals …«

»Übernimmst du die volle Verantwortung, wenn deiner Mutter etwas zustößt?«

»Gebt mir ein paar Tage, ich muss nachdenken.«

»Wir haben nicht ewig Zeit …«

Einen Monat nach diesem Vorfall wurde Ngungis Vater von seinem Vorgesetzten zum Gespräch geladen. Er bot ihm den vorzeitigen Ruhestand an und im Gegenzug eine kleine Entschädigung.

»Die Firma braucht frisches Blut. Du bist nicht mehr zwanzig, du solltest dein Leben genießen.«

Ngungis Vater stimmte zu, ohne lange nachzudenken. Er konnte gar nicht anders. Lieber akzeptierte er diese Endabrechnung – und stieg in irgendeinen Schleichhandel ein –, als dass er bis zum bitteren Ende am Tropf der Stahlindustrie und ihren Hungerlöhnen hing. Normalerweise haben die Leute, wenn es ums Geld geht – und das ist ein offenes Geheimnis –, immer Ideen und Ambitionen, die über den Wert der Scheine hinausgehen. Noch nie in seinem Leben hatte Ngungis Vater so viel Geld besessen. Vorsorglich verwahrte er das Geld in einem verschlossenen Eisenkoffer in seinem Schlafzimmer. In seiner Freizeit zählte er wieder und wieder die Scheine, bis er einschlief. Beim Jonglieren mit all dem Geld verlor er die Kontrolle. Er schmiedete größenwahnsinnige Pläne. Als Erstes erwog er den Bau eines Weltraumbahnhofs – das war einige Jahre nach Mobutus Versuch, die erste zairische Rakete ins All zu schießen. Seine Frau wehrte sich mit letzter Kraft dagegen. Dann versuchte er, sie mit allerlei Tricks vom Bau eines Palastes zu überzeugen, aber Ngungis Mutter erstickte diese Flausen im Keim. Er reaktivierte eine Megalomanie aus seiner Jugend. Er klapperte alle Bars der Provinz ab und gab Kerlen Bier aus, die er nie zuvor gesehen hatte und die er mit seiner Freigiebigkeit überraschte. Im Mambo ließen die Schmeichler ihrer Phantasie freien Lauf. Sobald sie seine Rübe erspähten, ließen sie alles andere stehen und liegen – die Kippen, das Bier, den Tanz der Teufel, die Jukebox, den Billardtisch –, winkten einander herbei, stürzten sich (wie die Fliegen) auf seine Karre, zogen den Hut und knieten zur Begrüßung nieder, berichteten in gut verständlichem Ton von den Heldentaten, die sie ihm zuschrieben, lobten in den höchsten Tönen seine Wampe und seine Glupschaugen, priesen seine legendäre Großzügigkeit, entdeckten eine verrückte Ähnlichkeit mit James Brown, verglichen ihn mit den Riesen dieser Welt, erklärten ihn zum Gesalbten Gottes, ja, sogar zum Auserwählten unter den Tausenden von Zairern seiner Generation, boten (mit zitternder Stimme) reihum an, ihm einen Gefallen zu tun –

»Nehmen Sie doch auf diesem Stuhl Platz!«

»Monsieur, möchten Sie den Tanz der Teufel tanzen?«

»Falls es den Herrn interessiert, die Toiletten sind heute sauber, eigens für ihn …«

»Möchte der Herr etwas trinken? Simba? Tembo? Cognac?«

»Reisen Sie zu Weihnachten ins metropolitane Frankreich?«

»Sicher hat der Herr eine besondere Vorliebe für Musik. Orchestre Vévé, OK Jazz oder *Afrisa* von Tabu Ley?«

»Ah, der Herr sieht aus, als käme er direkt aus Lissabon!«

–, sie verschlangen ihn mit dem Blick, gestanden ihre Schwäche für seine braungebrannte Haut oder für sein Pfauengehabe, machten sich gegenseitig fertig oder lachten laut, um seine Aufmerksamkeit zu gewinnen, warteten darauf, dass er die Tanzfläche für den Tanz der Teufel eröffnete, um die Hüften zu schwingen, setzten alles daran, ihm etwas zu trinken zu bringen – wenn er gut drauf war, gab er fünfzig Zaire Trinkgeld, war er vom Rheuma geplagt, gab er dreißig –, und unser Mann, offensichtlich zutiefst gerührt, übertraf sich selbst in seiner Wohltätigkeit.

Im Mambo de la fête gab es Gäste – männlichen Geschlechts –, die seit fünf Stunden an ein und demselben Getränk nippten. Diese illustre Gesellschaft, bis über beide Ohren verschuldet, ließ sich keine Gelegenheit zum Saufen entgehen. Wie die Diamantenschürfer, die bis zum Umfallen tranken und ihr Geld verschleuderten – ohne hinzusehen –, wenn sie ein paar Klunker aufgespürt und in Sicherheit gebracht hatten, mit Zofen (männlichen und weiblichen Geschlechts) nach oben gingen und nach unten, damit die Geister der Erde sie von zukünftigen Erdrutschen verschonten und gleichzeitig ihre Chance auf weitere Diamanten und hochkonzentriertes Kobalt erhöhten, führte Ngungis Vater das Leben eines Prinzen. Er versuchte, die verlorene Zeit aufzuholen. In seinem Freudentaumel merkte er, dass es Menschen gab, die ihre Jugend auskosteten, während er und seine Kollegen in Minen, Gießereien und Metallwerken schufteten – und zwar auch dank der Klunker und der Arbeiter in ebenjenen Minen und Fabriken. Einer der Gründe, warum auch Ngungis Vater auf die Sezession schwor: Die gesamten Erlöse aus den Minen wanderten in die Taschen der Barone des Regimes, die in ihren schicken Salons in der Hauptstadt herumlungerten. Diese düsteren Gedanken versetzten ihn in Wut. Er hatte am eigenen Leib erfahren, wie die Union Minière, das Mastodon, das Monstrum, die abscheuliche Bestie – für die Menschen aus allen Ecken des Landes ihr Heim verlassen hatten, auf behelfsmäßige Züge geklettert waren, um den weichen Boden umzugraben und das Kupfer zu schmelzen –, ihn bis zum letzten Tropfen ausgesaugt hatte, und wenn er sich nicht beeilte, würde er abnippeln, ohne seine alten Knochen zu den wilden Gitarrenklängen des Orchestre Vévé geschüttelt zu haben. Also stieg er mitten in der Nacht aus dem Bett, kleidete sich an – Krawatte, Socken, Bademantel, was er eben fand –, sprang in eine seiner Karren und raste wie ein Wahnsinniger durch die menschenleeren Straßen des Stadtzentrums bis zum Mambo, wo Jugendliche, Urahnen, Menschen unbestimmten Alters – oder die älter wirkten, als sie waren –, vom Klebstoff taubstumm gewordene Musiker, Tänzer, Akrobaten, Kellner und Aushilfskellner, der Verrückte mit der grünen Perücke, der Barmann und alle seine Nachkommen sangen und ihn rühmten bis in den Morgen. Die ganze Meute kniete vor ihm nieder. Sie lobpreiste die Jugend und die Schönheit, die ihm sein Geldbeutel verlieh.

Zu jener Zeit, im Mambo natürlich, denn das war eine vollkommen andere Welt, nützten Jugend und Schönheit wenig, wenn man keinen Zaster hatte. Die Gäste – männlichen und weiblichen Geschlechts – waren zehntausendmal eher bereit, sich zu verlieben, das Herz zu verlieren, für jemanden zu brennen, sich flachlegen zu lassen oder mit einer Person anzubandeln, wenn der Betroffene zwar hässlich, aber reich war – ihre Wortwahl –, als mit einer Miss World oder dem Sexiest Man Alive herumzuhängen. Als die Musiker durch Drogen aufgemuntert im Mambo de la fête den Saal zum Toben brachten und die Tanzfläche aus allen Nähten platzte, schrien die Leute sich heiser:

es gibt keine Schönheit
das Geld ist die Schönheit
es gibt keine Jugend
das Geld ist die Jugend
armer Teufel, hör auf, mich anzugraben
Habenichtse, nein
reiche Schnösel, ja
noch besser Geld
Geld, Geld, Geld
armer Teufel, hör auf zu nerven

Zu den tosenden hawaiianischen Gitarren, Congas, Becken, dem Vibraphon, Saxophon und der Bassklarinette verrenkte sich die Meute im Rhythmus des Tanzes der Teufel. Das war der Höhepunkt der bacchantischen Nächte im Mambo. Es war unmöglich, den Tanz der armen Teufel richtig zu tanzen, wenn man nichts zu beißen hatte. Es grenzte sogar an Selbstmord, das zu versuchen. Man verbrauchte dabei so viele Kalorien wie beim Gewichtheben. Beim – exzessiven, würden Leute wie Monsieur Guillaume oder Franz sagen – Hüftschwingen wurden so viele Muskeln beansprucht wie bei jeder x-beliebigen Kampfsportart. Man stand leicht gebeugt, die Arme vor der Brust, wie ein Boxer, der vor den Schlägen des Gegners in Deckung geht. Dann brachte man einen Fuß nach vorne – vorzugsweise den linken – und kam wieder zurück in die Ausgangsposition; danach wiederholte man alles mit dem anderen Fuß, sprang mit beiden Füßen nach vorne und wieder nach hinten. Man hob den Kopf und begann, die Hüften zu kreisen – zuerst ganz leicht, dann immer stärker –, gleichzeitig federte man in den Beinen, auf und ab, auf und ab, die Hände dabei immer in Bewegung, so als würde man Geld verteilen, im Gesicht ein teuflisches Grinsen.

Das Geld verschwand, ohne dass welches nachkam, und der Eisenkoffer leerte sich. Die Götter und anderen Geister der Mine weigerten sich zu ersetzen, was Ngungis Vater entwendete, um mit allen Mitteln den gefräßigen Hunger der Gäste im Mambo – männlichen und weiblichen Geschlechts – zu stillen. Er verhökerte seine Luxusschlitten und eröffnete im selben Zug einen Supermarkt. Seine Nachbarn und andere Stammgäste aus dem Mambo de la fête, abgestumpft durch seine Gutmütigkeit, ließen nun Waren und andere Güter des täglichen Bedarfs bei ihm anschreiben. Als er sie dazu aufforderte zu bezahlen, fühlten sie sich auf den Schlips getreten und erfanden und verbreiteten zur Strafe Tratschereien. Nach langen Monaten der Auseinandersetzung ließ sich niemand mehr im Laden blicken. Im Mambo war sein Stern am Sinken. Um seinen Status als Mäzen zu verteidigen, unternahm Ngungis Vater unglaubliche Verrenkungen. Aber es gelang ihm nicht, ihre Liebe und Leidenschaft neu zu entfachen. Sein Ansehen war verloren, und die Gäste zogen weiter. Er kreuzte in der Bar auf, und niemand kniete mehr nieder. Die Kellnerinnen räusperten sich, wenn er vorbeiging. Die Barkeeper und ihre Nachkommenschaft kicherten. Die Musiker und andere Tänzer – darunter Fredo, Moustapha und Kasongo – schauten weg, wenn sie nicht gerade auf den Boden spuckten. Der Verrückte mit der grünen Perücke rannte ihm nicht mehr nach. Die Aushilfskellner – männlichen und weiblichen Geschlechts – gaben ihm zu verstehen, dass das Mambo de la fête ein Vergnügungsort für junge Leute sei und dass er, wenn er frische Luft brauche, ins Vieux Léopard gehen solle, wo Musiker aus einem anderen Jahrhundert die Rumba der fünfziger Jahre spielten – »Sie sehen doch, das hier ist nicht der richtige Ort für Sie …« Die Straßenkinder bekamen einen Nervenzusammenbruch, wenn er sie auf der Tanzfläche anrempelte – »Ich hatte dir angeboten, mich zu adoptieren, und jetzt sieh dich doch nur an!« Der Diskjockey, eigentlich einer seiner Anhänger, hatte genug von ihm. So war es im Mambo de la fête, wenn du Kohle hattest, wurdest du verhätschelt. Warst du pleite, beschimpften sie dich als Perversling, als undankbaren Kerl, beleidigten dich bis in die sechste Generation und himmelten vor deiner Nase den nächsten Brandneureichen an.

Auf Anraten eines Freundes wandte er sich an einen Propheten am Stadtrand, einen Spezialisten für das Abwehren von

Flüchen. Er konnte nicht verstehen, wie er, einst strukturiert und akribisch wie kaum jemand, seine Finanzen nicht mehr verwalten konnte.

Der Prophet Singa Boumbou ließ ihm keine Zeit, seinem Herzen Luft zu machen. Er empfing ihn in einem engen, schummrig beleuchteten Zimmer, nachdem er, wie befohlen, Schuhe, Armband und Brille abgelegt hatte. Singa Boumbou nahm einen Spiegel aus einem Etui und las in seinem Leben, einschließlich seiner Zeit bei der Union Minière und seinen wilden Trips ins Mambo, um zu versichern, dass er bei ihm in guten Händen war:

»Du bist ein ehemaliges Mitglied der Union Minière. Du hast zwei Kinder. Du gehst regelmäßig ins Mambo, die Kellner und die Kinder des Besitzers verspotten dich in letzter Zeit, die Musiker verleugnen dich …«

Ngungis Vater schluchzte:

»Was ist bloß los? Können Sie sich das vorstellen, ich habe diesen Spinnern Alkohol gekauft, und niemand, wirklich niemand interessiert sich mehr für mich! Jetzt bin ich ein armer Schlucker.«

Der Prophet Singa Boumbou mit näselnder Stimme:

»Was ich sehe, wird Sie nicht aufmuntern. Ich muss mit Ihren Kindern sprechen.«

»Was haben die damit zu tun?«

»Der Erste«, sagte er ausweichend, »wächst nicht wie normal.« Er starrte in den Spiegel. Es sah aus, als versuchte er, eine verschlüsselte Botschaft darin zu entziffern.

»Wissen Sie, aus der ganzen Provinz kommen die Leute zu mir. Ich freue mich immer, wenn die Lösung in greifbarer Nähe liegt. In Ihrem Fall kann von Gewissheit jedoch keine Rede sein … Sie haben Pep, Sie sind ein Mann mit Charakter, aber im

Hinblick auf die derzeitige Konjunktur weiß ich nicht, was ich an Ihrer Stelle machen würde. Wir alle haben Kinder, und es ist ungewiss, was aus ihnen werden wird …«

Er machte lange Pausen, unterbrach sich mitten im Satz, zögerte oder wiederholte bestimmte Wörter, um die Spannung zu steigern. Ngungis Vater, der auf einem Bastsack auf dem Boden hockte, sog alles, was der charismatische Singa Boumbou sagte, in sich auf.

»Kommen wir gleich zur Sache … Ihr Sohn, der älteste … Ich sehe, wie er Ihnen mit einer Heckenschere die Haare schneidet.«

»Haben Sie Beweise?«

»Gewiss!«

»Lassen Sie mich einen Blick darauf werfen …«

Er reckte schon den Hals, um zu sehen, was im Spiegel vor sich ging. Der Prophet wehrte seine Hände ab.

»Nicht anfassen. Das Kind, das ich sehe und das Ihnen gerade jetzt den kompletten Bart abschneidet, hat eine Narbe am linken Bein.«

Ngungis Vater lachte trocken und schüttelte heftig den Kopf. Sein Gegenüber legte den Spiegel wieder zurück in das Etui.

»Ich wünsche Ihnen viel Glück.«

»Warten Sie, Sie können mich doch nicht einfach hängenlassen!«

»Sie sind wegen einer Routineauskunft zu mir gekommen. Wenn Sie die Sache wieder in Ordnung bringen oder wenigstens retten wollen, was zu retten ist, stehe ich Ihnen weiterhin zur Verfügung.«

»Durchaus …«

»Das macht fünfhundert Zaire für die Anfahrt und die Palliativpflege, nicht zu vergessen, dass Sie mir einen neuen Spiegel schulden. Ihr Sohn hat meinen verhunzt. Er ist fast gänzlich unleserlich geworden …«

Der alte Vater nahm den Propheten Singa Boumbou mit nach Hause. Der redete nicht um den heißen Brei herum. Er zeigte mit dem Finger auf Ngungi:

»Ausgeburt des Teufels!«

Ngungi stritt alles ab.

»Ich verabschiede mich …«

»Wollen Sie denn gar nichts unternehmen?«

»Sie sehen doch, wie er sein kleines Spielchen verheimlicht.«

»Tun Sie doch etwas …«

Der charismatische Prophet Singa Boumbou zog ein mit gelblicher Erde gefülltes Gefäß aus seiner Tasche. Ngungi gab dem elterlichen Druck nach und schluckte das Mittel. Sofort wurde ihm übel. Er hatte das Gefühl, sämtliche Eingeweide erbrechen zu müssen.

»Er muss diesen Trank zu sich nehmen, bis er seine Schandtat gesteht. Anders können wir ihn nicht von den bösen Geistern befreien.«

Jeden Morgen tauchte der Prophet auf, und Ngungi bekam seine Dosis. Von dieser Tortur an den Rand der Verzweiflung gebracht, spuckte er schließlich aus. Er berichtete ausführlich von seinen nächtlichen Reisen, den Banketten, von der Familie, die er gerade in der zweiten Welt gegründet hatte, seinen Häusern … Der Heilungsprozess verlangte, dass er dreimal täglich ein ähnliches Gebräu schluckte, das sofortiges Erbrechen und Kopfschmerzen zur Folge hatte. Eines Nachmittags im September verließ Ngungi sein Elternhaus.

»Solltest du an meiner Aufrichtigkeit zweifeln, komm doch heute Abend einfach mit.«

8

Der Schreiberling und die Madonna

Sobald sie erfuhr, dass ich Schriftsteller war und mich auf meiner fieberhaften Suche nach den Katanga-Gendarmen zufällig in Lunda Norte aufhielt, rief mich die Madonna zu sich. Kein Zweifel, für die Grande Dame war meine Anwesenheit in Angola ein Geschenk des Himmels. Sie ließ mich wissen, dass alles, was ich vor unserem Zusammentreffen im Leben gemacht hatte, nicht zählte. Sie hatte extra für diesen Anlass einen großen Topf sehr scharfer Brühe mit Rinderhaxen nach kamerunischer Art zubereitet, dazu reichte sie Kochbananen. Kaum dass ich saß, öffnete sie ohne meine Zustimmung mehrere Flaschen Bier. Eine ungemein großzügige Geste, wenn man weiß, wie teuer das Bier in Angola ist.

»Ich habe gehört, du bist Schriftsteller.«

»Ja …«

»Ich habe viel erlebt, Franz. Was habe ich nicht alles gekannt, gesehen, in den Händen gehalten und ausprobiert, von meiner frühen Kindheit bis zum heutigen Tag? Wenn ich eines Tages gehen muss, geraten nicht nur mein Leben, sondern ganze Stammbäume von Zairern ins Wanken.«

Entweder ist man klug, oder man ist lebensklug. Das Erste wird man von selbst oder in der Schule. Das Zweite durch die Gefahren des Lebens. Tshiamuena war keine Gelehrte, und auch ihr Intelligenzquotient war nicht besonders hoch. Aber sie hatte Erfahrung. Sie hatte unerbittliche Winter, Stürme, ausgedehnte Erdbeben und schlechte Sommer erlebt, sie kippte nicht mehr wegen allem und jedem aus den Latschen. Wenn eine lebenswichtige Entscheidung anstand, wenn die Diamanten ausgingen und die Mine gewechselt werden musste, hatte immer sie das letzte Wort. Ohne jemals eine amerikanische oder russische Universität besucht zu haben, hatte Tshiamuena die Weisheit gepachtet. War sie wirklich eine Hexe? Das steht auf einem anderen Blatt.

»Verstehe …«

»Willst du nicht meine Memoiren schreiben, mein Sohn? Geld? Ich schwimme darin. Wie viele Dollar?«

Die Brühe war köstlich, aber extrem scharf. Ich weinte beim Essen. Doch ich hätte nicht sagen können, ob meine Tränen vom Chili herrührten oder vom Anblick der Madonna. Ich hatte mein Bier noch nicht leergetrunken, da entkorkte sie schon das nächste. Ohne meine Einwilligung.

»Es ist eine Arbeit, die dich für ein Vierteljahrhundert in Anspruch nehmen könnte. Ich hatte schon immer das Gefühl, mehrere Leben zu haben. Manchmal auch gleichzeitig. Franz, seit ein paar Monaten kommt es mir so vor, als lebte ich gleichzeitig in Angola und in Japan. Dort habe ich einen japanischen Namen, Fumie Ogawa, aber ich bin zweihundert Jahre jünger. In Japan lebe ich weder in Tokio noch in Nagasaki. Große Städte lösen bei mir Beklemmungen aus und verderben mir den Appetit. Schon Kinshasa war für mich eine Leistung.«

Es klopfte an der Tür. Ohne sich von ihrem Schemel zu erheben, rief sie:

»Komm herein, Molakisi. Warum bist du so traurig, mein Junge?«

Der junge Mann trat durch die Tür und schien tatsächlich verzweifelt. Es war ein Schock. Wie konnte sie wissen, dass es dem Jungen nicht gut ging? Molakisi hatte noch kein Wort gesagt, da empfahl sie ihm schon, sein Leid geduldig zu ertragen.

»Ich sehe doch, was los ist. Spar dir den Atem und erzähl mir nicht, was ich schon weiß, ohne von meinem Schemel aufzustehen. Hast du Hunger, mein Junge? Warum frage ich überhaupt? Ich weiß es schon.«

Molakisi leerte seinen Teller ohne abzusetzen.

»Kommt mit.«

Sie ging voraus. Molakisi dicht hinter ihr. Ich als Letzter. Wir gingen, um ein Wörtchen mit den Grubenarbeitern zu reden.

Niemand wollte den jungen Molakisi einstellen. Die Schürfer waren zu Kooperativen, sogenannten Rennställen, zusammengeschlossen, und alle waren auf etwas spezialisiert. Sie hatten seine sprachlichen Entgleisungen noch nicht verdaut. Für sie war es ausgeschlossen, ihn aufzunehmen.

»Tshiamuena ist eine Prinzessin, eine Königin und eine Mutter. Wenn du sie respektlos behandelst«, hatten sie gewettert, »wirst du eines Tages den Rahmen des Möglichen verlassen. Du hast noch nicht einmal deine Hose zugeknöpft, und schlägst schon über die Stränge und verwechselst die Mine mit einer Schule …«

»Pedritto, warum arbeitet ihr nicht mit ihm?«

»So ist es nicht, wir dachten, die Spitzhacke interessiert ihn nicht. Komm, Molakisi …«

Die Kerle aus Pedrittos Rennstall entschuldigten sich wortreich. Er wurde auf der Stelle als Schürfer engagiert.

Es gibt Leute, denen wurde das Glück in die Wiege gelegt. Seit fünf Jahren waren Pedritto und seine Leute auf der Jagd nach Klunkern. Zehn Tage nach Molakisis Einstellung stießen sie auf einen Diamanten – und er war derjenige, der ihn fand. In Afrika ist so ein Stein wertlos. Er muss erst nach Antwerpen oder sonst wohin gebracht werden, um seinen wahren Wert zu entfalten. Ohne die Madonna in Kenntnis zu setzen – sie unterhielt Beziehungen zu hochrangigen Persönlichkeiten, Diamantenhändlern in Angola und Kinshasa, und hätte ihnen einen interessierten Abnehmer vermitteln können –, veräußerten Molakisi, Pedritto und seine Leute das Produkt zu einem Spottpreis. Und das war noch untertrieben: Der Zwischenhändler erwarb den Stein zu einem Zehntel des Marktpreises. Zu jener alten Zeit gingen viele Schürfer mit einer gewissen Naivität vor. Sie waren unfähig, die verschiedenen Sorten Diamanten auseinanderzuhalten. Für Molakisi und seine Leute begann ein neues Leben. Sie feierten von morgens bis abends. Tshiamuena bekam einen hysterischen Anfall. Sie redete mit allen und mit jedem Einzelnen. Die Madonna riet ihnen, schnell nach Zaire zurückzukehren und mit der Familie ins Hotelgewerbe einzusteigen. Sie verteilte Ratschläge und Empfehlungen, vermittelte Kontakte, wurde sogar laut, aber die jungen Leute lachten bloß über sie.

»Sie übertreiben, Tshiamuena, wir sind nicht in Zaire, sondern in Angola und mitten im Bürgerkrieg, behalten Sie Ihre Warnungen für sich.«

Sie waren nicht die Ersten und nicht die Letzten, die das Diamantengeld verspielten. Sie führten eine alte Tradition fort. Diamantengeld ist zum Verschwenden da, um die Geister der Erde gnädig zu stimmen. In diesen Momenten überschwänglicher und unkontrollierbarer Euphorie tilgte man, mithilfe von

Bier und Zigaretten, das immerwährende, unheilvolle Bild der Madonna als Pechbringerin aus dem kollektiven Gedächtnis. Sobald aber wieder Alltag einkehrte, kam die Krise; ein Erdrutsch am Sonntag, ein weiterer am nächsten Tag; die Lavadores beim Schürfen der Kiesel von den Fluten des Kwango mitgerissen; die Minentaucher – echte Asse im Apnoetauchen, die am Grund des Flusses Eimer mit potenziell diamanthaltigem Sand füllten – plötzlich von Atemnot und Herzinfarkt heimgesucht; die Kondombeurs oder Mwetistes – die während der Tauchgänge mit langen Stäben die Boote im Gleichgewicht hielten – geschwächt von uneindeutigen Symptomen; die Dona Moteurs oder Besitzer der Boote und der ganzen Gerätschaften im Schlaf dahingerafft; die Schlepper oder Schleuser von Angola nach Zaire – und umgekehrt – vermisst oder von einer Landmine getötet; und man schaute wieder Rat suchend auf die Madonna. Man schenkte ihr alles, was einem in die Hände fiel – Hühner, Papageien, Pumps, holländische Waxstoffe, Transistorradios made in China –, um das Schicksal zu wenden. Aber sobald die Pechsträhne vorbei war, ging das süße Leben weiter, und die Leute stürzten sich wieder in durchzechte, entweihte Nächte voll Rumba und Kizomba.

9

Was Molakisi und andere Diamantensucher über Tshiamuena zu lästern hatten

Tshiamuena war bestürzt über unsere Lebensführung. Während sie mit Nachsicht und Mitleid auf unsere unvermeidlichen Saufgelage, die ständigen Schlägereien unter Alkoholeinfluss und das Gerangel zwischen den verschiedenen Rennställen reagierte, platzte ihr schnell der Kragen, wenn sie merkte, dass wir es wirklich zu weit trieben.

»Ihr sauft zu viel Bier«, flüsterte sie und machte ein Gesicht wie jemand, der gerade eine Stufe verfehlt hat. »Eure Generation ist den Verlockungen des Geldes (und der Onanie) verfallen, dabei könntet ihr es weit bringen, wenn ihr nur einen Augenblick nicht an Rumba und Bier denken würdet.«

Sie warf uns Faulheit vor (darin war sie meisterhaft!) und rief ihre Ahnen an, um das Unglück von allen abzuwenden, die sich über ihr Säbelgerassel lustig machten. Sie kämpfte gegen Windmühlen. Ihre Ratschläge gingen uns zum linken Ohr rein und zum rechten (in derselben Geschwindigkeit) wieder raus. Wir waren von Angola im Allgemeinen und unseren Träumen von schnellen Diamantenfunden so verzaubert, dass ihre Beschwerden und Beschimpfungen uns wie eine Provokation vorkamen. Jeder wollte sein Glück versuchen, fern der zairischen Heimat, und im Exil und im Ausland ist das Recht der Erstgeborenen (und die damit einhergehenden Privilegien) außer Kraft gesetzt. Das Land, die Familie, die Zugehörigkeit zu einer Religion oder einem Clan zählen nichts mehr. Nutzloser Krempel. Und in Angola ging es drunter und drüber, jeder war sich selbst der Nächste, schließlich war auch jeder Garimpeiro auf eigene Faust, auf eigene Gefahr, auf eigenen Beinen, mit eigenen Vorstellungen von Wohlstand, Erfolg und schnellem Reichtum nach Angola gekommen. Es wäre grotesk und sinnlos gewesen, auf gute Manieren zu pochen. Bis auf ein paar traurige Reste von Clan- und Familiengeist erschuf sich jeder selbst, und das war sicher gut so. Man kommt allein zur Welt und stirbt allein in seinem Bett oder beim erstbesten Verkehrsunfall. Im Angola der Minen war das Jacke wie Hose; jeder war sein eigener Vater, seine eigene Mutter …

Das Exil befreit einen vom Ballast der Traditionen und vom engen Korsett der Bindungen. Es ermöglicht dem Individuum, der Gebrechlichkeit des Seins nachzuspüren und endlich für sein Handeln selbst verantwortlich zu sein.

Und das hat Angola mehr als einmal bewiesen. Denn nur in deinem eigenen Namen (und nicht in dem deines Onkels) steigst du zehn Meter unter die Erde; in deinem eigenen Namen verstößt du gegen die Gesetze und die Geschäftsordnung der Minenpolizei und ihrer Helfer; in deinem eigenen Namen (und nicht in dem deines Stammbaums) versuchst du, den Wanst voller Steinchen, nach Zaire zurückzukehren; du selbst musst blechen, wenn es einen Erdrutsch, eine Razzia oder eine organisierte Entführung von Diamanten gibt, die du im Schweiße deines Angesichts gefunden hast, oder wenn du sonst wie die Arschkarte ziehst. Bei Tisch fromm zu warten, bis die Alten den Ball eröffneten und man endlich was zwischen die Zähne kriegte, den ganzen Tag den Laufburschen zu spielen, sich anbrüllen zu lassen, ohne den Mund aufzumachen: All das galt in Lunda Norte nicht.

Wenn sie mit ihren Cousins Jean-Pierre und Jean-Jacques telefonierte, die im Pariser Speckgürtel wohnten, behauptete sie allen Ernstes, dass sie mitten in der Pampa hausten. Die beiden – vor allem Jean-Jacques – gaben sich alle Mühe, sie zu überzeugen, dass sie, umgeben von Beton, in der französischen Hauptstadt lebten, dass sie mit der Metro zur Arbeit fuhren und jeden Sonntag den Eiffelturm anschmachteten, aber Tshiamuena ließ sich nicht umstimmen. Sie widersprach und nannte die beiden »meine kleinen Lieblinge«, obwohl sie, die Zweihundertjährige, die Dienstälteste der Welt, doch hätte wissen müssen, dass im Ausland Alter nichts zählte und wir alle gleich waren vor Steuerabzug, vor dem Gesetz und der Kalaschnikow.

Ihre Cousins waren stattliche Männer Ende fünfzig, mit einer Nachkommenschaft von siebzehn oder achtzehn Bälgern beim einen und einer unüberschaubaren Kinderschar beim anderen, aber Tshiamuena schwafelte – bei allem Respekt – von ihrer baldigen und notwendigen Rückkehr in die Heimat. In ihrer Ethnie war das Dorf, wie viele von uns erst später erfuhren, der Nabel der Welt und alles andere die Pampa. In grauer Urzeit verließen die Menschen das Haus nur, um Obst und Gemüse zu sammeln, Wild zu jagen, zu mähen und zu fischen oder verschiedenen anderen Aktivitäten wie beispielsweise Initiationsriten nachzugehen. Alle, die gingen, kamen früher oder später zurück. Aber Tshiamuena vergaß, dass wir mit beiden Beinen im 20. Jahrhundert standen und außer ihr – der selbsternannten und vorgeblichen Zweihundertjährigen – niemand mehr sein Dorf für den Nabel der Welt hielt. Halten wir einen Moment inne. Wenn ihre beiden Cousins (samt Frauen und Kindern) ihrem Wunsch nachgekommen und eiligst nach Zaire zurückgekehrt wären, wo hätten sie unterkommen sollen? Wovon hätten sie leben sollen, bis sie selbst für sich aufkommen konnten? Wer hätte sie am Flughafen abgeholt, wo Tshiamuena selbst doch in Angola weilte? Und wenn wir das Ganze weiterdenken, Zaire und seine zahlreichen, umtriebigen Geheimdienste hätten ihnen niemals auch nur den Anflug eines Visums ausgestellt. Die Geheimagenten hätten ihnen sicher krumme Dinger untergeschoben.

10

Die zuvorkommende Art Madonna ist verwirrend oder bringt euch sogar in eine unterlegene Position. Sie wirft nicht nur eure Gefühle durcheinander und rüttelt an euren Traditionen, sondern sie hält auch stur euren Kopf über Wasser, selbst wenn das den eifersüchtigen, besitzergreifenden und streitlustigen Schürfern – Karimbeurs, Dona Moteurs, Minentauchern – gar nicht gefällt

Sie hatte ihr allerbestes, scharlachrotes Kleid angezogen, um mich zu besuchen. Es war während der Regenzeit. Den ganzen Tag über hatte es geschüttet. Die Schürfer bei der Arbeit sahen aus wie Astronauten im Weltall. Der schlammige Laterit stand uns bis zu den Knöcheln.

»Hallo, mein Junge.«

»Madame …«

»Franz, richtig?«

»Ja …«

»Hast du dich schon über mein Alter informiert?«

»Wie bitte?«

Sie verschlang mich mit den Augen. Mir war sofort klar, dass sie über sich selbst sprechen wollte. Um es kurz zu machen, antwortete ich bloß:

»Man hat mir von einer Dame berichtet, die sich ein wenig zu wichtig nimmt.«

»Die Zairer sind wütend auf mich. Niemand traut mir. Alle warten auf den nächsten Erdrutsch, um sich mir vor die Füße zu werfen. Sicher haben sie dir auch gesagt, dass ich nichts als eine vom Leben gebeutelte Hochstaplerin und die Deko auf meinem Müllhaufen-Schicksal bin. Ich werde dir die Wahrheit sagen. Bist du bereit, sie zu empfangen und sie zu überdenken?«

Sie hatte sich auf eine Trittleiter gestellt, um mir direkt in die Augen zu sehen, und kam mir so nah, dass ich ihr Herz schlagen hörte und ihren Heizöl-Atem roch, während mir die Weihrauchschwaden, die sie verströmte, in Augen und Nase brannten – sie war überparfümiert.

»Mir ist aufgefallen, dass dir von meiner Offenheit schwindelig wird, da ihr Männer daran gewöhnt seid, euch aufzuspielen und alles abzustreiten, wenn die Wahrheit euch ins Wanken bringt. Ich kann an deinem Blick erkennen, dass du trotz deiner Habichtsnase ein Spatzenhirn hast. Wie dem auch sei, kommen wir zu den ernsteren Dingen.« Sie begann, an meinem Hinterkopf und meinen Haaren herumzukraulen, nicht wie eine Liebhaberin, sondern wie eine fürsorgliche Mutter, die ihr Baby gegen alle Boykottversuche zum Schlafen bringen will. »Mein Junge. Von Frankreich über Kambodscha und Bolivien bis nach Simbabwe gibt es kein älteres Lebewesen als mich auf dieser Welt. Ich bin so alt wie der Sambesi. Ich bin so alt wie Neuguinea. Ich bin so alt wie die Erdrutsche. Ich bin so alt wie die Sonne …«

Ich lachte nicht. Mein Verhalten stimmte sie milde.

Ihre stechenden Augen weiteten sich plötzlich. Sie schien aus einer fernen Welt zu kommen, die nur sie kannte. Ich könnte nicht sagen, wie lange wir in dieser Position verharrten. Ich im Stehen, mit hängenden Armen, sie oben auf der Trittleiter, in ihrem lateritroten Kleid. Einen Moment lang dachte ich, sie würde mich küssen, so nah kamen sich unsere Lefzen.

»Stimmt es, was man sich über die Weißen und ihre Liebe zu Frischfleisch erzählt?«

Ich verstehe selbst nicht, wie mir so eine Frage rausrutschen konnte.

»Diese Raubtier-Geschichten faszinieren mich und machen mir Angst«, antwortete sie.

Ihre heisere Stimme hatte das Ungestüme verloren. Es war, als hätte eine andere Person von ihr Besitz ergriffen. Sie war so erschöpft von ihren Selbstgesprächen, dass sie es nicht mal mehr alleine die Leiter herunterschaffte. Ich brachte sie nach Hause.

Auch ein Schlaukopf findet seine Meisterin. Konnte Tshiamuena etwa ahnen, als sie diese Hirngespinste abgehalfterter Zuhälter geschluckt hatte, dass sie vierzig oder fünfzig Jahre später selbst des Kannibalismus bezichtigt werden würde? Noch dazu von ihren eigenen Landsleuten? Die sie mit offenen Armen empfangen hatte, ohne eine Gegenleistung zu erwarten, die sie nährte, bis sie satt waren, denen sie saubere Klamotten gab – selbst Unterwäsche, was ein offenes Geheimnis war –, denen sie ein Bett gab, die sie mit Getränken versorgte (Rotwein, Bissap-Saft und sogar die Zwillingsbiere Primus und Skol), die sie pflegte, wenn sie krank waren. Oh, verstörende Schutzpatronin!

»Diese jungen Zairer wissen gar nicht, was sie da anstellen. Das sind Jugendsünden. Früher oder später überreichen sie mir Blumensträuße und feiern mich mit Pomp und Gloria. Solange es in Angola von Klunkern wimmelt, habe ich noch Hoffnung. Heute schimpfen sie über mich, morgen kommen sie zu Tausenden.«

Die Realität passte nicht in ihr Weltbild. In den Minen spielte jeder sein eigenes Spiel, auch wenn sie in Teams schürften. Es mangelte nicht an Schlägen unter die Gürtellinie. Auch die Madonna bildete da keine Ausnahme – Matrone oder Hexe, das ist doch dasselbe in Grün, hieß es. Ihre Ausstrahlung einer Löwin inmitten von Rüden und ihre unermessliche Großzügigkeit ärgerten alle, die nicht zu ihrem Gefolge gehörten und somit nicht von ihrem großen Herzen profitierten. Ihre Kritiker schürten haufenweise Klischees, und es gelang ihnen so gut wie immer, einen kausalen Zusammenhang zwischen ihrer Güte und den ständigen Erdrutschen herzustellen.

»Mit der rechten gibt sie, mit der linken nimmt sie es sich zurück. Sie bedient sich in Vollzeit an eurem Glück!«

Mit jedem Erdrutsch steigerte sie ihr Ansehen in der Welt der Finsternis.

11

Die Launen eines größenwahnsinnigen Mädchens

»Man reicht ihr den kleinen Finger, und sie nimmt die ganze Hand.«

»Das Luder geht zu weit!«

»Die Pubertät steigt ihr zu Kopf.«

»Sie ist eine außergewöhnliche Frau, ihr Neidhammel!«

»Und sie hat Charakter.«

»Mich nerven ihre unkontrollierten Überlegenheitsgefühle.«

»Sie steht auf einer Stufe mit Mutter Teresa, Bessie Smith, Billie Holiday …«

»Komm schon, sie singt nicht, sie quakt.«

»Ohne die Madonna würden wir noch in der Altsteinzeit leben.«

»Hexe oder Matrone, das ist doch dasselbe in Grün.«

»Soll sie doch zurück nach Zaire gehen. Unter uns gesagt, Angola ist keine psychiatrische Anstalt!«

»Sie wurde im 15. Jahrhundert geboren.«

»Eine Grande Dame, eine Königin, eine geborene Prinzessin!«

»Wenn ihr mich fragt, ist sie 1921 geboren, Ende der Diskussion.«

»Übrigens ist sie eine Tochter aus gutem Hause, was die meisten hier nicht von sich behaupten können.«

Derartige Streitereien gab es oft unter den Schürfern. Wenn keiner Wasser in seinen Palmwein geben wollte, kam es sogar zu Massenschlägereien. Gewiss, Tshiamuena hatte schon ein paar Jahre auf dem Buckel. Davon zeugten ihre arthritischen Hände, ihre Glatze und ihre Art, sich zu kleiden. Aber eben diese Langlebigkeit löste Debatten ohne Hand und Fuß aus, die sie selbst noch befeuerte. Laut ihres offiziellen Ehemannes, Monsieur Tshilenge, wurde sie 1921 oder 1923 geboren. Aber die Hauptbeteiligte selbst wischte all diese Behauptungen vom Tisch:

»Warum flippt ihr alle so aus? Ich bin schon seit einem Jahrhundert kein junges Mädchen mehr!«

Die Madonna gab vor, dass sie sich viel gestriger fühlte, als sie aussah. Mit Verve und Charme überzeugte sie selbst die größten Zweifler. Erst später in der Nacht, wenn man allein auf seiner Pritsche lag, bemerkte man den Bluff.

Die Belgier waren, Tshiamuena zufolge, unter dem Vorwand der Windpockenimpfung in ihrem Dorf aufgetaucht. Vier oder fünf Assistenzärzte, um an die hundert Kinder zu behandeln. Als sie sich auf der Straße herumtrieb, begegnete sie einem von Angesicht zu Angesicht. »Wie alt bist du?« Damals wusste sie nicht, wie sie reagieren sollte. Sie lächelte vorsichtig. Zitternd vor Angst hielt sie dem Blick des Mannes stand. Es war das erste Mal, dass sie einen Weißen sah. Genau wie ihre Eltern, Onkel, Tanten, Nichten und Cousins. Wie die allermeisten in ihrem Dorf.

»Solange ich denken kann«, erzählte die Madonna jedem, der es hören wollte, »waren hellhäutige Menschen in meiner Gegend dünn gesät. Deshalb waren wir bisher nicht in den Genuss gekommen, sie bei was auch immer zu beobachten. Nur einige wenige Älteste, Kaufleute, Träger oder Abenteurer, die von langen Reisen zurückkehrten, wussten etwas über sie. Sie wussten mehr, sie waren uns einen Schritt voraus. Es gab sogar einen eigenen Namen für diese Unerschrockenen: die das Meerestier gesichtet haben. Diese Leute umgab eine besondere Aura, und die nutzten sie bei jeder Gelegenheit. Manche machten sogar ein Geschäft daraus. Sobald sie loslegten«, flüsterte die Madonna mit ihrer vom gepantschten Alkohol heiseren Stimme, »verzerrten sich ihre Gesichter. Sie konnten den ganzen Tag dieselbe Geschichte erzählen, und jedes Mal überkam es sie: weit aufgerissene Augen, heraushängende Zunge, zu Berge stehende Haare. Einer empörte sich besonders über das wallende Haar der Weißen, ein anderer mokierte sich über ihren Stimmumfang, der Nächste fragte, ob die Weißen genau wie wir Tabak kauten, rauchten und soffen, der Übernächste parodierte ihren Gang, wieder ein anderer gestand, dass er Schwierigkeiten hatte, ihr Geschlecht zu bestimmen, der Nächste zeigte Mitleid, weil der Weiße, den er gesehen hatte, so weit weg von zu Hause war, der Nächste konnte einfach nicht begreifen, wie diese Spinner ihren Vater und ihre Mutter, ihre Geschwister und ihre Nichten und Neffen zurücklassen konnten, um Tausende von Kilometern von zu Hause an Malaria zu erkranken, ein anderer bekannte, sein schwachsinnigster Traum war, einen Weißen weinen zu sehen, da die Belgier, bei denen er als Träger gearbeitet hatte, ihre Gefühle niemals in der Öffentlichkeit zeigten … Alle würzten ihren Report ganz nach Geschmack. Sie sparten nicht an Details. Sie ließen es sich auch nicht nehmen, in verteilten Rollen sowohl sich selbst als auch den Weißen zu spielen. Sobald ein Redner das Wort ergriff, scharten wir uns alle um ihn«, erklärte die Madonna. »Frauen, Männer, Kinder, niemand wollte auch nur ein Wort verpassen. Die Leute waren fasziniert, kamen fast um vor Lachen, trampelten vor Begeisterung mit den Füßen, stotterten, seufzten erleichtert, knirschten mit den Zähnen, lauschten andächtig, schüttelten ungläubig den Kopf, murrten, hielten sich die Hand vor den Mund, hüstelten, wurden unfassbar wütend, kicherten auch noch beim sechsten Mal, machten spöttische Bemerkungen, nahmen diese oder jene Abart der Weißen unter die Lupe, jubelten dem Redner zu oder bestürmten ihn mit neuen Fragen, ahmten ihn nach … Wir haben uns totgelacht«, sagte die Madonna, voller Stolz, vor so langer Zeit gelebt zu haben. »Über ihre Angewohnheiten. Über ihre Haare. Über den Ausdruck auf ihren Gesichtern. Über den Schweiß, der ihnen bei heißem Wetter am Körper hinabtriefte. Über ihre Schuhe. Über ihre Klamotten. Als einmal ein Händler bei der Rückkehr von seinen Reisen nicht ohne Traurigkeit bestätigte, dass die Weißen zum Essen Metallstäbe benutzen, haben wir gejohlt wie noch nie zuvor in unserem Leben. Über ein Jahr lang haben wir uns, jedes Mal, wenn er mit dieser Anekdote ankam, vor Lachen auf dem Boden gewälzt. Hör auf, riefen wir, wieso sollte ein Mensch, der auch nur ein bisschen Achtung vor sich selbst hat, Metallstängel nehmen, um damit in dem von ihm selbst gekochten Essen herumzustochern, warum benutzt er nicht einfach seine Hände! Von allen Seiten hagelte es Witze. Neben diesen mehr oder weniger nackten Tatsachen, die wir abends nach dem Essen debattierten, tauchten immer neue Überzeugungen, Legenden und Aberglauben über die Weißen auf und verankerten sich im kollektiven Gedächtnis … Da der Weiße über das Meer, die Flüsse oder den Ozean kam, entstand das Gerücht, er sei ein Meerestier, das nach Jahren der Einsamkeit und der körperlichen Verwesung beschlossen hatte, aus dem Wasser zu kommen, um ein besseres Leben an Land zu führen. Man hielt den

Weißen für einen Geist oder sogar einen Urahn – ertrunken oder eines natürlichen Todes gestorben –, der bei seinem ausgedehnten Aufenthalt im Wasser die Hautfarbe verloren hatte und wieder ins Leben zurückgekehrt war, um Einsamkeit, Traurigkeit und das ungewollte ewige Ertrinken zu beenden. Noch hartnäckiger hielt sich das Gerücht, dass die Weißen halbe Kannibalen waren. Die auf Schiffen abtransportierten Sklaven kehrten nie wieder zurück. Als Erklärung für dieses Phänomen entwickelten die Leute die Theorie, dass die Weißen sie in Stücke hackten, die Happen auf dem Grill brieten und dann mit großem Genuss verzehrten. Aus dem restlichen Fleisch stellten sie Käse her, und weil sie keine halben Sachen machten, füllten sie das Blut auch gleich noch in Zisternen, um Wein derselben Farbe daraus zu gewinnen. Sie heuerten Tausende von schwarzen Treibern an, die bei diesem blutigen Geschäft die Freude hatten, mit Weißen Verkehr zu pflegen, und die nach getaner Arbeit an den gargantuesken Orgien ihrer Herren teilnahmen, die stets dem gleichen Muster folgten: Zerstückelung der Leichen, Befüllen der Zisternen und am Ende ein großartiges Barbecue, das sich im Laderaum des Schiffes über mehrere Jahreszeiten hinziehen konnte.«

Tshiamuena hatte ihren Blick nicht abgewandt. Später erinnerte sie sich, dass der Arzt groß und blond war und sein linkes Bein nachzog. Seine leicht abstehenden Ohren, die kleinen blassgrünen Augen und der volle Bart ließen ihn noch geheimnisvoller wirken.

»Wie alt bist du?«, insistierte der Mann.

Die Madonna wollte schon abhauen. Dann nahm sie ihren ganzen Mut zusammen und murmelte:

»Weiß ich nicht …«

»Das glaube ich dir nicht.«

Er machte einen Schritt auf sie zu.

Das Kind wich zurück.

»Ich will doch nur wissen, wie alt du bist ...«

»Warum?«

»Wegen der Impfung.«

»Welche Impfung?«

»Mach den Mund auf ...«

Sie kam seiner Aufforderung nach. Der junge Arzt untersuchte ihre Zähne. Die Madonna beobachtete ihn genau, bereit, sich bei der kleinsten falschen Bewegung zu verteidigen.

»Heb deine Arme.«

Sie widersetzte sich nicht.

»Wenn mich nicht alles täuscht, sind Sie fünfundzwanzig Jahre alt. – Moment!«, rief der Mann aufgeregt, als er bemerkte, dass ihr noch keine Haare unter den Achseln wuchsen. »Sie sind zu jung, um fünfundzwanzig zu sein. Nein, Sie sind zwölf.«

Dieses Erlebnis hatte ihr schwer im Magen gelegen. Tshiamuena bezweifelte das vom Arzt bei der Untersuchung festgesetzte Alter. Kurzerhand schlug sie seine Mutmaßungen in den Wind. In der Schule wurde Tshiamuena schnell zum Gespött der anderen Schüler, als sie behauptete, sie hätte bereits ein halbes Jahrhundert auf den mageren Schultern. Ihre Eltern versuchten vergeblich, sie zur Räson zu bringen. Die Kleine ließ sich nicht beirren. Sie stürzte sich auf alle, die ihre Behauptungen in Frage stellten, und biss ihnen ins Bein oder in den Arm. Nachts bekam sie kein Auge zu und weinte, bis alle Tränen aus ihrem Körper aufgebraucht waren. Sie fand die Welt ungerecht – insbesondere die Zairer –, weil sie sie für eine halbe Portion hielten, obwohl sie in ihrem kleinen Kopf schon an die sechzig war.

Ihre Nachbarn waren überzeugt, dass bei der Kleinen die Sicherung durchgebrannt war:

»Sie ist nicht nur stur, ungläubig, wild und respektlos, sie ist regelrecht bösartig. Wie kann sie behaupten, die Ahnin ihrer Mutter zu sein? Wenn sie so weitermacht, erzählt sie uns morgen oder übermorgen, dass sie die Mutter aller Zairer ist! Wir haben gesehen, wie sie geschlüpft ist, wie sie auf allen vieren gekrochen ist und wie ihre Brüste gewachsen sind, und jetzt sieht man, was passiert, wenn sich Kinder eine gute Erziehung entgehen lassen. Richten Sie dem frechen Ding von mir aus, sie soll aufhören mit dem Theater!«

Sie rieten ihren Eltern, mit ihr zum Kinderarzt oder zum Psychotherapeuten zu gehen und im schlimmsten Fall einen Seher um Hilfe zu bitten. In den sechziger Jahren begann sie einen langen Rechtsstreit gegen den zairischen Staat, weil ihre wiederholten Versuche, das Datum (ihrer Geburt) auf allen offiziellen Dokumenten ändern zu lassen, gescheitert waren. Ihre Hartnäckigkeit hatte den gegenteiligen Effekt. Sie wurde für verrückt erklärt. Nachdem sie in der ganzen Republik herumgekommen war, ließ sie sich schließlich in Angola nieder. Mit dem gleichen angeberischen Getöse. Ohne jede Angst, sich lächerlich zu machen, schwor sie weiterhin – auf den Kopf ihrer Mutter, ihrer Großmutter und ihrer Urgroßmutter –, dass sie 1885, 1882, 1876 und sogar – wenn sie mit dem falschen Fuß zuerst aufgestanden war – 1492 zur Welt gekommen war. Oft ging sie zu weit, vor allem, wenn sie keine Aufmerksamkeit bekam:

»Ich bin die älteste Frau der Menschheit!«, rief sie unter der gleißenden Tropensonne der Minen.

12

Sanza erfährt alles über den Ball der Bälger und ihren liebsten Zeitvertreib

Die Straße gehörte uns. Wir hatten sie einkassiert. Sie war unser Privateigentum, unser Hab und Gut, unsere Ware … Wir füllten sie mit unseren Träumen: ausgemergelte Träume, Träume ohne Benzin, Träume ohne Kopf und Rückgrat. Die Nacht, der Alkohol und der Klebstoff verliehen uns Flügel, nahmen uns mit über den Fluss, übers Meer, und wir landeten nach dem Zufallsprinzip in unbekannten Megacitys: Kairo, Kinshasa, New York … In Begleitung unserer Ehefrauen und Ehemänner, untergehakt, in unsere Pelzmäntel, Lederjacken und Kaschmirpullis gehüllt, Champagner in Strömen, waren wir die glücklichsten Menschen auf Erden. Wo wir gerade davon sprechen: Wir bereicherten uns nicht auf illegale Weise am Krempel anderer. Wie gute Kolonialherren versorgten wir uns direkt an der Quelle. Veruntreuung? Niemals! Wie hätten wir den Hunger beenden sollen, ohne die Quelle anzuzapfen? Außerdem tat es denen, die sich über unsere Plünderungen beschwerten, eine Stunde später leid, sie weinten Krokodilstränen und schüttelten bedauernd die Köpfe, wenn sie auf den asphaltierten Straßen des Stadtzentrums die Leiche eines Kindes fanden. Genau genommen gehörten wir nicht mehr zu Katanga, und die Union Minière und ihre dummen Strukturanpassungsmaßnahmen betrafen uns nicht. Wir waren Prinzen, Könige und Marquis ohne Zukunft, beflügelt vom Klebstoff; der Klebstoff brachte uns auf Ideen, der Klebstoff war unsere Inspirationsquelle, der Klebstoff befeuerte unsere Träume, und der Klebstoff hielt unseren Widerstand aufrecht in den Nächten, die verseucht waren von den Finanzinspektoren, megalomanischen Militärs, Geschlechtsorganhändlern und anderen Blutspendensammlern zu Opferzwecken.

Die Nachricht über meine Heldentat hatte sich wie ein Lauffeuer verbreitet. Noch nie hatte ein Spinner es gewagt, den Finanzinspektoren etwas entgegenzusetzen. Bei unserem Zusammentreffen hatte ich nicht gewusst, dass sie gefürchtet waren, alles beherrschten und enge Kontakte zur Polizei unterhielten. Wenn sie eingelocht wurden, waren sie eine Minute später schon wieder auf freiem Fuß. Sie bekamen Informationen und sogar Halluzinogene zugesteckt. Könnt ihr mir folgen? Über Nacht wurde ich zur Berühmtheit. Wenn ich auf den Hauptverkehrsachsen des Stadtzentrums unterwegs war, begegneten mir die Kinder mit Ehrfurcht und schworen mir die Treue. Ngungi begann, mich zu achten. Er bedachte mich mit beinahe brüderlicher Zuneigung. Dieser Typ verstand mich besser als alle anderen. Wir hatten einen ähnlichen Weg hinter uns. Ngungi konnte lesen und schreiben, ohne sich ein Ohr auszureißen, und interessierte sich für dieselben Markenklamotten. Er besaß allerdings keine. Ich selbst, der hier spricht, hatte auch keine, aber wir trugen unsere Lumpen mit Eleganz. Hatte Papa Wemba nicht gesagt, dass es für Stil vor allem ein geübtes Auge braucht und dass der letzte Fetzen einen gut kleiden kann, wenn man ihn zu kombinieren weiß? Der Weiße und der Anarchist waren neidisch auf unsere Vertrautheit. Sobald Ngungi nicht in der Nähe war, verhöhnten sie mich und ließen mich spüren, dass ich nicht willkommen war. In seiner Abwesenheit drohten sie mir, mich bei lebendigem Leib zu verbrennen, falls ihr Chef zu seiner Familie zurückkehren sollte. Ich und Ngungi waren – bis auf seine Prahlerei, die sich fast immer, und gegen seinen Willen, Bahn brach – Gleich und Gleich. Ich verbrachte jede freie Minute mit ihm. Aber wenn er Männer höheren Alters empfing, schickte er mich für den geschäftlichen Teil weg – »Komm in einer knappen Stunde wieder, das geht dich nichts an. Nimm zehn Zaires und genieß das süße Leben.« Am seltsamsten aber war, dass er auf heikle Missionen immer den Weißen und den Anarchisten mitnahm, obwohl doch ich sein engster Vertrauter war. Manchmal kam ich mir vor wie der letzte Hampelmann.

Man kann es nicht leugnen, mit Ngungi, das war die Belle Époque. Sobald wir ein wenig Kohle hatten, gingen wir ins Kino Les Montagnards. Anfangs war das für mich wie eine andere Welt. Ich brauchte eine Weile, bis ich mich daran gewöhnt hatte. Man konnte sich Filme auf Pump ansehen oder in Naturalien bezahlen. Eine geklaute Flasche Bier, vier Konservendosen genügten völlig. Les Montagnards war von 10 Uhr bis Mitternacht in Betrieb. Um 10 Uhr gab es Wrestling, mit Gratiseintritt für alle. Mittags dann, je nach Stimmung des Publikums, kongolesische Rumba oder Disko, ebenfalls gratis. Um 13 Uhr Zeichentrick, um 14 Uhr den ersten Actionfilm. Ab 22 Uhr dann ein oder zwei Filme, zu denen Kinder keinen Zutritt hatten.

Anfangs konnte ich nicht genug vom französischen Kino bekommen: Mireille Darc, Gabin, Simone Signoret, Bourvil, Blier, Alain Delon, Romy Schneider … Diese Schauspieler beeindruckten mich. Ihr Französisch war perfekt. Vor allem Belmondo faszinierte mich. Wenn er wie so oft am Ende seiner Filme starb, weinte ich echte Tränen. Ich fand es ungerecht, dass

Belmondo immer den Löffel abgeben musste. Am Ende von *Außer Atem* war ich untröstlich. An den Filmen der französischen Republik gefiel mir auch die romantische Seite. Wenn man im ersten Viertel des Films eine Frau und einen Mann sah, beide strahlend schön, konnte man sich sicher sein, dass sie sich früher oder später in den Armen liegen würden. Der Höhepunkt ist, wenn Jean-Paul Belmondo und Claudia Cardinale sich im Bett unterhalten, Belmondo sich einen Cognac einschenkt, sich wieder zu ihr legt, sie verliebt anschaut und etwas sagt wie »später, wann soll das sein«, bevor sie sich sanft, sehr sanft und zuckersüß küssen.

Ngungi konnte sich kaputtlachen über mich. Wenn in einem Film nicht geboxt wurde, fand er ihn langweilig. Er verabscheute das afrikanische Kino seiner Zeit:

»Das ist Theater«, schrie er, »selbst küssen wollen sie sich nicht, es ist lahmarschig, immer nur Savannen und Wälder, dabei sind wir im Katanga des 20. Jahrhunderts, immer nur Ziegen und Wild und Leute, die aus Kalebassen trinken, dabei haben wir in Katanga die Sezession und sogar zwei Kriege erlebt. Das afrikanische Kino ist eine Verarschung. Wir wollen die Wirklichkeit, die Minen, den Tanz der Teufel!«

Chaos musste sein. Ein explodierendes Auto. Ein Zusammenstoß von einem Zug und einer Karre. Verfolgungsjagden. Ein Held, der den Tod seiner Freundin rächt oder Geiseln befreit, während die Welt fast untergeht, das war der Wahnsinn. Das ganze Kino jubilierte. Die Leute pfiffen, stampften auf den Boden, wollten dieselbe Szene noch einmal sehen, und immer wieder. Nach dem Film stand man draußen, kommentierte die einzelnen Szenen, stellte sie nach und fühlte sich wie ein Actionheld.

Und wir wussten, wie wir zu Geld kamen. Ngungi weihte mich ein. Wenn ich einer Schwangeren mit schwerem Gepäck begegnete, eilte ich zu ihr. Ich grüßte höflich und bot meine Hilfe an. Sie zögerte, ich wiederholte mein Angebot. Mein gutes Französisch und mein Auftreten ließen mich vertrauenswürdig wirken. Ich begleitete sie zur Bushaltestelle, manchmal sogar bis nach Hause. Du bist ein Engel. Bleib, wie du bist, gratulierte sie mir. Ohne dass ich darum bitten musste, gab sie mir Kleingeld, bot mir Wasser und etwas zu essen an – Kekse, Obst, Brot. Ich lehnte alles ab, um sie endgültig zu verführen. Sie ließ nicht locker, forderte mich auf, mich zu melden, wenn es mir an etwas fehlte. Verlegen nahm ich das Geld, während ich innerlich andere Töne anschlug. Personen höheren Alters waren meine liebsten Opfer. Ich sprach sie an, ob sie Gepäck hatten oder nicht, und wenn ich wieder ging, waren meine Taschen gut gefüllt. Es genügte, Fragen zu stellen. »Warum so neugierig?«, wunderten sie sich. Und ich erwiderte: »Das ist für eine Schulaufgabe.« Über so schwierige und kontroverse Themen wie weiße Söldner, die Abspaltung Katangas, die Union Minière machten sie ihrem Ärger Luft. Was für eine Eloquenz! Wenn sie vom langen Stehen müde waren, luden sie mich auf die Terrasse eines Cafés ein, um mir ihr Herz auszuschütten. Ich lauschte ihrem Sermon, ohne mit der Wimper zu zucken. Hin und wieder warf ich etwas ein, um den Redefluss zu befeuern. Viele von ihnen, ehemalige Mitarbeiter der Union Minière, hatten die Provinz Kasaï verlassen, um jahrelang in den Minen und der Eisen- und Stahlindustrie in Katanga zu schuften. Nachdem sie ihre Geheimnisse und ihre Sicht auf die Abspaltung Katangas mit mir geteilt hatten, waren sie in Spendierlaune. Sie zahlten gut! Die Einnahmen aus zehn Personen höheren Semesters und zehn Frauen in anderen Umständen reichten uns zum Leben. Und dazu kamen die Geschäfte, die Ngungi vor mir geheim hielt und die grüne Scheine einbrachten.

13

Ein armer Teufel hat immer einen Plan B, auch wenn er sich damit unglaubwürdig macht

Ngungi bekam Malaria und kehrte überstürzt zu seiner Familie zurück. Seit er der Hexerei bezichtigt worden war, hatte er sich zeitweise bei seinen Großeltern einquartiert. Wenn ihn der Alltagstrott zu Hause nervte, kam er zurück auf die Straße. Von heute auf morgen waren der Weiße und der Anarchist freundlich zu mir. Noch nie hatte mir jemand so überschwänglich seine Sympathie bekundet. Vielleicht war es sogar eher Bewunderung. Sie hielten mich für erwachsen und vernünftig, verehrten mich, erklärten mich zu ihrem großen Bruder, Vater und Onkel Sanza. Es gab kein Halten. Ich freute mich über ihre exzessive Anerkennung. Vor allem nach diesem monatelangen Gestichel. Sie luden mich zum Abendessen ein, boten mir Obst und Gemüse an, holten mir beim kleinsten Kratzen im Hals Wasser, sprachen schlecht über ihren Chef, Ngungi, nannten ihn Satrap, Volltrottel, Drohne, Streithahn, Despot, Arschkriecher, Kannibale, Neandertaler, Betrüger, Heuchler, Verräter, Narziss, Papasöhnchen, Perversling, Megalomane, Hinterwäldler, Clown, Neider, Pithekanthropus, Verräter, Petzer, zukünftiger Zuhälter, Wegelagerer, hosenpissender Angeber, Marabout, Naturkatastrophe, Irrer, Hohlkopf, Bösewicht, Macho, Nutznießer. Sie schwafelten über ihre Träume, Projekte und andere Baustellen des Lebens, denen sie sich widmen wollten – der Weiße berichtete von seinem baldigen Umzug in die Vereinigten Staaten, sein Kollege gab an, demnächst Direktor der Union Minière zu werden –, und immer so weiter, alles Lichtjahre von der Wahrheit entfernt.

Jedes von uns Straßenkindern hatte verschiedene Versionen derselben Vergangenheit auf Lager, die wir zum Besten gaben, um die Aufmerksamkeit der Passanten auf uns zu ziehen. Manche verhedderten sich dermaßen in den Ereignissen und persönlichen Schicksalen, dass ihre Erzählungen hohl und falsch klangen. Wir bedienten uns im Osten und im Westen an Geschichten, um eine einzige daraus zu machen, unsere, die wir wie ein Transistor den ganzen Tag wiederholten, bis wir sie selbst glaubten. Als Ngungi weg war, vertrauten der Weiße und der Anarchist mir an, aus einem Königsgeschlecht zu stammen; eine Version, die sie eine Woche später verwarfen. Sie gaben vor, aus einem Randbezirk von Kinshasa zu kommen; dann erzählten sie, dass es sich nicht um Kinshasa, sondern um Mbuji-Mayi handele, um dann schwärmend richtigzustellen, dass sie aus Mbandaka nach Shaba gekommen seien. In manchen Nächten – wenn der Klebstoff in Strömen floss – behaupteten sie, ihre Eltern seien schon lange aus dem Leben geschieden, noch bevor sie laufen gelernt hatten; in anderen Nächten, wenn sie jegliches Schamgefühl verloren, berichteten sie vom – tragischen, aber unerklärlichen – Tod eines einzigen Elternteils. Überall auf den Straßen, vor der Post, beim Palais de Justice, auf den Boulevards Lumumba und Mobutu, wurden dieselben Biographien erzählt: Meine Eltern sind früh von uns gegangen, eine entfernte Tante hat mich aufgenommen, aber ich bin abgehauen; mein Vater wurde von der Union Minière entlassen, wir hatten nicht mehr genug zu essen, deshalb musste ich schauen, wo ich bleibe … Zwei- oder dreimal erzählte der Weiße mir haargenau Ngungis Geschichte. Ich machte ihn darauf aufmerksam, dass es nicht seine war, dass er sich alles zusammengeschnorrt hatte, er fühlte sich doppelt beleidigt, aber dann ging alles wieder den gewohnten Weg.

Ich kam nicht dazu, mir selbst etwas zu brutzeln, der Weiße und der Anarchist fütterten mich durch. Sie bereiteten uns üppige Mahlzeiten zu. Am Tag nach Weihnachten luden diese Idioten mich ein, mit ihnen Klebstoff zu schnüffeln.

»Probier mal, Bruder, das macht weise.«

»Brennt auch nicht, Großer, macht einfallsreich.«

»Zieh mal, Väterchen.«

»Nein, das ist nicht so meins …«

Sie krakeelten:

»Ziehen, ziehen, ziehen!«

Die Einladung schien gut gemeint, und ich wollte meine beiden Untertanen nicht verdrießlich stimmen. Plötzlich spürte ich, wie mir Flügel aus dem Rücken wuchsen. Vor meinen Augen vervielfältigte sich alles: die Bäume, die Gebäude, die Schrottkarren, die Leute … Ich begann zu lachen. Dann überkam mich eine leichte Müdigkeit. Mein Körper war von einer endlosen Ruhe erfüllt, ich spürte ihn nicht mehr. Minuten, Stunden, vielleicht Jahrhunderte. Eine Art Streicheln auf meinen Händen und auf meinem Bauch wurde stärker. Ich riss die Augen auf. Was ich sah, überraschte mich nicht. In unglaublicher Geschwindigkeit wuchsen mir überall auf dem Körper Haare. Schon bald war ich von einem dichten Fell bedeckt. Mein Gesicht verlängerte sich zu einer spitzen Schnauze. Meine Beine und Hände schrumpften auf die Hälfte ihrer Größe zusammen. Ein unheimliches Brüllen drang aus meinem Mund. Das Geräusch von Schritten. Ein Mann und eine Frau. Der Mann trug eine Felge. Sie gingen gemächlich. Als sie mich sahen, wurden sie langsamer. Ich nahm Reißaus. Die Frau schluchzte. Der Mann rannte mir hinterher und fing mich ein. Die Frau stieß zu uns. Wir sprangen in ein Taxi. Ich saß in der Mitte, zwischen dem Mann mit der Felge und der Frau. Sie streichelten mich. Gleichzeitig spürte ich am ganzen Körper unregelmäßige, heftige Schläge, begleitet von ausgelassenem Jubel. Mehr Schläge prasselten auf mich ein. Ich öffnete die Augen. Diesmal wirklich. Undeutliche Schatten. Dann entdeckte ich im Gedränge der Kinder, die mit Stöcken, Eisenstangen und einem Motorradhelm auf mich eindroschen, die beiden Finanzinspektoren, außerdem den Weißen und den Anarchisten. Ich versuchte, die Lynchmörder abzuwehren, aber es war aussichtslos. Vom Klebstoff war ich so geschwächt, dass mir schon das Schreien schwerfiel. Sie waren außer Rand und Band. Sie schlugen und beschimpften mich. Der Weiße legte eine Pause ein. Er lief auf und ab, als verstünde er nicht, was vor sich ging. Nach einer Weile schien ihm ein unerwarteter Geistesblitz zu kommen:

»Die Kreuzigung!«

Seine Komplizen applaudierten. Sie schleiften mich zu einem Baum, banden mich daran fest und prügelten weiter auf mich ein. In der allgemeinen Euphorie zog der Weiße ein Feuerzeug, zündete eine Plastiktüte an, die er auf einen Stock spießte und über meinen Kopf hängte. Ein Schrei. Sonst nichts.

Als ich wieder zu mir kam, brannte die Sonne bleiern vom azurblauen Himmel. Der Weiße, der Anarchist, die Finanzinspektoren und ihre Komplizen hatten mir meine Sachen geraubt und mich splitternackt zurückgelassen. Leute gingen vorbei, ohne sich umzudrehen. Erschöpft vom Klebstoff und den Prügeln, schlief ich wieder ein. Später in der Nacht kroch ich bis vor die Post. Ich pennte weiter. Der Weiße und der Anarchist ließen sich nie wieder blicken.

»Hier!«

Ein Mädchen von mindestens siebzehn Jahren, das mit seinen Schwestern vor dem Palais de Justice wohnte (die Frauen hatten ihren eigenen Sektor), weckte mich mitten in der Nacht. Sie gab mir ein Kleid, ein Stück Brot und verschwand, bevor ich mich bedanken konnte.

14

Als Sanza den Samariter trifft, steht sein Leben Kopf

Draußen vergingen die Tage und die Jahre, ohne dass wir Notiz davon nahmen. Auf unsere Art waren wir Sumerer, Babylonier, Gallier, Mandinka, Griechen und Römer. Wir besaßen weder Armbanduhr noch Standuhr, noch Sanduhr. Eigentlich verließen wir uns auf den antiken Kalender, den schon unsere Urgroßmütter benutzt hatten. Den Takt unseres ganzen erbärmlichen Daseins bestimmten die Sonne, der Mond, die Trockenzeit, die Straßenschlägereien, der Klebstoff, die Razzien der Polizisten und Finanzinspektoren. Wir besaßen unsere eigene Zeitrechnung. Wir rekrutierten die Sonne für unseren Wahnsinn. Manchmal blieben wir die ganze Nacht wach und verpennten den Tag.

Überhaupt werden alle wichtigen Entscheidungen in diesem Land nachts getroffen und durchgeführt: der Abgang der Regierung, Putschversuche, Suspendierung oder Ernennung von Ministern, der Ausbruch von Rebellionen, der Start großer Frachtflugzeuge vom Postplatz Punkt 21 Uhr … Der Tag war dafür gemacht, sich zu erholen. Kein Schläfchen war so lieblich, sanft und beruhigend wie jenes, das wir uns am helllichten Tag genehmigten, selbstverständlich unter der Schirmherrschaft des Klebstoffs. Das Rattern der Schrottkarren intensivierte diese vortreffliche Übung noch. Daher kann ich nicht sagen, wie lange ich allein und unglücklich war, bis der Herr schließlich einen Samariter entsandte.

Es war am frühen Nachmittag, und ich lag auf dem nackten Boden. Ein grauer Achtzylinder fuhr einmal, zweimal, dann dreimal an mir vorbei, bevor der Motor abgestellt wurde. Ein Mann stieg aus und kam auf mich zu. Im ersten Moment dachte ich, er käme, um mich zu verjagen oder um mir einen Fußtritt zu verpassen. Er war so ein langer Dünner. Ellenlange Beine. Ein winziger Kopf. Ein für seinen Taillenumfang ziemlich übertriebener Bauch. Schlanke Leute haben normalerweise keinen Wanst und können eigentlich auch keinen haben, höchstens aufgrund von Alkohol. Damals konnte ich noch nicht wissen, dass er keinen Tropfen trank.

»Was sind deine Pläne, Kleiner?«

»Nichts weiter …«

»Was treibt dich auf die Straße?«

»Nichts Besonderes …«

Anstatt ihm mein Leben zu erzählen, das mir ziemlich öde, lang und wenig glorreich vorkam, tischte ich ihm lieber Ngungis Geschichte auf. Sie setzte ihm so zu, dass er eine Träne vergoss.

»Wenn alle Eltern das so machen würden, gäb's bald Hunderte von Kindern auf den Straßen. Schnapp dir deine Sachen …«

»Wie bitte?«

»Komm mit …«

Der Mann ging mit festem Schritt voran. Sah sich nach mir um, als wollte er beurteilen, wozu ich fähig war. Wir kamen auf die Avenue des Usines. Vor einem Hotel mit bunt bemalten Wänden hielt er an. Als ich zögerte, schob er mich durch die Tür.

»Sie schon wieder, Monsieur Guillaume! Ich traue meinen Augen kaum.«

Eine Empfangsdame begrüßte uns überschwänglich. An der Art, wie sie ihre Arme hob und die Augen verdrehte, konnte man sehen, dass sie übertrieb.

»Was soll ich denn machen? Diese Welt geht den Bach runter …«

»Trotzdem, Sie können nicht jedes Kind auf dieser Erde retten!«

»Wenn wir es nicht tun, wer dann?«, sagte der Mann abwesend.

»Wie immer?«

»Ja.«

»Zimmer 145 ist frei.«

Monsieur Guillaume begleitete mich bis zur Tür. Ich begriff immer noch nicht, wie mir geschah. Das nennt man wohl Glück. Wahres Glück. Jahrelang bist du vom Pech verfolgt, und plötzlich kommt ein wildfremder Mann daher und hätschelt dich wie seinen eigenen Sohn. Da denkst du, es ist doch noch nicht alles verloren. Selbst wenn die Welt in Flammen aufgeht, gibt es immer einen tapferen Kerl, der die Möbel aus dem Feuer zieht. Jemand wie Monsieur Guillaume. Ich sage, wenn es auf der Erde auch nur zehn Kerle wie ihn gäbe, würde sich alles ganz von selbst zum Guten wenden.

»Papa Guillaume …«

»Meine Kinder sind erwachsen, wenn es dir nichts ausmacht, kannst du mich Monsieur Guillaume nennen. Das dürfte doch keine Umstände bereiten.«

»Danke …«

Wie er mir erzählte, führte er ein vorbildliches Familienleben. Er war seit dreißig Jahren verheiratet. Seine beiden Kinder lebten in Belgien, wo sie an der Université libre de Bruxelles Medizin studierten. Seine Frau war bei einer NGO beschäftigt. Sein eigener Job verschaffte ihm ein gutes Auskommen. Monsieur Guillaume und seine Frau waren stolze Besitzer von mindestens sieben Karren, lebten in einer Villa unweit der Stadt und spielten in ihrer Freizeit Tennis und Golf. Einen besonderen Stellenwert in seinem Alltag nahm das Lesen ein.

»Ich werde unten ein paar Anweisungen geben. Ich lasse dir etwas zu essen und trinken bringen. Ich hoffe, du rührst noch keinen Alkohol an. Nimm in der Zwischenzeit ein heißes Bad. Das wird Leib und Seele beleben. Heute Abend bin ich zurück. Bleib in deinem Zimmer …«

Gegen 17 oder 18 Uhr klopfte es an der Tür: Monsieur Guillaume mit einem Rucksack. Wortlos reichte er ihn mir.

Da ich nicht gleich verstand, brach er sein meditatives Schweigen.

»Zieh dich an und komm runter, ich erwarte dich an der Rezeption. Sieh zu, dass du alle deine Sachen mitnimmst.«

Am Abend gingen wir in ein schickes Restaurant, zu Gianni l'Italien.

»Ohne Poesie kann ich nicht atmen«, seufzte er, als wir das Restaurant betraten.

Ich war im siebten Himmel. Ich glaube, es war das erste Mal in meinem Leben, dass ich wie ein Herr behandelt wurde. Ein Blick, und sofort waren die Kellner und Aushilfskellner zur Stelle. Später setzte mich Monsieur Guillaume vor der Post ab.

»Leider kann ich dich nicht bei mir beherbergen. Meine Frau sieht so etwas nicht gern. Wir haben einigen Kindern geholfen, die uns dann in den Rücken gefallen sind …«

»Kein Thema, Monsieur Guillaume.«

»Aber ich werde höchstpersönlich über deine Gesundheit

wachen. Ich werde so oft wie möglich vorbeikommen, verstanden?«

Er ging, kam aber noch einmal zurück.

»Hier!«

Es gab mir einen Fünfzig-Zaire-Schein.

15

Eine sehr japanische Einsamkeit

In Japan sei sie, erzählte die Madonna, erst viel später geboren worden – in den dreißiger Jahren –, in der kleinen Stadt Yui, Präfektur Shizuoka, unter dem Namen Fumie Ogawa. Tshiamuena erzählte dem Erstbesten voller Wehmut, dass es in dem Städtchen einen winzigen Fischereihafen gab und ihr Vater trotz seines Hangs zum Reiswein ein braver Fischhändler war. Sie hatte ihr Leben lang Meeresfrüchte gegessen – Misosuppe mit Algen, gesalzene und getrocknete Makrele und alle erdenklichen Sorten von Sashimi. Ihre Leibspeise waren Sakura-Garnelen, ein saisonales Gericht. In ihrem japanischen Leben war sie ein leidenschaftlicher Fan von Hibari Misora, der Ikone des japanischen Chansons. Wenn sie nicht gerade arbeitete, hörte sie sich den ganzen Tag ihre Lieder im Radio an. Sie träumte von einer ähnlichen Karriere. Doch damals musste man, um eine Diva zu werden, die nötige Ausstrahlung besitzen, sehr gut singen können – nicht nur so ein Tralala – und in eine große Stadt wie Tokio oder Osaka ziehen. Fumie jedoch wollte um keinen Preis der Welt ihre kleine Stadt verlassen. In großen Städten habe sie das Gefühl, so erklärte sie, dass ihre Identität zerbrösele, und wenn sie durch die Straßen von Tokio lief – wo sie übrigens nur zweimal gewesen war! –, fühle sie sich nackt und käme sich vor wie ein Zirkustier, darauf trainiert, eine Rolle zu spielen. Sie fügte hinzu, dass sie sich in großen Städten immer beobachtet fühle. Mit siebenundzwanzig oder achtundzwanzig Jahren hatte sie einen Job in der Bar eines kleinen Motels angenommen – gegen den Rat ihrer Eltern, deren Wunsch es war, dass sie so schnell wie möglich irgendjemandes bescheidene Ehefrau wurde. Doch auf diesem Ohr war sie taub. Zwar war sie ein Mädchen vom Land, doch die Ehe war für sie wie eine Schlinge um den Hals, ein Gefängnis wie die Großstadt. An der Motelbar traf sie viele Männer, und diese Männer erlagen buchstäblich dem Zauber ihres Gesichts und ihrer Stimme, die ihrem Idol – Hibari Misora – wie ein Ei dem anderen glich. Binnen weniger Sekunden hielten die Männer um ihre Hand an:

»Mir wird schwindelig, wenn ich Sie sehe. Ich bin bereit, einen Teil von mir zu opfern, um Sie zu lieben und ein glückliches Leben mit Ihnen zu führen, in Frankreich, in Wien oder Zaire …«

Ein verliebter Mann kann wirklich nervtötend, sperrig und lästig sein wie ein alter Müllsack, den man seit einem Monat nicht geleert hat. Einige dieser Herren drohten damit, sich das Leben zu nehmen oder einen Skandal auszulösen, falls sie ihre Liebe nicht erwiderte, aber Fumie Ogawa ließ einen nach dem anderen abblitzen und machte sich über ihre übertriebenen, plumpen Annäherungsversuche lustig – sie schenkten ihr Blumen, genauer gesagt Orchideen, aber auch und vor allem Portulankarten und Erdkundebücher, in der Hoffnung, ihre Lust am Reisen und Flüchten zu wecken. Manchmal waren ihr die Männer lästig, die sich nachts an ihrem Arbeitsplatz die Beine in den Bauch standen, denn sie wusste gar nicht, ob sie ihr wegen ihrer Schönheit hinterherliefen, wegen ihrer charismatischen Ausstrahlung, ihres großen Herzens oder ihres Gesichts, das seit ihrem zwanzigsten Lebensjahr unweigerlich an Misora erinnerte.

Jedes Wochenende trat sie vor den Gästen des Motels auf. Sie intonierte (a cappella oder begleitet von einem blinden Pianisten) die Enka oder die berühmtesten Balladen ihres Idols – *Ringo Oiwake, Kanashii Sake* und zum Schluss *Mambo de la fête* oder *Omatsuri Mambo,* der mit seiner Leichtigkeit einer Schnellpolka dazu beitrug, die Stimmung und die verkrampften und verschwitzten Mienen der liebeskranken Männer wieder etwas aufzulockern. Wie jedes begeisterte Publikum flennten sie, tranken mehr Bier als sonst und vergaßen die Zeit, den Ort und das Jahrhundert, in dem sie sich befanden. Der Mann ist und bleibt eine außergewöhnliche Lebensform. Er ernährt sich von Traurigkeit, als wäre es Brot.

16

Ein Hilferuf

»Wie bitte?«

»Vielleicht kannst du mir bei einer Sache behilflich sein, die sich schon ewig hinzieht …«

»Machen Sie Witze? Ich soll Ihnen zur Hand gehen?«

»Ich wäre nicht hier, wenn ich auch nur den geringsten Zweifel daran hätte, dass du es wert bist.«

Ich muss ehrlich sagen, ich war verblüfft über den unerwarteten Besuch von Monsieur Guillaume. Wegen seiner weitreichenden Verpflichtungen hatte er angekündigt, erst in einer knappen Woche vorbeizuschauen, und jetzt stand er schon wenige Stunden später wieder vor mir. Er schwitzte heftig. Sicher hatte er die Tür seines Büros hinter sich zugezogen, war die Treppen hinuntergerannt, in sein Auto gesprungen und ohne Halt zur Post gefahren. Noch bevor der Wagen zum Stehen gekommen war, öffnete sich die Tür. Sofort wusste ich, dass etwas nicht stimmte. Später fand ich heraus, dass Monsieur Guillaume immer mit äußerster Sorgfalt vorging. Jede Handbewegung überdachte er genau. Sogar für eine Begrüßung brauchte er Bedenkzeit.

Monsieur Guillaume schob seine Sonnenbrille, die er niemals absetzte, nicht einmal nachts, in die Stirn und setzte sie eine Sekunde später wieder auf, nachdem er sich den Schweiß von den Nasenflügeln gewischt hatte. Sein linkes Auge funktionierte nicht richtig.

»Ich bin doch noch ein Kind.«

»Na und?«

»Monsieur Guillaume. Sie irren sich. Sie kennen sicher erfahrenere Menschen als mich.«

»Hör zu …«

Er näherte sich einige Zentimeter, legte mir sanft die Hand auf die Schulter.

»Zurzeit bist du der Einzige, dem ich vertrauen kann. Und Sorgen haben wir schließlich alle.«

»Wenn Sie es sagen …«

»Danke, mein Junge, ich wusste doch, dass du mich nicht im Stich lässt. Seit nunmehr zehn Wochen bin ich einem Typen auf den Fersen. Ich möchte, dass du ein paar Informationen über ihn einholst. Wenn du verstehst, was ich meine …«

Ich wollte ein paar Verständnisfragen stellen, aber er redete weiter:

»Sieh zu, dass du mir seine Adresse beschaffst (es kann sein, dass er jede Woche woanders wohnt), sein Autokennzeichen, seine Kontakte. Mit wem unterhält er sich? Mit Zofen? Mit Ganoven? Mit Bettlern?«

»Haben Sie seine Telefonnummer nicht?«

»Womit besäuft er sich, plaudert er mit dem Barmann und worüber? Kennen sie sich? Lachen sie zusammen? Ich möchte all diese Infos aus erster Hand. Direkt aus der Quelle … Vielleicht könntest du ihn kennenlernen? Wenn du verstehst, was ich meine. Aber du darfst ihm natürlich nicht sagen, dass du mich kennst.«

Monsieur Guillaume war traurig. Mürrisch. Abwesend. Ich spürte bei ihm den Schmerz eines Familienvaters, eines bodenständigen Mannes. Ich hatte Mitleid mit ihm. Ich dachte, er hat alles Geld der Welt, aber er ist unglücklich. Er richtete seinen Kragen und jammerte weiter:

»Ich bin mir sicher, er ist ein Frauenheld. Einer wie er lässt nichts anbrennen. Wenn du mir Beweise für seine Ausschweifungen bringst, ist seine Frau die Erste, die es erfährt. Nebenbei bemerkt, ich bin treu, seit ich meine getroffen habe. Meinen Quellen zufolge ist er in letzter Zeit oft im Mambo de la fête.«

Aus der Innentasche seiner Jacke angelte er vier Fotos. Er beugte sich zu mir. Auf dem ersten war ein Mann mittleren Alters zu erkennen. Ich schätzte ihn auf fünfundfünfzig Jahre. Höchstens sechzig. Er trug einen dunkelgrauen Anzug. Das Foto war in der Empfangshalle eines Motels aufgenommen worden. Breitschultrig und kahlköpfig wie er war, konnte man den Mann für einen Minister für Landwirtschaft, Fischfang und Tierzucht halten. Auf dem zweiten Bild derselbe Mann im Adamskostüm auf einem Bett desselben (?) Motels. Ein entrücktes Lächeln auf dem Gesicht. Schon das Foto warf zahlreiche Fragen auf: Wer hatte es gemacht? Seine Geliebte? Seine Frau? Er selbst? Im Motel? Handelte es sich um eine Geburtstagsfeier? Eine Wiederverheiratung? Ich wandte mich ab. Als er meine Verlegenheit bemerkte, nieste Monsieur Guillaume, grummelte leise vor sich hin, seufzte, um die Anspannung abzubauen, und sagte dann lakonisch:

»Daran gewöhnst du dich noch. Da mussten wir alle durch.«

Der Mann und eine Dame (seine Frau?) vor einem Schwimmbecken. Ein seltsames Foto. Die beiden trugen keine Badebekleidung. Sie waren ausstaffiert wie für eine religiöse Zeremonie. Das Schwimmbecken bildete einen schönen Kontrast zum festlichen – oder mondänen – Erscheinungsbild der beiden. Der Zustand des Beckens erschloss sich auf den ersten

Blick. Ein verfallener Pool. Er musste seit Jahren ungenutzt sein. Unkraut wucherte im Becken. Der Mann und (seine) Frau standen mit dem Rücken zu ihm. Die Ausrichtung der Personen ließ den Wunsch erahnen, das Schicksal des Beckens zu dokumentieren. Das letzte Foto war zerkratzt und abgegriffen. Darauf war der Mann im Profil zu erkennen. Betont lässig steckte Monsieur Guillaume seine Fotos wieder ein.

»Dieser Typ ist ein Schuft. Er nennt sich Alain Delon.«

Der raue Tonfall überraschte mich. Beleidigungen waren nicht Monsieur Guillaumes Art. Er klopfte mir freundschaftlich auf die Schulter. Durchsuchte vergeblich seine Taschen. Bat mich dann, ihn zu seinem Auto zu begleiten, gab mir ein Zeichen einzusteigen. Auf der Rückbank ein Stapel Bücher, Zeitungen, Papiere, eine Wasserkaraffe und eine Brille.

»Das verstehst du nicht. Das ist Poesie. Kosovel? Kennst du den? Ja? Nein? In deinem Alter erschuf er schon die Welt …«

Er fand sein Portemonnaie, hielt mir einen Zehn-Zaire-Schein hin.

17

Eine grenzüberschreitende Ehe dauert nur so lange wie das Jawort

Das Schicksal der Madonna hätte fürs Kino adaptiert und als Hörspiel im Radio gesendet werden können: mit fünfundzwanzig das zweite Mal verwitwet, in Angola fünfmal geschieden, zweiundzwanzig Jahre als Mathematiklehrerin in Kinshasa, dann wie Abfall entsorgt, eine Zeitlang den Verstand verloren, mit fünfundfünfzig Jahren Ankunft in der Provinz Lunda Norte, in der Hoffnung auf einen Diamantenfund. Zwei Tage später hatte sie sich einer Gruppe Schürfer als Dona Moteur angeschlossen, ein Posten, der fast ausschließlich Männern vorbehalten war. Wenig später hatte ihr Rennstall einen Zweikaräter aufgespürt. Im selben Jahr hatte sie ihren ersten angolanischen Ehemann kennengelernt, dann den zweiten und so weiter. Anstatt ausgiebig zu feiern, hatte sie eine Art Restaurant eröffnet, das von einem Restaurant nur den Namen hatte.

Die Madonna verstand es, uns vor ihren Karren zu spannen. Franz hätte ihr sagen sollen: »Tshiamuena, Sie sind eine mächtige Frau, ein besonderer Mensch, eine einzigartige, ja sogar vom Aussterben bedrohte Persönlichkeit. Ohne Sie gäbe es ein Blutbad, eine Hungersnot, eine Ruhrepidemie, schließlich versorgen Sie uns nicht bloß mit Essen und Bier, sondern auch mit der nötigen Freude und der Hoffnung, von einem Tag auf den nächsten im Geld zu schwimmen und verantwortungsbewusste Familienväter, sehr treue Ehemänner und überzeugte Patrioten zu werden, aber Ihre Phantastereien können Sie, mit Verlaub, für sich behalten.«

Stattdessen kratzte sich Franz, als die Madonna ihn bat, ihre Memoiren zu verfassen, bekümmert am Kopf. So verhielt er sich immer, wenn ihm etwas naheging. Der junge Mann starrte die Madonna an und stammelte mit heiserer Stimme:

»Seit ich Sie das erste Mal gesehen habe, muss ich ständig an eine Romanfigur von Marlen Haushofer, eine Schriftstellerin meines Landes, denken. In ihrem Roman *Die Wand* ist die Protagonistin nach einer Katastrophe von der Zivilisation abgeschnitten und unterwirft die Welt, oder was von ihr übrig ist, ihrer eigenen Liturgie. Sie lebt von dem, was ihr zur Verfügung steht, um dem Nichts die Stirn zu bieten …«

Im folgenden Monat konnten die zairischen Schürfer überrascht mit ansehen, dass die Madonna und der Österreicher in regem Kontakt standen. Sie diktierte ihm ganze Teile ihres bewegten Lebens, beginnend mit ihrer Geburt in Japan mitten im Zweiten Weltkrieg bis zu ihrer Einreise und ihrem triumphalen Aufstieg auf angolanischem Territorium. Nichts hatte sie für solche Abenteuer vorherbestimmt. Tshiamuena war von einem Tag auf den anderen vom Gymnasium geflogen, an dem sie unterrichtet hatte, weil sie vorgab, die biologische Mutter von Napoleon III. zu sein. Sie bemühte sich erfolglos, ihre Familie auf klassischem Weg über die Runden zu bringen. Wenn es so weitergeht, werden wir verhungern, gestand sie ihrem Ehemann. Ende des Monats reise ich nach Lunda Norte. Ihr Mann hatte versucht, sie abzuhalten. (»Was willst du da? In Angola herrscht Krieg, und es gibt keine Garantie, dass du es zu Geld bringst.«) Tief in seinem Inneren wusste er, dass sie nicht klein beigeben würde. Ihr Charisma war angeboren. Wenn sie eine Entscheidung getroffen hatte, würde sie niemals kneifen. Sie versteigerte die Möbel, ihre Schuhe und ihr Hochzeitskleid. Sie sprang in den ersten Bus nach Tembo, an der Grenze zu Angola. Sie kaufte Waren – Kondome, Bier, Zigaretten, Salz, Zucker, Palmöl, Streichhölzer und Seife. Sie befreundete sich mit anderen Zairern, die nur angolanische Diamanten im Kopf hatten und wie sie auf die Anweisungen der Schleuser warteten, um die Demarkationslinie zu überqueren. Damals, ergänzte sie schnell, mit kaum verhohlenem Stolz und einer gespielten Melancholie, wie man sie von verblichenen, aber unvergessenen Fußballgrößen kennt, ging man nach Angola, wie man auf die Toilette geht. Man musste keinen Pass oder sonst ein Dokument vorzeigen. Die portugiesischen Kolonisatoren hatten sich aus dem Staub gemacht, und die Angolaner beschossen sich gegenseitig. Nach einigen Tagen der Einsamkeit inmitten von Schleusern und zahlreichen Lastenträgern, die die Waren transportierten, erreichte sie die ersten angolanischen Dörfer. Gereist wurde nur nachts. Die Schleuser verhandelten mit den Dorfbewohnern, denen die Diamanten gehörten, während die anderen sich im Gestrüpp versteckt hielten. Wenn alles unter Dach und Fach war, tauschten sie Kondome, Bier, Kinderspielzeug und Secondfoot-Schuhe gegen Diamanten.

Im Krieg trinken die Leute zu viel, rauchen die doppelte Menge Gras und Zigaretten und ergreifen ohne nachzudenken die Möglichkeit, dem Alltag zu entfliehen oder sich der Zivilisation zugehörig zu fühlen. Aber auch diese fetten, wunderbaren, epischen Jahre gingen vorbei. Die Angolaner erwachten aus einem langen Schlaf. Sie stellten das System der Passierscheine auf die Beine, bauten Zäune und begegneten einer alleinstehenden Frau, die ein Kriegsgebiet bereiste, mit Misstrauen. Reisen waren nur noch in Begleitung des eigenen Ehemanns erlaubt.

»Wir hatten mehrere Eisen im Feuer. In Tembo, in Kikwit und anderen Orten, sowie in mehreren angolanischen Dörfern wurden Zweckehen geschlossen, Ehen, die sich von selbst auflösten, sobald die Turteltäubchen zurück nach Zaire gingen, mit oder ohne Diamanten im Gepäck. Im Krieg ist der Sexualdrang riesig. Die Leute, sogar die Militärs, wollen sich ablenken. Primus-Bier zu trinken und neue oder Secondfoot-Schuhe zu tragen genügt nicht mehr, um die Seelen zu beruhigen. Sobald man nach Monaten des Mangels Zucker im Tee und Salz im Topf hat, will man höher hinaus. Die Militärs machten uns schöne Augen, auch wenn wir ihnen zehntausendmal sagten, dass wir verheiratet waren, dass wir das stabilste, glücklichste und treuste Paar der Welt bildeten und unsere Heirats- und Wiederverheiratungsurkunden hochhielten, sie schauten weg, spuckten auf den Boden und boten uns Diamanten für unsere Scheidung. So habe ich meinen zweiten Ehemann in Angola kennengelernt: einen Mann namens Mitterrand. Er hielt an der zairischen Grenze um meine Hand an, und ich hatte nichts dagegen. Mein erster Ehemann, ein Militär der UNITA, wurde versetzt, und ich verzichtete trotz seines Drängens darauf, ihm zu folgen. Mitterrand gehörte zu der Rasse derer, die von der Natur und der Gesellschaft nichts geschenkt bekommen und sich durch Schmerz, Mut und Beharrlichkeit selbst erschaffen. Er schleppte keine Schulbildung mit sich herum, war aber so charakterstark, dass seine Unternehmungen stets von Erfolg gekrönt waren.

Alle, die über Diamanten sprechen, ohne sie je selbst in der Hand gehabt zu haben, lügen oder phantasieren. Wenn du zum ersten Mal einen frisch gehobenen Diamanten siehst und berührst, wirst du dich, wenn du nicht stark genug bist, übergeben, dir in die Hosen pissen oder wie irre lachen bei dem Gedanken, dass so ein unbedeutendes Steinchen eine Stange Geld bringt. Diamanten rauben einem den Verstand. Sie stiften Verwirrung und widersprüchliche Gefühle in den Köpfen aller (unabhängig von Alter, Beruf und Charisma), die sie das erste Mal streicheln. Ich habe gesehen, wie Leute beim Anblick dieses unvergleichlichen Leuchtens zu stammeln anfingen und ohnmächtig wurden. Oh, Angola …«

Franz war vom Leben der Madonna so geblendet, dass er sich bei uns nicht mehr blicken ließ. Er ging vorbei, ohne zu grüßen. Man sah ihn aus der Ferne mit seinem Koffer im roten Sand der Mine und wusste (ohne ein Gelehrter oder der älteste Sohn des Schulleiters zu sein), dass er auf dem Weg zur Madonna oder auf dem Rückweg von ihr war. Bei einem seiner Besuche kam die Madonna vom Hundersten ins Tausendste und begann, als würden ihre Abschweifungen nicht schon genügen, Japanisch, Tschiluba und Portugiesisch zu sprechen, kleine Schreie auszustoßen, zu weinen, um schließlich wieder ins Japanische zu verfallen. Franz glaubte, Zeuge eines Wunders zu werden.

Am nächsten Tag fand die Madonna entschuldigende Worte, eine Neuheit. (»Es ist nicht leicht für mich, über all meine Leben zu sprechen, lieber Franz. Sie sind randvoll wie der Zaire-Fluss. Sie haben dunkle Seiten, leuchten aber manchmal auch hell wie ein Schwemmland-Diamant.«) Die Madonna kleidete sich in lange Gewänder (in ihrer ganzen hundertjährigen Größe) und trug Goldkettchen an den Füßen. Eines davon legte sie ab und bot es Franz an, der ablehnte. Sie blieb hartnäckig.

»Nimm es, du wirst es noch vor Ende des Jahres brauchen.«

18

Die Bierzischer feierten bis in den Morgen hinein

Ich und mein Kumpel Ngungi duschten immer nur während der Regenzeit. In der Trockenzeit hielten wir nichts von Körperhygiene. Außerdem waren die öffentlichen Wasserhähne kaputt. Und wir sahen auch keinen Sinn darin, uns zu duschen, weil wir sowieso immer wieder schmutzig wurden: Staub, eine spontane Schlägerei, Schweiß …

Wir benutzten Deodorant, um den Körpergeruch zu überdecken. Die mangelnde Pflege setzte unserer Haut zu. Lange Schrunden, die wir »die Landschaft« nannten, breiteten sich über unsere Bäuche, unsere Hände, unsere Beine und sogar unter unseren Fußsohlen aus. Den ersten Regen des Jahres erwarteten wir mit Angst und Ungeduld. Beim ersten Schauer rannten wir aufgeregt und halbnackt durcheinander. Beim Kontakt mit dem Wasser hörten wir es knacken. Es lief an uns herab, zuerst nur äußerlich, dann durchnässte es uns bis auf die Knochen. An jenem Nachmittag nahm ich gegen meinen Willen eine kalte Dusche. Ich war gerade in der Gegend um das Collège des Salésiens, als ein sintflutartiger Regen – der erste der Saison – einsetzte. Noch bevor ich die Post erreicht oder einen anderen Unterschlupf gefunden hatte, war ich nass wie ein Schwamm. Ich zitterte vor Kälte. Schnell zog ich mir eine dunkelblaue Samthose und ein weißes Hemd über – Geschenke von

Monsieur Guillaume –, um das Ende der Sintflut abzuwarten und ins Mambo de la fête zu gehen. Ich war zu allem bereit.

Auf der Rue du Marché raste ein Wagen an mir vorbei und spritzte mich von oben bis unten nass. Der Raser setzte zurück. Ich rechnete mit einer Entschuldigung oder sogar einer kleinen finanziellen Entschädigung. Er ließ das Fenster seines Wagens herunter und steckte den Kopf raus:

»Verdammte Mikrobe!«

Und fuhr mit quietschenden Reifen davon. Die pure Verachtung im Blick. Meiner Einschätzung nach und ohne den leisesten Hauch eines Zweifels handelte es sich bei dem Kerl um einen Baron des Regimes. Hätte er mich überfahren, hätte er nicht einmal angehalten.

Das Mambo war wie immer rappelvoll. Draußen stand sich eine erstaunliche Menge Menschen die Beine in den Bauch: Autowäscher, Bettler, Polizisten in Zivil, Taschendiebe, ein halbnackter Verrückter, fliegende Erdnusshändler, Gäste, die mit einer Kippe im Mund und einer Flasche Bier in der Hand auf einen Arbeitskollegen, einen Freund oder ihre Freundin warteten. Der Weiße, der Anarchist und ihre Kollegen spielten direkt am Haupteingang der Bar Dame. Sie begrüßten mich mit hochgestrecktem Mittelfinger und Kriegsgeheul und nahmen mich aufs Korn bis in die vierte Generation. Sie suchten Ärger. Es war ihnen anzusehen, dass sie sich mindestens eine Woche nicht mehr im Sand gewälzt hatten und nach frischem Blut sehnten.

Trotz seines hohen Alters von fünfzig Jahren hielt sich das Mambo noch auf den Beinen. Deutlich spürbar war noch die Präsenz – das laute Lachen, die schwingenden Hüften, der Schweiß – früherer Gäste, die es inzwischen zu hochrangigen Staatsbeamten gebracht hatten oder in der Justizvollzugsanstalt

Kasapa einsaßen – in Zaire kann man zehn Leben in einem haben, die Dinge ändern sich schwindelerregend schnell und manchmal ziemlich radikal. Die Beamten stürmten, sofern es ihre Zeit zuließ, zu dem Ort, an dem sie so lange ihre Hoffnungen und alle anderen hochtrabenden Träume gehegt hatten – es war die Lust, sich mal wieder die Kehle durchzuspülen oder den Tanz der Teufel zu tanzen. Die Knastbrüder kamen hierher, um ihre Entlassung zu feiern und neue Coups zu planen. An den Wänden und Decken des Clubs hingen gigantische Spiegel. Es war, als säße man in einem Käfig aus Glas. Auf einer Seite standen die üblichen Tische und Stühle – aus Ebenholz, abgenutzt, teilweise mit den Namen der Gäste versehen, die sie auf Lebzeit reserviert hatten –, auf der anderen Seite befand sich die überfüllte Tanzfläche. Die Gäste – männlichen und weiblichen Geschlechts – swingten, schwitzten (wie die Schweine), jubelten, stolzierten herum, schrien, ohne ihre Verkleidungen abzulegen. Sie tanzten, wiegten sich und beäugten sich in den Spiegeln, bewunderten ihre Frisuren, ihren Schmuck, ihre Outfits und ihre vermeintliche Schönheit. Keiner der wie aus dem Ei gepellten Anwesenden wollte seinen Fummel ablegen, trotz der tropischen Hitze, der Rauchschwaden, des schlechten Atems aus dreckigen Mäulern, den Körpergerüchen, den diversen Ausdünstungen, dem Ruß, dem Schluckauf, dem Erbrochenen, des Pissegestanks, des Schweißes, des Rotzes, den Hustenanfällen und den Boxen, die seit Ewigkeiten die immergleiche Rumba ausspuckten. Und neuerdings total angesagt im Mambo de la fête: der Wettbewerb um das schönste Brautkleid am Samstag. Der glücklichen Gewinnerin winkten ein dicker Schlitten und fünfhundert Zaire, und nicht zu vergessen der üppige Beifang wie Wiederverheiratung, Aufnahme in die oberen Ränge der Macht, Reisen nach Algerien und Südafrika.

19

Die Madonna kannte das Leben von Franz von A bis Z

Tshiamuena führte jede Logik ad absurdum, und das war der erste Dorn im Auge von Franz, der über sie schreiben wollte. Sie behauptete eine Sache und ihr Gegenteil. Wenn sie eine Geschichte erzählte, vermischte sich ihr Leben in Japan mit ihren Erfahrungen in Zaire und ihrem Alltag in den Minen von Lunda Norte. Manchmal verfiel sie während des Erzählens in Trance und begann (mit unverständlicher, belegter Stimme) in Franz' Leben zu lesen.

»Franz, du wurdest in Sankt Pölten in der Nähe von Wien geboren. Schon als junger Mann bist du gerne gereist. Du wolltest Forschungsreisender oder Teppichhändler werden, um in der Welt herumzukommen. Ein typischer Traum. Da deine bescheidenen Mittel dir ein solches Privileg nicht erlaubten, hast du dich an der Universität Graz am Institut für Geographie eingeschrieben. Nach zwei Jahren warfst du die Flinte ins Korn. Hast hier und da Gelegenheitsjobs gemacht, ohne dass es dein Ego befriedigt hätte. Du bist ein ewig Unzufriedener. Immer wenn du etwas Neues anfängst, verlierst du nach kurzer Zeit die Lust daran. Du kehrst der Liebe den Rücken und lässt Freundschaften über Nacht zerbrechen. Bei einer Reise nach Wien hast du eine junge Frau kennengelernt und bist noch in derselben Woche mit ihr zusammengezogen. Zwei Monate später hast du die Beziehung beendet und dich gleich an der Universität Wien am Institut für Anthropologie eingeschrieben. Dort lerntest du deinen zairischen Freund René kennen. Wie durch ein Wunder hast du dein Studium abgeschlossen. Aber dann haben die Dämonen der Unentschlossenheit wieder die Oberhand gewonnen. Du zogst durch ganz Österreich, bevor du in deinen Heimatort zurückgekehrt bist. Bei einer afrikanischen Feier hast du dich in Sylvie Kalombo verliebt, die Tochter eines Katanga-Gendarmen. Das war der Moment, an dem dein Romanprojekt seinen Anfang nahm.«

Franz war in seine eigene Falle getappt. Er wollte mit seiner Vergangenheit abschließen, aber Tshiamuena erinnerte ihn unentwegt daran, was den Schreibprozess ins Stocken brachte. (»Mein lieber Kleiner, weißt du eigentlich, was für einen Schrecken du deinen Eltern eingejagt hast, als du mit 447 Schilling überstürzt aus Sankt Pölten abgehauen bist!«, »Mein Liebchen, wenn man mit einem Mädchen Schluss machen will, sagt man es ihr und verschwindet nicht klammheimlich durch die Hintertür, als käme man gerade von der Toilette zurück! Valentina Schneider weint um dich!«, »Mein kleiner Franz, du hast der Lotte das Herz gebrochen«, »Mein kleiner Franz, was ergibt das für einen Sinn, in Graz mit Verena im Grand Café Kaiserfeld Kaffee zu trinken oder im Stockwerk guten Jazz zu hören und die Beziehung dann von heute auf morgen zu beenden?«, »Franz, mein Spatz, du Herzensbrecher.«)

20

Zwischen Rumba und Rumba wählt Franz die Rumba

Plötzlich schrie ein als Tante gekleideter Kerl – oder eine Frau im Knabenkostüm, wen interessiert's – aus voller Kehle:

»Tanz der Teufel!«

Der arme DJ hatte keine Lust auf die Kindereien der erregten Meute, aber sie schimpften und beleidigten ihn bis in die fünfte Generation. Sobald die ersten Töne erklangen, stürmten alle Leute, die draußen vor dem Schuppen herumlungerten, ins Mambo – Bettler, Kleinganoven, Amateurdiebe, abgehalfterte Zuhälter, einstige Größen des zairischen Fußballs, abgebrannte Alkoholiker, potenzielle Spione, Banditen, Papasöhnchen, Ingenieure, Lehrer im Anzug oder im Brautkleid. Es war, als wäre eine Schießerei im Gange oder als hätte irgendein Spinner eine Gasflasche in die Luft gejagt, so sehr rannten die Leute. Als hätten sie in ihrem ganzen Leben noch keinen Ton Musik gehört. Die Begeisterung grenzte an Wahnsinn. Als wäre es die letzte Rumba ihres Lebens. Eine Stimme übertönte den Lärm. Ein Typ mit nacktem Oberkörper und einer Perücke auf dem Kopf brüllte:

»Die Lagune ist ein Möchtegern-Fluss, die Lagune, unsere Lagune.«

Es gab zwei Versionen vom Tanz der Teufel. Die längere dauerte eine Stunde und siebenunddreißig oder neununddreißig

Minuten, die kürzere dauerte achtzehn Minuten oder auch zehn, wenn der DJ genug Klebstoff intus hatte.

Kein (erkennbarer) Text, nur Becken, ein Bariton-Saxophon – dominant, herausragend in den Soloeinlagen, wobei jedes Solo mit lautem Kreischen endete, wie wenn eine Schrottkiste in den Bahnhof einfährt –, psychedelische Riffs hawaiianischer Gitarren, ein erhabenes Akkordeon, das der unterdurchschnittlichen Trompete zu Hilfe eilte, drei Cajóns – phantstisch gespielt von einem peruanischen Trio: Sandro, Raquel und Selestino, meisterhaft im Zusammenspiel, als Begleitung und als Solisten –, eine Bassklarinette, zwei Kontrabässe – im Wechsel –, eine Conga, eine Triangel, ein Flügel, Kastagnetten, Banjos, Posaunen (vier an der Zahl), zwei Altsaxophone, zwei Tenorsaxophone, mehrere Kornette, eine Kora – auf den Höhepunkt gebracht durch Soriba Kouyaté, einen senegalesischen Staatsbürger –, Percussioninstrumente (ein völlig irres Spiel, blasphemische Redundanzen wie bei Günter Baby Sommer), eine Tuba; das ganze fröhliche Getöse vermischt mit Schreien und anderem Gejaule von Zebras, Antilopen, Krokodilen, Eisbären … Und dazu die rasende Menge, die die Schreie nachahmte. Wie ein zerebrales Erdbeben. Es überstieg meine Kräfte. Das Stück war einfach unwiderstehlich. Ich trommelte fieberhaft auf den Tisch, an dem ich lehnte. Das Volk im Mambo machte zwei Schritte vor, vier Schritte zurück, wie Wellen, die an den Strand schlagen.

Ich konnte nicht widerstehen, ebenfalls die Hüften zu schwingen. Jemand rempelte mich von hinten an. Ich drehte mich um. Das Panorama, das sich mir bot, erregte meine Aufmerksamkeit: umgekippte Tische und Stühle. In einer Ecke der Kerl, der mich vorhin mit seiner Karre mit Matsch vollgespritzt und angeschnauzt hatte, ins Gespräch vertieft mit einer Dame. Aufgeregt fuchtelte er mit den Armen herum. Die Frau versuchte, ihn zu beruhigen, aber offensichtlich glaubte der Typ ihr kein Wort und gestikulierte wütend weiter.

»Wir müssen vorsichtig sein. Kapierst du nicht, dass wir zu weit gehen …«

Plötzlich hatte ich das Gefühl, dass ich ihm schon mal irgendwo begegnet war, vielleicht in einem anderen Leben. Die Fotos! Das war der Typ auf den Fotos von Monsieur Guillaume. Gleich nach dem Tanz der Teufel rückte ich näher an das Paar heran, während die Kellnerinnen und die Aushilfskellnerinnen die Tanzfläche wischten, um sie für die Show der schönsten Kleider vorzubereiten. Ich setzte mich dem Mann gegenüber. Ich fand ihn immer verabscheuungswürdiger. Er meckerte über die Kellnerinnen und die Aushilfskellnerinnen und verkündete ohne Angst, sich lächerlich zu machen, dass der Tanz der Teufel kein Lied, sondern eine Ansammlung von Unflätigkeiten sei:

»Dies ist keine Rumba; davon bekommt man höchstens Kopfschmerzen. Eine Rumba, das ist Gesang, eine Gitarre, eine Conga und vielleicht noch eine Prise Chili, das Saxophon von Manu Dibango oder das Akkordeon von Camille Feruzi. Was für eine Verschwendung! Ich versteh nur Bahnhof, und die Maracas, die eigentlich gut zu hören sind, sind trotzdem fast nicht zu verstehen!«

Er erlag der Illusion, dass die Welt ohne Rumba, diesem Opium des Volks, eine bessere wäre. Mich ärgerte seine arrogante Art. In diesem Land tanzen wir, um das Leben zu feiern, die Verzweiflung zu schmälern und um Malaria und Typhus herauszufordern, und dann kam dieser Typ mit seiner Hinterhof-Philosophie und wollte uns die Welt erklären. Ich war drauf und dran, ihm zu sagen, dass er die Klappe halten soll. Ich habe diese Leute nie verstanden, die in den Club gehen und dann nicht swingen, sondern auf ihren Stühlen kleben, Bier zischen, den anderen (mit großen Augen) beim Tanzen zusehen und die Rumba sabotieren wie dieser Typ. Monsieur Guillaumes Worte fielen mir wieder ein – »Dafür wird der Kerl büßen; der denkt wohl, er führt die ganze Welt hinters Licht; seine Frau wird alles erfahren.« Ich machte große Ohren und belauschte das ganze Gespräch.

Nach etwas mehr als einer Stunde verabschiedeten sie sich aus dem Laden. Zwei Männer mittleren Alters schnappten sich die frei gewordenen Stühle. Einer der beiden trug eine blaue Jacke. Sein Kollege einen dreiteiligen Anzug.

DER MANN MIT DER BLAUEN JACKE: Jetzt übertreib mal nicht …

DER MANN IM DREITEILIGEN ANZUG *(mit Bierbass)*: Gib wenigstens zu, dass wir ohne die Kolonisation noch im Busch leben würden. Ihr verdanken wir die Straßen, die Krankenhäuser, die Eisenbahn …

DER MANN MIT DER BLAUEN JACKE *(süffisant)*: Afrika hatte große Imperien und unermessliche Königreiche: Dogon, Bambara, Ségou …

DER MANN IM DREITEILIGEN ANZUG: Immer die gleiche Leier, Weltreiche ohne Autos, ohne Kocher …

Der Mann mit der blauen Jacke trank sein Glas aus und pfiff einen Kellner zu sich. Der kam mit einer Flasche in der Hand sofort angerannt. Offensichtlich kannte er die beiden Männer schon. Er wusste, dass sie seit Jahren dasselbe Thema debattierten, und wollte die Gelegenheit nutzen, um sein Wissen zu erweitern.

»In einer Woche schreibe ich mein Abi, das ist mein dritter Versuch. Leandro, wer von beiden ist sadistischer, Leopold II.

oder Hitler? Ich habe gehört, dass mitten in Brüssel immer noch ein Denkmal für den König steht …«

Einen Menschen, den man aus Kindertagen kennt, vergisst man nicht einfach so. Nicht einmal, wenn es schon zwanzig Jahre her ist. Sobald er in der Nähe ist, spürt man seine Anwesenheit. Begegnet man seinem Blick oder hört seine Stimme, kommt ein Stück Vergangenheit wieder an die Oberfläche. Ich erkannte den Typen mit der blauen Jacke: mein ehemaliger Lehrer, ein Enthusiast für politische Geschichte, dem wir den Spitznamen Magellan verpasst hatten – am Gymnasium durchforsteten wir das Lexikon nach Ähnlichkeiten zwischen historischen Persönlichkeiten und unseren Lehrern. Kaum hatten Magellan und sein Kumpel sich gesetzt, nahmen sie ihr Gespräch wieder auf:

LEANDRO: Ihm habt ihr dieses großartige, schöne Land zu verdanken …

MAGELLAN: Du meinst, diesem blutrünstigen Monster?

LEANDRO: Ohne Leopold II. wäre Katanga vielleicht eine Provinz von Rhodesien oder sambisches Gebiet. Das Zaire, in seinen heutigen Grenzen, würde gar nicht existieren. Macht was draus, statt Trübsal zu blasen …

MAGELLAN: Die Brazzavillaner leben in einem winzigen Land. Das Land der Gabuner ist mickrig. *(Der Alkoholrausch befeuerte seine Gedanken.)* Wer noch? Ach ja, die Sambier! Ertränken sie sich deshalb gleich im Ozean? Hast du jemals einen traurigen Ivorer gesehen?

LEANDRO: Hör auf mit diesen rassistischen Vergleichen!

Der Verrückte mit der Perücke betrat das Mambo de la fête, und während die Bräute noch im phosphoreszierenden, sich tausendfach in den Spiegeln brechenden Licht über den Laufsteg defilierten, stürzte er auf die Tanzfläche und schrie:

»Die Lagune, die Lagune, die Lagune ist rot!«

Die Gäste – männlichen Geschlechts – verachteten ihn bis in die vierte Generation.

LEANDRO *(ohne sich um die Türsteher zu kümmern, die sich bemühten, den Verrückten in Schach zu halten)*: Wir werden die Geschichte nicht neu schreiben. Wenn wir Katanga abspalten, wie du es als Kind wolltest, wäre es trotzdem ein Fiasko. Du siehst es doch selbst. Der Zaire-Fluss würde euch nicht mehr gehören. Kannst du dir die Demütigung vorstellen? Ihr gebärt einen Fluss, über den ihr keine Kontrolle habt!

MAGELLAN: Katanga ist reich, mein Junge, sehr reich durch seine Diamanten …

Chatou, die dienstälteste der Aushilfskellnerinnen, die sich als Braut verkleidet hatte, gewann den Wettbewerb haushoch. Das Event machte seinem Namen alle Ehre. Pfiffe. Beifallsstürme. Noch einmal der Tanz der Teufel, um den Abend ausklingen zu lassen – oder um den neuen Tag zu beginnen, je nachdem, denn es war schon 4 Uhr in der Früh. Die perfekte Zeit für bisher erfolglose Taschendiebe, um ihren Umsatz anzukurbeln.

21

Tshiamuena kannte das Schicksal jedes Menschen, sodass sie Ehen, Geldflüsse, die Heilung von chronischem Tripper für die einen und für die anderen, wie Franz, Erdrutsche oder willkürliche Haft vorhersagen konnte

Anfangs, als er noch neu in Lunda Norte war, hatte Franz zu ihr gehalten, bis auch er seine Illusionen aufgeben musste. Die Schürfer zischten Bier – sie selbst trank nur Grüntee mit Minze –, als sie Franz zur Seite zog, als wären sie allein: »Franz, mein Kleiner, deine ersten Erfahrungen mit Zaire hast du in den siebziger Jahren am Institut für Anthropologie der Universität Wien gesammelt. Einer deiner Kollegen dort, René Botsilo Bosili, war der Sohn eines zairischen Diplomaten in Wien. Der war, nebenbei bemerkt, ein korrekter Typ, ziemlich selbstsicher, immer wie aus dem Ei gepellt. Ihr habt euch an einem Freitag angefreundet. ›Was machst du morgen Abend?‹, hat René dich gefragt. ›Nichts weiter‹, hast du geantwortet. ›Meine Schwester heiratet. Es wäre super, wenn du vorbeikommst. Ich besorge dir eine Einladung. Eigentlich brauchst du keine.‹ Das Standesamt war um 11 Uhr. Die Feier um 18 Uhr in der Nähe des Praters. Einzug des Brautpaars um 19 Uhr. Franziskus, du bist um 18 Uhr da gewesen, als Einziger. Zu deiner großen Überraschung. Um 18:30 Uhr bist du wieder gegangen. Du dachtest, die Feier wäre kurzfristig abgesagt worden oder René Botsilo

Bosili hätte sich einen Scherz mit dir erlaubt. Der geht dir aus dem Weg. Im Seminar schaut er durch dich hindurch. Dann erwischst du ihn doch. Ihr steigt beide an der Skodagasse in die Tram 43, sie ist überfüllt, und René kann nicht weglaufen. Er geht zum Angriff über: ›Ich habe dich zur Hochzeit meiner Schwester eingeladen, erst kommst du nicht und dann schneidest du mich!‹

Franz, du hast nicht gleich geschnallt, was er meinte. ›Nein, ich war wie vereinbart um 18 Uhr vor Ort. Dann bin ich wieder nach Hause gegangen. Es war niemand da!‹ René beginnt, lauthals zu lachen. ›Du Idiot! Ich habe 18 Uhr gesagt, aber du kannst dir doch denken, dass niemand so früh da ist, weil sich alle erst noch hübsch machen müssen. Natürlich gab es eine Feier.‹ Franz, von da an bist du mit René von Hochzeit zu Hochzeit gezogen, und alle sollten um 19 oder 20 Uhr beginnen, aber nie sind die Gäste und das Brautpaar vor 22 Uhr aufgetaucht. Genauso war es bei Konzerten, die um 20 Uhr beginnen sollten, und wo die zairischen Musiker drei Stunden später auf die Bühne kamen. Das war eine gute Zeit, nicht wahr, Franz? Und du brachst die Herzen der Mädchen ohne hinzuschauen. Freitags nahmt ihr den Nachtzug nach Paris, Genf, Florenz und feiertet mit der zairischen Community, bevor ihr am Sonntagabend oder auch am Montagmorgen nach Wien zurückkehrtet. Damals gab es nur wenige Schwarze in Österreich, da die afrikanische Einwanderung neueren Datums ist. So abgelegen, wie es ist, hat dieses Land im Herzen Europas keine Kolonialgeschichte belgischer Prägung. Aber mein lieber Franz, wenn es ein zairisches Fest in Wien, Graz, Bregenz oder Innsbruck gab, warst du einer der Ersten. Bei einer afrikanischen Feier in Salzburg hast du dich in Sylvie Kalombo verliebt, eine Zairerin, deren Vater Katanga-Gendarme war und im Untergrund in Angola lebte. Nachdem Zaire seine Unabhängigkeit erlangt hatte, spaltete Katanga sich auf Anregung Belgiens ab. Eine Armee, die Katanga-Gendarmerie, wurde gegründet, um den neuen Staat zu verteidigen. Und Sylvies Vater war einer der ersten dieser von weißen Söldnern befehligten Gendarmen. Viele Monate und zahlreiche Gefechte zwischen den UN-Truppen und der katangesischen Armee später gingen die Söldner und die Gendarmen über die Grenze nach Angola. Zweimal, 1977 und 1978, überfielen sie Katanga, unter dem Namen Front national de libération du Congo und mit der Unterstützung von Kuba und Angola. Zaire, das unter anderem von den Vereinigten Staaten und Frankreich unterstützt wurde, schlug die Angriffe zurück. Ah, die gute Zeit des Kalten Kriegs, die Diamanten schossen noch wie Pilze aus dem Boden. Und Franz, mein kleiner Franz, als René Botsilo Bosili nach Afrika zurückgekehrt ist, bist du ihm nach Kinshasa gefolgt. Du führtest dich auf wie einer dieser Touristen, die zum ersten Mal im Land sind und sich so viel angelesen haben, dass sie nicht auf die Ratschläge und Hinweise der Einheimischen hören. René hat dir gesagt, dass er jemanden auftreiben kann, der dich nach Luanda führt, aber du warst so ungeduldig, dass du alleine losgezogen und hier gelandet bist, weil du Luanda und Lunda verwechselt hast! Sag mir, Franz, die Schürfer sind meine Zeugen, sag mir, ob ich lüge. Ah! Franz, Antonia, die kleine Antonia aus Linz, wie sie dir Rache schwört!

Franz ertränkte sich in seinen Notizen. Er begann, Tshiamuena aus dem Weg zu gehen. Sobald sie auf der linken Seite hereinkam, ging er auf der rechten Seite hinaus. Eine seltsame Situation. Eines Tages überraschte sie ihn und wurde fast ausfallend. (»Du kannst mir nicht für immer aus dem Weg gehen. Ist doch nicht dramatisch, wenn du nichts mehr aufs Papier bekommst …«) Aber da kannte sie Franz schlecht. Er verteidigte sich hartnäckig. (»Nein, Madonna, Sie sind wichtig für Ihr Heimatland Zaire, und ich werde diese Memoiren schreiben.«) So war Franziskus. Er konnte nicht Nein sagen und wollte allen gefallen, auch wenn es nichts einbrachte.

»Es ist nicht schlimm, wenn dir die Inspiration fehlt. Das Gefängnis ist der einzige Ort der Welt, wo man seine Gedanken ordnen kann. Sobald du dort bist, wirst du klarer sehen.«

Dieser Satz lag ihm schwer im Magen. Franz war sich sicher, er musste Angola um jeden Preis verlassen. Schließlich ging er selbst zur Madonna.

Sie hatte für zwei gekocht. Gegrillten Fisch auf kamerunische Art, dazu Reis und Maniok. Rotes Chili. Franz radebrechte.

»Molakisi hat mir die letzten Monate von seiner Geburtsstadt Lubumbashi erzählt. Die meisten der Katanga-Gendarmen stammen von dort. Da möchte ich hin. Erlaubst du es mir?«

Die Antwort der Madonna ließ nicht lange auf sich warten:

»Setz dich hin und iss. Ich wusste, dass du Geld für deine Reise brauchst. Deswegen habe ich dir das Kettchen gegeben. Du wirst dort einen Haufen Leute treffen, Magellan, Ngungi, Sanza. Und du wirst alle Zeit der Welt haben, meine Memoiren zu schreiben.« Abrupt wechselte sie das Thema. »Franz, deine Eltern …«

»Meine Eltern?«

»Ja, deine Eltern«, fuhr Tshiamuena fort, feierlich wie nur sie es konnte, »sie leiden. Schickst du ihnen ein Lebenszeichen? Fast hätte ich es vergessen, Angelika Bauer … Du hast ihr das Herz gebrochen wie Porzellan. Schickst du ihr eine Entschuldigung?«

Franz murrte:

»Sie verlangen zu viel von mir!«

Die Madonna hob die Stimme:

»Tu es für mich, Franz!«

Wie Franz die Sache sah, würde Tshiamuena ihn nicht gehen lassen. Er hatte nichts mehr zu sagen.

Aus seinem Mund kam ein vieldeutiger Satz:

»Bist du Buddhistin, Tshiamuena?«

»Warum?«, fragte die Madonna, während sie ohne seine Zustimmung eine Flasche Primus entkorkte.

»Nur so«, sagte der junge Mann, »ich habe mich das kürzlich gefragt.«

»Warum sollte ich Buddhistin sein?«

»Warum solltest du es nicht sein?«, beharrte Franz mit Tränen in den Augen.

Die Madonna seufzte, wie jemand, der zehntausendmal dieselbe Frage beantwortet hat und mit seiner Geduld am Ende ist:

»WEIL ICH GOTT BIN.«

22

Wofür der Name Tshiamuena stand

Der Familienname – oder besser gesagt Bauchname – ist ein Wunsch, ein leidenschaftliches Verlangen, ein Projekt. Bei der Weitergabe hofft man, dass das Kind sich ein Beispiel an dem nehmen wird, dessen Namen es trägt. Manche Typen zischen Biere ohne jedes Augenmaß oder machen Einbrüche wegen der Namen, die sie tragen. Tshiamuena bestätigte die Regel.

Dem Glauben ihres Volkes nach ist Gott ganz verrückt nach Namen. Er vereint eine Vielzahl von Attributen auf sich. Manche seiner Namen sind allein ihm vorbehalten. Außerdem trägt er die Namen von Naturelementen, Bäumen, Tieren, Berühmtheiten, Trommeln – die Liste ließe sich fortsetzen –, um seine zahlreichen Qualitäten hervorzuheben. Und so nennt man ihn auch »Tshiamuena«, um von seiner Allwissenheit zu sprechen, in Anspielung auf eine denkwürdige Frau.

Den Alten zufolge war Tshiamuena eine mächtige, wunderschöne Frau. Sie hatte ein großes Herz. Ihre Arme waren immer offen. Sie empfand wahre Liebe für die Menschen. Tshiamuena war immer bereit, anderen zu helfen. Aber die Leute wollten nichts wissen von ihr. Sobald sie sie von weitem sahen, nahmen sie einen anderen Weg. Sie wollten nicht mit ihr reden und auf keinen Fall ihrem Blick standhalten. Wenn sie vorbeiging, tuschelten sie hinter ihrem Rücken, glotzten ihr hinterher, bis sie aus dem Blickfeld verschwunden war und sie ihre Gespräche fortsetzen konnten. Sie zischten Bier unter Palmen, und sobald Tshiamuena sich zu ihnen setzte, begannen sie, sich am Kopf zu kratzen, unverständliches Zeug zu stammeln, Bauchschmerzen und andere Sorgen vorzutäuschen, ein Hühnchen, das sie noch zu rupfen hatten, Kinder, die ins Bett gebracht werden mussten, ein Topf, der noch auf dem Feuer stand … Mit erstaunlicher Leichtigkeit las Tshiamuena in der Vergangenheit und der Zukunft ihrer Gesprächspartner. Sie wusste alles über sie. Sie plauderte mit dir und sah deine Gedanken, deine Pläne, miesen Tricks, unlauteren Machenschaften und Geheimnisse unter der Gürtellinie. Tshiamuena wusste, wann und mit wem du etwas angestellt hattest, und sogar, welche krummen Dinger du drehen würdest. Unter diesen Umständen wollten die Leute lieber nichts mit ihr zu tun haben.

23

Franz und die Kunst, zu nachtschlafender Zeit ins Mambo einzufallen

Eine riesige Menschenansammlung vor dem Mambo de la fête. Der Verrückte mit der Perücke begrüßte alle mit hämischem Gelächter, großen Gesten und seinem ewigen Gerede – »Die Lagune ist ein Luftraum. Die Lagune ist die Überlagerung unserer Träume. Die Lagune wird dank ihrer mangelhaften Dichtigkeit die Welt retten, auch wenn sie sich ziert. Die Lagune ist kein Exkrement, sie ist eine Welt in Bewegung.«

Wir feierten die Unabhängigkeit von Südkorea – obwohl kein Südkoreaner jemals einen Fuß hierhergesetzt hatte. So war es im Mambo de la fête, dem Mambo der Liebe, dem Mambo der verschwenderischen Überfülle, dem Mambo der Schlaflosigkeit. Die Gäste – männlichen Geschlechts –, der Barmann, die Kellner brannten vor Einfallsreichtum. Sie fanden immer einen Vorwand zum Feiern. Diese ganze illustre Gesellschaft lebte in der Illusion einer besseren Welt. Askese, sexuelle Abstinenz, Fasten und Beten, dieser ganze Krempel war in ihren Augen einfach nur zum Einschlafen öde. Die Gäste des Mambo – vorwiegend männlichen Geschlechts – schimpften auf ewige Verlierer, Bettler, (Straßen-)Kinder, Alte, Krankheiten, Zugunglücke, Naturkatastrophen, Hunde und andere Haustiere, kurzum alles, was sie an ihr eigenes Menschsein erinnerte. Sie fürchteten, im Schlaf zu sterben, in einen schlimmen Unfall verwickelt oder einfach nur alt zu werden, was bedeuten würde, nicht mehr in der Lage zu sein, den Tanz der armen Teufel zu tanzen, Biere zu zischen und die Unabhängigkeit Sudans oder Boliviens zu feiern.

Franz (in seinem karierten Schlafanzug) kam mit seinem Koffer voller Zettel herein, den er immer überallhin schleppte, sogar in die Latrinen und auf die Tanzfläche. Den Gerüchten im Mambo zufolge – vorwiegend von Leuten, die ihn kannten, unter anderem den Kindern des Besitzers – nahm er ihn auch mit ins Bett. Verschlafen taumelte er durch den Raum. Hinter ihm her der Verrückte mit der Perücke – »Die Lagune ist ein grünes Paradies! Sie blendet die Sonne mit ihrer Meerjungfrauen-Schönheit!« Franz wohnte ein paar Häuserblocks vom Mambo entfernt. Er hatte schlecht geträumt, wie meistens, wenn man beginnt, Klebstoff zu schnüffeln – Träume, in denen man von Warzenschweinen, Krokodilen, Tigern und zweiköpfigen Gibbons verfolgt wird; Träume, in denen die Erde sich vor deinen Füßen auftut und du immer wieder einen Abhang hinunterstürzt; Träume, in denen das Boot kentert und du der Einzige bist, der ertrinkt –, war mit seinem Koffer (ohne Gurte) bis zur Bar gelaufen, in der Hoffnung, ein, zwei Biere zu zischen und wieder nach Hause zu gehen – mit dem Koffer und immer noch schlaftrunken. Es war nicht das erste Mal, dass er um diese Zeit auftauchte. Er wurde herzlich empfangen.

»Drei Bier für Franziskus!«

»Mal wieder in Höchstform?«

»Ein Bolero, eine Rumba, eine Polka, das Orchestre Vévé, ein Gin Tonic, alle Mittel sind recht, um unseren lieben Franz wieder auf die Beine zu bringen.«

»Franz, die Zairerinnen und Zairer bewundern deinen Mut.«

»Franziskus, du hast nicht zufällig die Glucke gesehen?«

Eine Umarmung mit Magellan und Leandro, die auch einen Stuhl für ihn fanden. Einer der Söhne des Besitzers, ein Jurastudent, bot an, ihm Medikamente zu verschreiben, um sein Unwohlsein zu bekämpfen. So war Zaire, einstmals ein Land der Autodidakten. Jeder Zairer war Spezialist auf mindestens einem Gebiet. Die Leute verließen ihre Komfortzone, um sich in ein Thema einzuarbeiten, das sie noch nicht beherrschten.

»Ich habe sechs Monate Medizin studiert und kenne mich aus mit Symptomen.«

24

Franz und die Sehnsucht nach dem weißen Blatt

Auch nachdem er das Thema seines Romans geändert hatte, wurde er das Gefühl nicht los, festzustecken. Außerdem grübelte er zu viel. Ein sinnloser Perfektionismus. Für ihn war ein Roman in erster Linie der Satz. Er taxierte jeden Satz wie ein Ophthalmologe, der die Augen seiner Patienten untersucht. Jeder Satz kostete ihn dreißig Stunden Konzentration. Die Worte in seinem Mund und in seiner Feder wogen Tonnen. Schreiben wurde zu körperlicher Schwerstarbeit. Unter normalen Umständen hätte er große Reden auf die Madonna geschwungen, sobald er aber schreiben wollte, begannen seine Hände zu zittern, und ihm platzte der Kopf. Ein Summen. Er schrieb, er schwitzte. Er notierte einen Satz und strich ihn wieder durch – oder entfernte bloß ein Komma. Sein großer Koffer enthielt in Wahrheit nur etwa hundert immer wieder überarbeitete, korrigierte, übel zugerichtete, zusammengeflickte, ausgeweidete Sätze. Hundert Sätze in erbärmlichem Zustand, hingekritzelt in seiner Kammer zu den Klängen einer Sinfonie des Stöhnens oder im Mambo zum Tanz der Teufel. Auch nachdem er die Katanga-Gendarmen gegen Tshiamuena ausgetauscht hatte, und nach einem Text über seine Bierzischer-Freunde und die Vagabunden, den Weißen und Sanza, steckte er weiter fest. Wie bei einem Erdrutsch, der die Schürfer in einer Grube überrascht.

25

Eine nächtliche Farandole

»Sind Sie sich nähergekommen?«

»Ja, sie saßen sich gegenüber.«

»Haben sie getanzt?«

»Nicht, dass ich wüsste …«

»Haben sie geknutscht?«

»Ich glaube nicht …«

»Sah es so aus, als würden sie miteinander schlafen?«

»Ich weiß nicht …«

»Wirklich schade, dass es keine erdrückenden Beweise gibt, um seine Ehe zu zerrütten«, murmelte Monsieur Guillaume niedergeschlagen, bevor er auftrumpfte: »Das wäre die Gelegenheit gewesen, ihn fertigzumachen …«

Monsieur Guillaumes Stimme war sehr monoton. Sein Tonfall verriet die langen Jahre, die er im Priesterseminar in Kabwe in der Region Kasaï verbracht hatte. Eine unbetonte Prosodie. Eine Stimme ohne Überraschungen. Es klang, als würde er das Brevier herunterbeten. Ich hatte mich schon oft gefragt, wie seine Frau, seine Bälger und sogar seine Verwandten es schafften, bei seiner durchdringenden, quäkenden Stimme nicht auszurasten. Kein Schalk, kein Elan, keine Grimasse, kein Lächeln – nicht das kleinste – huschte über das Gesicht dieses Mannes, wenn er in seltenen Momenten der Vertrautheit einen Witz machte. Tatsächlich habe ich ihn, solange ich denken kann, nur zweimal lachen sehen. An einem seltsamen Dezembermorgen war ein großer Schlitten von der Fahrbahn abgekommen und ungebremst in ein Bekleidungsgeschäft gerauscht. Verzweifelte Schreie und Panik. Von allen Seiten kamen Menschen angerannt, um den Verletzten beizustehen. Monsieur Guillaume bewegte sich keinen Millimeter aus seinem Auto und lachte wie ein Irrer. Das zweite Mal saßen wir in seinem Büro, das Radio lief. Er nippte sorgenvoll an seinem Kaffee. Das Musikprogramm wurde durch die Mitteilung unterbrochen, dass man drei Studenten ertrunken aufgefunden hatte, und Monsieur Guillaume lachte sein schönstes Lachen.

»Monsieur Guillaume?«

»Ja, mein Freund …«

»Ich hab vergessen, was ich sagen wollte …«

»Ah. Sag mal, der Barmann, wirkte der wie jemand, der gerade sein Portemonnaie verloren hat? Und wer hat eigentlich den Wettbewerb um das schönste Kleid gewonnen? Wer wollte das Orchestre Vévé sehen? Und der DJ, was war bei dem los? Hat er sich (heimlich) mit den Musikern unterhalten? Was für Musik haben sie getrommelt? Funk?«

»Den Tanz der Teufel …«

»Das war klar, sie spielen ja nichts anderes!«

Monsieur Guillaume wollte ganz genau wissen, was an diesem Abend passiert war. Informationen entfalteten ihren Wert erst, wenn sie vollständig waren. Der Teufel steckte im Detail. Eine unbedeutende Begebenheit konnte zur Auflösung eines jahrealten Rätsels beitragen, sagte er. Man darf nichts dem Zufall überlassen, wenn man die Welt bis ins Innerste erforschen will. Er ging dieselben Fragen nochmal durch, untersuchte meine Antworten (mit der Lupe), stürzte sich auf jedes kleine Zögern, in der Hoffnung, auf eine unerschütterliche Gewissheit zu stoßen, seufzte tief und zuckte mit den Schultern. Als er sich schon von mir verabschiedet hatte, kehrte er panisch noch einmal zurück:

»Und dir ist nichts Ungewöhnliches aufgefallen?«

»Nein …«

»Denk nochmal nach, Sanza! Die unscheinbarsten Dinge verbergen oft die größten Schätze … Nichts bemerkt?«

»Als das Pärchen gegangen ist, haben sich zwei Männer auf ihre Stühle gestürzt. Später gesellte sich noch ein Weißer dazu …«

»Ein Weißer?«

Monsieur Guillaume riss die Augen auf. Er sah aus wie ein Kerl – ein Taschendieb zum Beispiel –, der auf frischer Tat ertappt wird.

»Ein Weißer? Warum hast du mir das nicht früher gesagt? Genau da muss man ansetzen. Ein echter Weißer? War es ein Albino oder ein Weißer?«

Monsieur Guillaume schrie fast.

»Es war mein erster Weißer. Im Fernsehen hab ich schon ein paar Mal einen gesehen, in Filmen. Aber ich bin mir nicht sicher … Es war dunkel, die Musik, das Geschrei …«

»Dann hatte die Lagune also recht?«

»Die Lagune? Wer ist die Lagune?«

»Keine Ahnung, ob du ihn gesehen hast. Der Verrückte mit der Perücke …«

»Ja … Aber der ist doch verrückt, oder? Und dem glaubst du?«

»Er arbeitet für uns«, antwortete er zu meiner Verwunderung, als wäre es das Normalste der Welt. Er hatte mir schon davon erzählt. Aber er redete oft Mist. Ich hatte ihm nicht geglaubt. Ich dachte, er hätte sich einen Cognac zu viel genehmigt oder wollte mich auf den Arm nehmen.

»Und was hat er gemacht, dein Weißer?«

»Mein Weißer?«

»Na der, den du gesehen hast …«

»Er hat alles auf einen Block gekritzelt, was die anderen beiden gesagt haben. Einen der beiden kannte ich. Er war mein Lehrer …«

»Sieh zu, dass du etwas über diese drei Kasper herausfindest. Der Präsident der Republik hat eine Tournee durch die Provinzen angekündigt. Falls der Kerl Journalist ist und einen Artikel bringt, sind wir verloren.«

Zwei, drei Tage später holte mich Monsieur Guillaume in der Avenue des Usines ab. Genau dort hatte Molakisi mich damals überzeugt, nicht mehr zu meinen Eltern zurückzukehren. Monsieur Guillaume saß am Steuer eines nagelneuen BMW. Es war das erste Mal, dass ich ihn rauchen sah. Er zog an seiner Kippe und wirkte entspannt. Auf dem Rücksitz saßen zwei Gorillas mit Smoking und Sonnenbrille und sagten keinen Ton.

»Weißt du«, sagte er vertraulich, »das ist das erste Mal, dass ich jemand Externes auf eine so heikle Mission mitnehme. Aber du hast dir diese Anerkennung ja schließlich auch verdient.«

»Schnappen wir uns Alain Delon?«

»Den lassen wir noch eine Weile den Helden spielen.«

»Wir könnten ihn einlochen, dann ist das erledigt«, erwiderte ich, verwirrt von diesem Stimmungswechsel.

Sonst dachte Monsieur Guillaume an nichts anderes, als den

Kerl in die Finger zu bekommen. (Langsam) sog er den Rauch durch die Nase, bevor er antwortete:

»Das hat keine Eile. Du musst noch eine Menge lernen, mein Junge. Geduld ist in unserem Metier das Allerwichtigste. Wenn wir den Spinner hochnehmen, bleiben seine Komplizen aktiv und können jeden Moment zuschlagen. Dann kommen wir nie dahinter, was sie aushecken. Ich habe da so meine eigenen Prinzipien und Vorstellungen. Für gewöhnlich warte ich, bis die Situation sich zuspitzt. Mir ist es am liebsten, wenn das Hirn arbeitet und die Muskeln spielen lässt ... Ich erledige zuerst die Komplizen. Das ist die beste Art, dir eine Nervensäge vom Hals zu schaffen. Man schüchtert seine Mitarbeiter ein, die Kinder, die Frau ... Und wenn der Kerl nicht dumm ist, dankt er ab, und das Land ist seine Mikroben los.«

Monsieur Guillaume seufzte, plötzlich gelöst:

»Das sind Sachen, die ich meiner Frau niemals erzählen werde. Nicht in einer Million Jahren ... In ihrer Freizeit arbeitet sie in einer dieser sogenannten NGOs, setzt sich sogar für die Einführung der Demokratie ein, die Arme! Brauchen wir wirklich Demokratie in Zaire? Das ist etwas vorschnell ... Die Demokratie erzeugt Euphorie, und Euphorie führt zu Chaos. Jeder reißt seine Klappe auf und meint, er hat das Recht, die Institutionen der Republik anzugreifen!«

So fuhren wir noch eine halbe Stunde, bevor wir vor einem Haus mit breiter Fensterfront eine Panne vortäuschten.

Monsieur Guillaume wies uns an, aus dem Auto zu springen und uns wild gestikulierend vor der offenen Kühlerhaube zu platzieren.

Leute hielten und boten ihre Hilfe an, doch Monsieur Guillaume wehrte diese Solidaritätsbekundungen schroff ab. Plötzlich bremste ein Auto mit quietschenden Reifen knapp vor unserem Wagen. Der Fahrer, dessen Alter schwer einzuschätzen war, herrschte uns an:

»Wie soll ich denn jetzt den Wagen reinfahren!«

Zu seiner großen Überraschung zückten die beiden Geheimagenten diskret ihre Waffen. Der Mann stand mit offenem Mund da. Er hatte mit allem gerechnet – einem Fausthieb, einer Drohung, einer Beleidigung –, aber nicht mit einer Pistole, die auf seine Wampe zielte. In fast väterlichem Ton wandte sich Monsieur Guillaume an den Mann:

»Wenn du nicht im Leichenschauhaus enden willst, steig ein und mach keine Faxen.«

Er versuchte zu fliehen. Doch die Schergen hatten diese Reaktion vorausgesehen und hielten ihn auf. Sie packten ihn an den Handgelenken, warfen ihn auf den Rücksitz und prügelten auf ihn ein, noch bevor Monsieur Guillaume angefahren war. Er weinte in allen Sprachen, entschuldigte sich für sein Fehlverhalten und spielte gleichzeitig seine Rolle in der Geschichte herunter.

»Ich bin doch nur ein kleines Glied in der Kette. Mit den Flugblättern habe ich nichts zu tun.«

»Wer das Ansehen der Autoritäten dieses Landes befleckt, muss mit den entsprechenden Konsequenzen rechnen.«

Ohne weiteren Druck wurde er geständig. Er sprach so schnell, dass er nicht einmal seine Sätze beendete. Monsieur Guillaume schaltete das Radio ein, wo gerade eine Musiksendung ausgestrahlt wurde, und drehte den Ton lauter. Gerade lief ein Song von OK Jazz. Wie bei jeder anständigen zairischen Rumba beklagte der Erzähler (oder die Erzählerin) Pech in der Liebe oder sonst eine Zurückweisung der Gesellschaft – von einem Rivalen ausgestochen, Opfer einer Abfuhr, ohne Vorwarnung abgeblitzt, von den Schwiegereltern verschmäht oder bei der Verwandtschaft verhasst aufgrund von übermäßigem Glück, Geschick oder einer Vorliebe für Schmuck und sonstige Markenklamotten –, Salima übergab an einen jungen Mann, der untröstlich war, seine Freundin wegen einer langen Reise verlassen zu müssen.

Als wir am Kipoposee ankamen, lief gerade *Adios Tete*. In dem Song beweinte ein weiterer Mann den Weggang seiner Geliebten. Monsieur Guillaume stellte das Radio leiser. Seine Agenten kletterten über eine Mauer. Es fielen drei oder vier Schüsse. Sie kamen mit einer großen Tasche voller Flugblätter zurück. Das Auto brauste davon.

»So eine Stümperei. Ihr wisst doch, wie ich zu übermäßigem Waffengebrauch stehe …«

»Sie haben die Autoritäten des Landes beleidigt, da konnten wir nicht anders …«

Monsieur Guillaume überholte ein paar Autos, bevor er links in die Avenue de la Révolution abbog. Er drehte am Radio. Noch eine Rumba. Majestätische Gitarren erfüllten den Wagen. Monsieur Guillaume setzte mich vor der Post ab und raste weiter ins Büro, mitsamt den Flugblättern, dem Gefangenen – er hatte sich mittlerweile heiser geschrien – und seinen Männern.

26

In den Büros der DDD

Auf der Straße war der Bauch ein Müllschlucker. Man aß alles, was man in die Finger bekam. Sanza erbrach das meiste wieder, was er tagsüber in sich hineingestopft hatte: zwei Becher Wasser, eine Scheibe Brot, ein Stück Fleisch, Bananen, die er auf dem Marché Central geklaut hatte, Erdnüsse, Gemüse, ein Glas Saft, eine verfaulte Mango, Stockfisch. Das Gejammer des Typen, der hinten auf der Rückbank gefoltert wurde, hatte ihn nach seiner Rückkehr zur Post nicht mehr losgelassen. Nachdem sie ihn übel zusammengeschlagen hatten, waren Monsieur Guillaumes Schergen dazu übergegangen, seine Finger mit Zangen zu bearbeiten. Der Mann hatte gebellt. Sein zerbeultes, blutiges Gesicht – geschwollene Lippen, aufgeplatzte Augenbrauen, ein abgerissenes Ohr – ging Sanza nicht mehr aus dem Kopf. Auch das Rattern des Maschinengewehrs hallte in seinen Ohren nach. Keine schöne Sache, Schüsse in direkter Nähe und zum ersten Mal im Leben.

Weil er länger nichts von Sanza gehört hatte, schaute Monsieur Guillaume in der Stadt vorbei. Auf dem Boden vor der Post Reste von Erbrochenem. Monsieur Guillaume schlenderte heran, er wirkte zufrieden – was an sich schon erstaunlich war – und zitierte wie gewöhnlich Kosovel. Er glaubte tatsächlich, Sanza sei ihm dankbar, dass er ihn ins Milieu eingeführt hatte.

»Sanza, mein Freund, geht es dir gut?«, grüßte er aus einiger Entfernung.

Ohne Samthandschuhe anzuziehen, pöbelte Sanza los:

»Feiger Mörder, geh mir aus den Augen …«

»Sanza, hör zu …«

»Ich will nichts mit dir zu tun haben, du Schlächter.«

Monsieur Guillaume feixte. Er lächelte wie jemand, der vom Fahrrad fällt und sich sofort wieder aufrappelt. Kein spöttisches, desillusioniertes oder gekünsteltes Lächeln: Wenn sich jemand mit dem Rad hinlegt, springt er schnell wieder auf und lächelt, um sich selbst und möglichen Augenzeugen zu beweisen, dass alles okay ist und er die Situation völlig unter Kontrolle hat. Gleichzeitig widerspricht die Stellung der oberen Gliedmaßen, der Beine und auch der Gesichtsausdruck diesem Lächeln. Ein Lächeln wie ein Ölfleck auf einem Hemd. Ein Lächeln, das fehl am Platz ist. Und sobald er wieder steht, sucht er das Weite. So kommt es, dass man trotz aller zerbeulten Rechtfertigungen – Nein, bitte keinen Notarzt … Mir geht's gut … Ich komm schon klar … – am nächsten Tag erfährt, dass der Verunglückte sich ein Bein gebrochen hat oder ins Krankenhaus musste. Vom Rad fallen kann sehr beschämend sein.

Trotz Monsieur Guillaumes Drängen gab Sanza nicht klein bei. Er beschimpfte ihn bis in die vierte Generation. Sich von einem gerade der Pubertät entwachsenen Jungen die Leviten lesen zu lassen war für den gefürchtetsten Mann der Provinz eine außergewöhnliche Erfahrung. Sein Schweigen sprach Bände. Monsieur Guillaume war sich sicher – wie ein Vater bei seinem Sohn, wenn dieser sich einen groben Schnitzer geleistet hat und es nicht einsehen will –, dass er Sanza wieder zur Vernunft bringen würde und dass sein Säbelgerassel und seine Meineide nur vorübergehende Gültigkeit besaßen.

»Ich verstehe dich, mein Freund. Ich wollte bloß … weißt du«– mit ernstem Gesicht und viel Emotion in der Stimme – »ich wollte dir bloß helfen, dein Leben in die Hand zu nehmen. Seit ich dich das erste Mal gesehen habe, versuche ich, aus dir eine wichtige Persönlichkeit dieses Landes zu machen. Ich habe einen Fehler gemacht. Ich habe mich in dir getäuscht. Ich dachte, du hättest Ambitionen. Entschuldige bitte, ich habe bloß unsere Zeit verschwendet! Du hast deinen Weg gewählt, viel Glück.«

Monsieur Guillaume wandte sich ab und ging gebeugt zurück zu seinem Wagen. Er wirkte unglücklich. Sanza schaute ihm nach und wurde schwach.

»Monsieur Guillaume, warten Sie! Wo wollen Sie hin?«

»In unser Büro.«

»Kann ich mitkommen?«

Monsieur Guillaume fuhr immer im vierten Gang. Sobald er Gas gab, war er in seinem Element. Auf der ganzen Fahrt sprach er mit Sanza kein Wort. Er murmelte bloß vor sich hin. Betete er? Legte er seine Pläne in die Hände des Herrn? Sagte er Gedichte auf? Kosovel? Rilke? Mallarmé? Rimbaud? Er parkte seine Karre, stieg ohne großen Elan aus. Sanza folgte ihm wie ein Hund, der sein Herrchen verärgert hat und versucht, es wiedergutzumachen, weil er fürchtet, dass ihn dieser loswerden – ihn einer Cousine vermachen – will.

Die Büros der DDD befanden sich in einem unfertigen, verlassenen Gebäude. Der Legende zufolge hatte ein japanischer Bürger namens Shinji Tanizaki, der als Lebemann bekannt war, es 1971 errichten lassen. Im Mambo de la fête spendierte er gerne Lokalrunden, sodass er noch lange im kollektiven Gedächtnis verankert blieb. Es war ein offenes Geheimnis, dass er keine

Nachkommenschaft hatte. Zur Überraschung aller (im Mambo) war er plötzlich in seine Heimat zurückgekehrt, angeblich zur Hochzeit seiner Zwillingssöhne Ryota und Kenta. Er hatte sich nie wieder in Zaire blicken lassen. Zwei oder drei Jahre später verstarb der neue Besitzer bei einem rätselhaften Verkehrsunfall. Sein Fahrzeug zerschellte an einem Baum. Als seine Leiche geborgen wurde, stellte man mit Schrecken fest, dass er halbnackt hinterm Steuer saß – offene Hose, Unterwäsche auf links, zerknittertes und bis zum Nabel aufgeknöpftes Hemd. Hauptsächlich zwei Gerüchte machten bei seiner Beerdigung die Runde. Der Kriminalpolizei zufolge – die die Ermittlungen ergebnislos einstellte – war er bereits tot, als das Fahrzeug gegen den Baum fuhr. Eine Version, die die Trinker aus dem Mambo verwarfen, da sie sich sicher waren, dass der Typ Talismane besaß – darunter eine Schlange – und abgetreten war, weil er sich nicht an die Regeln gehalten hatte. Dann erwarb Pedro Kavungu – alias Pedro de la Rosa –, ein Angolaner und seit über dreißig Jahren in Lubumbashi ansässig, das Gebäude. Wie Shinji Tanizaki brach er urplötzlich zu einer Auslandsreise auf – nach Tansania oder Italien –, um der Diplomfeier seines Neffen beizuwohnen. Er nutzte die Gelegenheit, um sich für den Rest seines Lebens in Lissabon niederzulassen. Das Gebäude ging in den Besitz eines bekannten Geschäftsmanns über. Einen Tag nach dem Kauf warf sich Louis Umba in einen See, ohne seinem einzigen Sohn, Leandro Umba, ein Testament oder irgendeine Erklärung zu hinterlassen. Die Bauruine fiel einem jungen Belgo-Zairer zu. Er hatte große Pläne. Cyrille, so hieß der Gute, wollte ein Drei-Sterne-Hotel eröffnen. Mit großem Tamtam wurden die Bauarbeiten wiederaufgenommen. Zwei Arbeitskolonnen wechselten sich ab. Die erste arbeitete nachts, die zweite am Tag. Er selbst schlief auf der Baustelle. Eines Nachmittags wollte er bei der Banque Centrale du Shaba Geld abheben. Man sah ihn nie wieder.

Ein Anruf erwartete Monsieur Guillaume. Ohne Umschweife hob er ab.

»Es geht um meinen Nachbarn.«

»Ich höre.«

»Ich finde ihn verdächtig.«

Monsieur Guillaume blätterte in einem Heft, den Kugelschreiber in der Hand. Er machte sich Notizen. Bei dem Anrufer handelte es sich um einen Mann um die sechzig. Die Stimme und die Aussprache gaben Monsieur Guillaume Aufschluss über den Anrufer. Er war in der Lage, aus der Sprechgeschwindigkeit und ein paar Satzfetzen Rückschlüsse auf das Alter, den Beruf, das Bildungsniveau und das Temperament seines Gesprächspartners zu ziehen. Als guter Technokrat der Geheimdienste wusste Monsieur Guillaume die Spreu vom Weizen zu trennen. Auf seinem Schreibtisch stapelten sich die Fehlalarme.

»Mein Nachbar, ich trau ihm nicht über den Weg. Immer wenn die zairischen Autoritäten im Fernsehen sind, wird er wütend und schaltet um. Gestern habe ich gehört, wie er sagte, dass er alles daransetzen will, dieses Land zu verändern.«

Monsieur Guillaume erkannte den Anrufer wieder. Er war eine Teilzeitkraft der DDD. Unbesorgt:

»Stellt er eine Gefahr für die innere Sicherheit dar?«

»Keine Ahnung.«

»Ich halte Rücksprache mit meinem Kollegen und melde mich wieder bei Ihnen.«

Monsieur Guillaume zu Sanza:

»Das ist ein freier Mitarbeiter. Wir strecken unsere Antennen in jedem Viertel aus. Wie es scheint, greift ein Kerl ständig den Staatschef an. Sollen wir aktiv werden? Entscheide du …«

Seit Monaten schon hatte niemand ihn nach seiner Meinung gefragt. Sanza, ganz geblendet von diesem plötzlichen Vertrauensbeweis:

»Ich toleriere es genauso wenig wie du, wenn man schlecht über jene spricht, die dieses Land regieren.«

Monsieur Guillaume wählte die Nummer seines Mitarbeiters.

»Gib mir die Adresse und beschreib mir diesen Typen.«

Sanza, das Pickelgesicht, lachte.

Monsieur Guillaume wählte eine andere Nummer:

»Hast du was zu essen gemacht? Ich komme nicht allein. Ngungi? Nein, der nicht. Hör mir auf mit dem. Dieser hier ist brav. Sanza heißt er …«

Bevor sie aufbrachen, führte Monsieur Guillaume ihn durch die Räumlichkeiten. Weitläufige Büros mit gigantisch großen, vollgestopften Aktenschränken.

MONSIEUR GUILLAUME: Willst du das Hotel sehen?

SANZA: Welches Hotel?

MONSIEUR GUILLAUME: Den Kerker. Unseren Kerker. Genannt das Hotel. Die Typen, die wir beherbergen, sind auf der Durchreise. Irgendwo müssen wir sie ja unterbringen, wenn wir sie schnappen. Versprichst du mir, dass das unter uns bleibt?

Sanza wollte schon lächeln. Monsieur Guillaume brach ab. In seinen Augen Verachtung, nichts als Verachtung. So war er, Monsieur Guillaume. Er schenkte dir Bonbons, erzählte anzügliche Witze – über die er selbst nicht lachte –, und eine Sekunde später hüllte er sich in ein Schweigen, das niemand, nicht einmal seine Frau, brechen konnte. Auf dem Weg zum Kerker änderte er seine Meinung und befahl seinem Laufburschen, Leine zu ziehen:

»Ich vertraue niemandem. Nicht einmal meiner Frau.«

27

Jeder Mensch hat einen Doppelgänger

Es heißt, jeder Mensch habe einen Doppelgänger. Dieser kann älter oder anderen Geschlechts sein. Manche Menschen haben auch zwei oder drei. Normalerweise existieren zwei Menschen mit demselben Aussehen nicht in derselben Umgebung – außer natürlich, sie sind miteinander verwandt. Das ist ein Naturgesetz. Deshalb war Sanza mehr als verwundert, als er Mère Antonine sah, Monsieur Guillaumes Ehefrau. Sie und die Frau, die im Mambo mit Alain Delon die Köpfe zusammengesteckt hatte, sahen sich zum Verwechseln ähnlich. Korpulent. Bartwuchs unterm Kinn. Fülliges Haar. Zudem eine dröhnende Stimme. Der einzige sichtbare Unterschied war, dass die Frau im Mambo ein großes Mundwerk hatte. Sie allein bestimmte, wo es langging.

Während des ganzen Essens ließ Sanza die schöne Dame nicht aus den Augen. Er war wie ein Schoßhund, der Zuneigung braucht. Er war gefräßig, redete laut, kicherte – und das, obwohl Monsieur Guillaume ihm solches Verhalten verboten hatte. So war er eben, er tat, was er nicht tun sollte; wenn du ihn batest, dich morgens nicht zu wecken, stürzte er sich beim ersten Morgenschein auf dich und entschuldigte sich dann – aber Mère Antonine würdigte ihn keines Blickes. Als ihr Mann den Tisch abräumte, fragte sie ihn:

»Seit wann arbeitetet ihr zusammen?«

Sanza, der träumte, zuckte zusammen:

»Madame, Ihr Mann ist die ehrbarste Person auf der Welt. Haben Sie ihn schon auf einer seiner Missionen begleitet? Mit ihm ist nicht zu spaßen, wenn er einen unhöflichen Menschen in die Schranken weist.«

»Wie alt bist du?«

»Das offizielle Alter.«

»Dein Alter?«

»Welches? Fünfzehn? Zehn? Sechzehn?«

Mère Antonine stand auf.

»Madame, habe ich etwas Falsches gesagt?«

Sie schimpfte mit ihrem Mann:

»Gestern war es noch Ngungi, heute bringst du wieder einen anderen mit.«

MONSIEUR GUILLAUME: Wir haben keine andere Wahl.

MÈRE ANTONINE: Ich ertrage es nicht, dass du Kinder in deine Geschäfte mit reinziehst.

MONSIEUR GUILLAUME *(kalt wie immer)*: Es geht um die nationale Sicherheit.

Monsieur Guillaume pfiff zweimal. Sanza kam zu ihm in die Küche.

»Morgen ist ein langer Tag. Nimm dir Obst. Ich fahre dich zurück …«

28

Ngungi, in seiner Eigenschaft als Hexer und Kannibalenlehrling, flippt aus, als er den spektakulären Aufstieg seines Teamkollegen beobachtet

Er meint wohl, er hätte den Himalaja bestiegen und wäre der Erste, der mit Monsieur Guillaume zusammenarbeitet, obwohl wir das alle gemacht haben. Von allen Kindern auf der Straße stand ich Monsieur Guillaume am nächsten. Wo war er denn, als Monsieur Guillaume mich in die angesagten Restaurants ausführte? Mir gab Monsieur Guillaume Taschengeld, mich lud er zum Abendessen zu sich nach Hause ein, mir schenkte er die schicksten Kleider. Ich, Ngungi, war der Einzige von diesen Frömmlern, ob nun der Weiße, Sanza oder der Anarchist, den er wirklich schätzte. Als ich erfuhr, was er für einen Unsinn über mich erzählte, wurde ich wütend – auch wenn in der Zwischenzeit viel Wasser den Fluss heruntergeflossen ist. Von allen Straßenkindern war ich das erste, das Monsieur Guillaumes Frau kennenlernen durfte. Mir schenkte sie zehntausendmal mehr Aufmerksamkeit als diesem Spinner. Ich komme mir vor wie im Kino, quasi im falschen Film, wenn ich höre, ich wäre bloß Monsieur Guillaumes Notsitz. Er achtete mich. So sieht's aus! Das Pickelgesicht kann meinetwegen auf der Straße verrotten. Man kann den Ozean nicht mit irgendeinem Provinzflüsschen vergleichen. Der Ozean ist der Ozean. Und ein Fluss ist ein Fluss.

29

Geheimdienste lassen sich nicht gerne überbieten und machen keine halben Sachen

Die Operation Pierrot war einer von Sanzas ersten Einsätzen. Geradeheraus ließ Monsieur Guillaume ihm freie Hand bei der Planung und Durchführung der gesamten Aktion. Die Jagd begann wie zufällig. Sie rasten mit hoher Geschwindigkeit über die halbleeren Hauptverkehrsadern des Stadtzentrums. Das Radio spuckte Fetzen einer Rumba aus. Der Sänger beschwor mit Samtstimme die unmögliche Liebe zu einer gewissen Marie Louise. Er brennt darauf, mit ihr zusammenzuleben, aber ihr Vater ist gegen die Verbindung. Ihm bleibt nur der Schmerz. Monsieur Guillaume wechselte den Sender. Gerade hatte *Das Streitgespräch* begonnen. Ein hochemotionaler Teilnehmer beschuldigte die zairische Regierung, ohne Sinn und Verstand zu regieren, und drohte damit, sich den Rebellen anzuschließen, falls die Situation sich nicht bessern sollte. Monsieur Guillaume war entsetzt. Er konnte es nicht ertragen, wenn die staatlichen Institutionen auf diese Weise angegriffen wurden. Jegliche Form von Kritik an der zairischen Regierung traf ihn ins Mark. Er warf Sanza vernichtende Blicke zu.

Pierrot arbeitete als Lagerist in leitender Funktion in einer Papierfabrik. Sanza schlug seine Entlassung vor. Ein paar Stunden später rief Monsieur Guillaume beim Boss des Ladens an:

»Dein Angestellter redet dummes Zeug auf allen Radio- und Fernsehkanälen.«

Der Mann versuchte, Pierrot in Schutz zu nehmen:

»Was unsere Leute in ihrer Freizeit treiben, hat uns nicht zu interessieren.«

MONSIEUR GUILLAUME: Verstehe … Ich erwarte auch keinen Applaus. Setzen Sie die kleine Mistratte auf die Straße, und die Sache ist geregelt.

DER BESITZER DER PAPIERFABRIK: Sie haben mir nicht vorzuschreiben, wie ich mit meinen Mitarbeitern umzugehen habe. Ihre Befindlichkeiten interessieren mich nicht.

MMONSIEUR GUILLAUME: Wie Sie wünschen …

DER BESITZER DER PAPIERFABRIK: Wir sind hier immer noch in Zaire. Sie können die Leute nicht ewig belästigen!

MMONSIEUR GUILLAUME *(gepresst)*: Beim Durchgehen Ihrer Akte sind wir interessanterweise darauf gestoßen, dass Sie Ihre Steuern nicht mehr ordnungsgemäß abführen. Wie viele Monate Rückstand waren es noch gleich? Zehn? Einen Moment, lassen Sie mich nachsehen … Nein, fünfzehn. Ohne zu sehr ins Detail gehen zu wollen, wir sind im Besitz von einer Reihe von Informationen, die wir Ihnen gerne mitteilen. Verlässlichen Quellen zufolge verkauft Ihre Frau Gattin Diebesgut, ohne jemals dafür belangt worden zu sein. Ihr älterer Bruder, der in Abwesenheit zu fünf Jahren Gefängnis verurteilt wurde, wir wissen, wo er sich versteckt hält. Ihr Sohn, so scheint es … Hallo? Hallo? Sind Sie noch da?

Am anderen Ende der Leitung herrschte Stille. Der Typ war völlig fassungslos, unfähig, noch etwas zu erwidern, angesichts dieser Flut an Enthüllungen. In seiner Freizeit erörterte Monsieur Guillaume gerne, dass jeder Durchschnittszairer Dreck am Stecken habe, man müsse nur ein bisschen wühlen, und dass es Aufgabe der Geheimdienste sei, welchen zu finden, notfalls auch bei Verwandten und Familienangehörigen, um Druck auf die jeweilige Person auszuüben. Monsieur Guillaume sagte ohne jede Emotion:

»Es liegt ganz bei dir, für wen du dich entscheidest, für Pierrot oder für deine Frau, deinen Bruder, deinen Sohn, deine Tante mütterlicherseits.«

Pierrot wurde noch am selben Tag entlassen. Binnen einer Woche hatte er sich dank seiner Kontakte einen neuen Job in einem Hotel geangelt. Seine Beharrlichkeit reizte den jungen Sanza.

»Für wie blöd hält der Typ uns eigentlich?«

Sie nahmen Kontakt zum Besitzer des Hotels auf und wandten dieselbe Methode an. Pierrot fiel – ohne langes Federlesen – bei seinem neuen Arbeitgeber in Ungnade.

Aber er ließ sich nicht entmutigen. Er rief bei einem Automechaniker an, der schnell einen Job für ihn gefunden hatte. Monsieur Guillaume beschleunigte die Sache. Er hetzte ihm Miriam Lenge auf den Hals, die in der Branche den Spitznamen Mimi die Glucke trug. Bei ihr ging es ratzfatz. Die Glucke war berühmt für ihre Sanftheit. Bevor sie die ersten Falten bekommen hatte, war sie der Trumpf der DDD gewesen. Geschichten gab es mehr als genug über sie. Es hieß, sie habe den Präsidenten der Banque Centrale du Shaba zu Fall gebracht. Als Monsieur Guillaume sich mit ihr ins Benehmen setzte, war ihr Stern am Sinken. Sie erhoffte sich von der Mission keinen Ruhm, sondern bloß eine Versetzung nach Kinshasa, um neu anfangen zu können.

Die Glucke musste nicht einmal ihr ganzes Können anwenden. Pierrot erlag ihrem Charme auf der Tanzfläche.

»Ich kenne das *Vaudeville de l'Amour*, ein nettes kleines Hotel. Nur fünf Minuten von hier, da haben wir unsere Ruhe«, schlug er vor.

Die Glucke lehnte sein Angebot ab – »Ich bin kein leichtes Mädchen, verstanden?« –, um die emotionale Spannung zu erhöhen. Pierrot: »Ich dachte, wir wären auf einer Wellenlänge …« Die Glucke: »Schau mir in die Augen, glaubst du, ich vergnüge mich mit dem erstbesten Typen, der mir über den Weg läuft?«

Eine Woche später wurden Pierrots Tanten, Onkel, seine Schwiegermutter und seine Frau per Einschreiben unangenehm von den Fotos des ehebrecherischen Paares überrascht. Von einem Tag auf den nächsten saß Pierrot auf der Straße. Um Monsieur Guillaume, der ihn noch immer unterschätzte, zu beeindrucken, machte Sanza einen genialen Vorschlag für den Todesstoß. Pierrot hatte während seiner Pechsträhne ein paar Kilo verloren. Sanza und sein Mentor streuten daraufhin das Gerücht, dass er neben Gürtelrose, Tuberkulose und Typhus noch an einer unheilbaren Krankheit litt. Ihm wurde der Zutritt zum Mambo untersagt. Ein Anruf von Sanza höchstpersönlich hatte den Besitzer überzeugt.

Pierrot wurde schließlich verrückt. Es geschah vor dem Mambo de la fête. Drinnen war die Tanzfläche bis zum Rand gefüllt mit einer tobenden Meute, die zu den psychedelischen Tanz der Teufel-Rhythmen die Hüften schwang. Es war der fünfzigste Geburtstag von Criticos, einem Zairer griechischer Herkunft, der in den zwielichtigen Kreisen von Lubumbashi hohes Ansehen genoss. Wo der Typ hinkam, wuchs kein Gras mehr. Wie die meisten Emporkömmlinge seiner Art versuchte er um jeden Preis, die Leute zu schockieren, und freute sich, wenn sie sich empörten. Criticos versprach, allen Gästen (männlichen Geschlechts), die ebenfalls fünfzig waren, sechs

Runden Bier auszugeben und zehn Runden für alle Gästinnen, die dreiundvierzig waren wie seine Frau. Mit dieser improvisierten Geburtstagsfeier hatte er sie überrumpelt. Die meisten hatten ihren Ausweis nicht dabei. Was zu noch mehr Krawall und Feindseligkeit führte – die im Mambo de la fête ohnehin in der Luft lagen, auch wenn es nichts zu feiern gab. Die einen machten sich jünger, als sie waren, die anderen bauschten ihr Alter auf, um dann, koste es, was es wolle, am Saufgelage teilzunehmen. Auf der Tanzfläche und draußen vor dem Club bemühten sich die Kellner, die Gäste – männlichen und weiblichen Geschlechts, ungefähr dreißig an der Zahl – zu besänftigen, die drohten, den ganzen Laden auseinanderzunehmen, wenn man ihnen ihr Alter nicht glaubte. Gegen ein Auto gelehnt beobachtete Pierrot den Rummel ohne ein Wort. Plötzlich sahen wir, wie er sich vom Wagen entfernte, nacheinander seine gesamte Kleidung ablegte, aus Leibeskräften schrie und sich auf dem Boden wälzte. Im ersten Moment dachten wir, es läge am Alkohol, bis wir feststellten, dass er den ganzen Abend lang keinen Tropfen Bier getrunken hatte.

Er ward nie wiedergesehen.

30

Man sieht es sofort, wenn einer den Rhythmus im Blut hat

Franz war ein leidenschaftlicher Fan der zairischen Rumba.

Wenn er durch die Stadt ging und (aus einer Kneipe oder aus einer Wohnung) Rumbaklänge zu ihm drangen, spitzte er die Ohren. Als er aus Angola nach Lubumbashi kam, hatte er sich als Erstes umgehört, wo man sich vergnügen konnte.

»Wo kann ich hingehen, um ein bisschen zu tanzen? Sie glauben gar nicht, wie sehr mir die Rumba gefehlt hat.«

Ya Bavon, der Rezeptionist und Besitzer des kleinen (Stunden-)Hotels, in dem er abgestiegen war, unterhielt sich gerade mit seiner Verlobten oder Ehefrau und sagte ohne hochzuschauen:

»Nimm das erste Taxi, das vorbeikommt. Das sind alles Nachtschwärmer, der Fahrer sagt dir, wo du hingehen kannst.«

Franziskus winkte ein Taxi herbei und stieg ein.

»*One love, one love, one love!*«

Djibril nüchterte allem Anschein nach gerade aus. Er wirkte frisch und trug Kleidung, die seinem Alter angemessen war – tailliert, keine dieser weiten Hosen und übergroßen bunten Hemden.

»Wo geht's hin, Bruder? *Are you Belgian? French?*«

Er sprach ein tadelloses, durch Reggae erlerntes Englisch.

»*I'm from Austria.*«

»*Australian?*«

»*Austria!*«

»*I know your country. My uncle was diplomat in Vienna …*«

»*When?*«

»*It's been years …*«

»*First time in Zaire?*«

»*My second …* Wir können auch Französisch sprechen …«

»Wenn es Ihnen nichts ausmacht, dann gerne auf Englisch. *I want practice my English …*«

»Und ich möchte mein Französisch verbessern. Wo kann man hier Rumba tanzen?«

Djibril schreckte hoch, wie jemand, der gerade den letzten Zug verpasst hat.

»Wenn alle Rumba tanzen wollen, wer tanzt dann Salsa? *One day I'll going to Jamaica …*«

»*Have you ever been there?*«

»Ich bringe dich ins Mambo de la fête.«

»Langsam gefällt es mir in dieser Stadt …«

Der Taxifahrer raste mit Höchstgeschwindigkeit los. Er überholte ein Taxi, dann noch eins, und fuhr absichtlich über eine rote Ampel. Djibril lenkte den Wagen, als wäre er ein Formel-1-Fahrer. Er fuhr im Zickzack, um nicht von einem Polizeiauto überholt zu werden. Von seiner Überlegenheit überzeugt, brach er in irres Gelächter aus, begann wild zu hupen und *one love, one love …* zu schreien. Kichernd bretterte er über die großen Boulevards und pfiff durch die Zähne, wenn Franziskus eine lobende Bemerkung über die verborgenen Reize Katangas fallenließ. Er war sehr stolz darauf. Djibril hatte im Laufe des Tages die unterschiedlichsten Kunden transportiert: Depressive, falsche Fuffziger, Beamte, Pfarrer, Schüler, Angestellte der Union Minière, Brotverkäuferinnen … Einige scheuten sich nicht, ihn als ungebildet zu bezeichnen, ihn zu beschimpfen, lautstark zu telefonieren, ihn zu evangelisieren, andere vertrauten ihm an, dass sie lieber in der Höllenhitze einer Schmelzhütte schmorten, als von morgens bis abends in einer Karre durch die Gegend zu gurken, andere drückten ihm zu wenig Geld in die Hand oder erschlichen sich eine Freifahrt, indem sie vorgaben, ihr Portemonnaie verloren zu haben, andere nannten ihn einen Sezessionisten, wieder andere waren so begeistert von ihm, dass sie ihn zur Taufe ihres ersten Sohnes einluden oder zu einer Verlobung oder zu ihrer Diplomfeier … Franziskus' Bemerkungen waren das Beste, was einem Taxifahrer am Ende eines ereignisreichen Tages passieren konnte.

Auf der Avenue de la Révolution Ecke Lumumba führte er ein riskantes Überholmanöver durch. Eine Karre ohne Scheinwerfer schlitterte heran, hupte ein paar Mal, überholte das Taxi und verlangsamte. Der Fahrer des Großzylinders zeigte ihm den Mittelfinger, streckte seinen Kopf aus dem Fenster, pöbelte. Djibril verteidigte seine Provinz: »In Katanga sind nicht alle so. Ein paar hoffnungslose Fälle gibt es überall.«

Djibrils Taxi kam abrupt vorm Mambo de la fête zum Stehen, der Verrückte mit der Perücke stürzte auf sie zu – »Die Lagune ist eine Vielfalt an Träumen. Aber nicht alle Träume entsprechen der Vielfalt der Lagune.«

An den Österreicher gerichtet:

»Ich verkehre nicht in diesen Kreisen, aber ich gebe dir einen aus. Schließlich sind wir hier in Zaire, wir lassen dich nicht hängen.«

Als Franz Baumgartner die Bar zum ersten Mal betrat, spielte man gerade den Tanz der Teufel. Der Song war an der Stelle, wo der Akkordeonist, gewaltig wie ein tropischer Regenguss, das Zögern des Trompeters übertönt. Franz' ganzes Gesicht –

seine Ohren, seine Augen, seine Grübchen und der Mund – wirkte, als hätte er drei Tage lang nichts getrunken. Er stürzte auf die Tanzfläche wie ein Wahnsinniger. Der Verrückte mit der Perücke – »Die Lagune ist ein Blues, der Blues der Gejagten« – folgte ihm. Die Meute im Mambo ließ ihn die ganze Nacht über nicht aus den Augen. Sie zischten ihr Bier und starrten ihn an wie im Zoo. Gegen 3 Uhr nachts sah man den Österreicher in ein fortgeschrittenes Gespräch mit Mimi der Glucke vertieft. Ob sie die Nacht gemeinsam im Hotel beschließen würden? Sie haben ihre Beziehung nie öffentlich gemacht.

Aber im Gegensatz zu diesem Pickelgesicht von Sanza haben mir diese Bettgeschichten nie das Hirn verstopft.

31

Der Junge in Dreivierteilhosen und seine Aufstiegsambitionen

Den ganzen Tag waren Sanza und sein neuer Hund, Monstre, durch die Gassen von Kamalondo gestreift. Am Vortag hatte er das Tier von Monsieur Guillaume geschenkt bekommen.

»Gibt es etwas, das ich für dich tun kann?«, hatte Monsieur Guillaume gezischelt.

»Ich wollte schon immer einen kleinen Hund haben.«

Monsieur Guillaume war aus seinem Büro geeilt. Nach einer knappen Stunde war er mit Monstre wiedergekommen.

Mitten in der Nacht betraten Monstre und Sanza das Restaurant Gianni l'Italien. Das Lokal empfing seine Gäste bis 2 Uhr nachts. Sie setzen sich an einen Tisch mit sechs Plätzen in der Mitte des Raums. Sanza wollte unbedingt alle Aufmerksamkeit auf sich ziehen. Er trug ein schlotterndes Hemd, eine marineblaue Hose und Schuhe mit Doppelschnallen. Seine Sonnenbrille schob er in die Stirn, damit ihm nichts entging. Bei seinem Anblick knirschte ein Intellektuellen-Pärchen mit den Zähnen und prustete los. Der junge Mann ließ sich nicht einschüchtern.

»Seid ihr bescheuert?«

»Nicht in diesem Ton, wenn ich bitten darf!«

»Da zieht der Herr gleich den Schwanz ein.«

»Du könntest mein Enkelsohn sein.«

Sanza war auf hundertachtzig:

»Ihr könntet meine Großeltern sein. Ihr schuldet mir Respekt. Ihr seid wirklich erbärmlich. Ich verstehe, warum Zaire sich nicht weiterentwickelt.«

Sie zogen die Köpfe ein, weil sie wussten, dass der Junge nicht lockerlassen würde, dass er Streit suchte. Straßenkinder liebten die Konfrontation. Sie legten es darauf an, euch in die Enge zu treiben und dazu zu nötigen, den Geldbeutel zu zücken und Wiedergutmachung zu erlangen. Die Straße ist und bleibt das beste Mittel gegen Schüchternheit, falsche Bescheidenheit und Schamgefühle. Wer hätte vor einigen Monaten voraussagen können, dass Sanza Erwachsene mit solcher Herablassung behandeln würde? Wo wäre er ohne Molakisi oder gar Ngungi?

»Wir sind hier doch nicht am Bahnhof, um auf einen Zug zu warten!«

Ein pummeliger Kellner eilte mit finsterer Miene herbei:

»Monsieur, wir gehen davon aus …«

»Wo sind wir denn?«

»Dass Sie auf Ihre Eltern warten, die gerade den Wagen parken …«

Sanza ließ ihn nicht ausreden:

»Du denkst also, ein Jugendlicher kann nicht ohne seine Eltern einen Happen essen gehen?«

»Sie müssen wissen, dass der Altersdurchschnitt unserer Gäste bei fünfzig Jahren liegt. Außerdem ist es schon spät, fast Mitternacht. Sie müssten zu Hause im Bett sein. Jedenfalls hatten wir die Vermutung, dass Sie auf Ihre Familie warten, um gemeinsam zu speisen.«

»Hast du was dagegen, dass ich allein bin?«

»Entschuldigen Sie vielmals. Möchten Sie schon etwas trinken?«

»Sie haben mir den Appetit verdorben. Einen Fruchtsaft. Dann sehen wir weiter.«

Sanza streichelte seinen Hund und musterte die Kundschaft – männlichen Geschlechts. Der völlig erschöpfte Monstre war eingedöst.

Sanza führte sich auf, als hätte er das Sagen. Er schlürfte sein Getränk und rief alle fünf Minuten wegen Nichtigkeiten die Kellner (männlichen Geschlechts) …

»Aus welchen Früchten ist dieser Saft?«

»Arbeiten Sie schon lange hier?«

»In welchem Jahr nochmal?«

… und streichelte seinen Hund. Aber je später es wurde, desto öfter schaute er auf seine Armbanduhr und konnte die Nervosität kaum mehr verbergen. Schließlich betraten drei Männer das Lokal. Sanza richtete seinen Hemdkragen, trank sein Glas aus. Franz – mit seinem Koffer –, Leandro und Magellan nahmen ein paar Tische weiter Platz. Franz zog stapelweise Zettel aus seinem Koffer. Sanza hatte es eilig, Kontakt aufzunehmen, und gesellte sich sofort zu ihnen. Ein echter Anfängerfehler, wie Monsieur Guillaume ihm später erklärte. Die Tradition schreibt vor, mindestens eine Viertelstunde zu warten, damit die Zielperson selbst auf euch aufmerksam wird, sich an euch gewöhnt und mehrmals eurem Blick begegnet. Es ist wichtig, dass der Erstkontakt mit der Beute wie zufällig zustande kommt.

SANZA *(glücklich)*: Kennt ihr mich noch? Aus der Schule …

MAGELLAN: Ich unterrichte nicht mehr. *(Er stellt sie einander vor.)* Sanza, ein ehemaliger Schüler … Franz, ein Freund. Leandro Umba, meine rechte Hand. Was hast du hier zu suchen?

SANZA: Nichts weiter, ich trinke Saft. *(Um unangenehme Nachfragen zu vermeiden, spricht er weiter.)* Das ist mein Hund. Er heißt Monstre. Ein Geschenk meines Vaters …

MAGELLAN: Geht es ihnen gut?

DER PUMMELIGE KELLNER: Was darf ich Ihnen bringen?

SANZA: Wem?

LEANDRO: Einen Gin Tonic bitte.

MAGELLAN: Deinen Eltern!

FRANZ: Für mich ein Bier.

MAGELLAN: Deinen Eltern!

SANZA *(gequält, schaut vorwurfsvoll)*: Sie geben ihr Bestes, wie alle Zairer. Der Vater ist durchgedreht seit seiner Entlassung. Die Mutter ist immer auf den Beinen, um etwas zu essen für uns aufzutreiben. Dieses verdammte Land!

FRANZ: Wir machen weiter, wusstest du, dass in Kolwezi …

SANZA *(fassungslos)*: Was schreibt er denn, dein Freund?

MAGELLAN: Frag ihn doch selbst.

FRANZ *(in holprigem Französisch)*: Ein Interview für einen Roman über die Katanga-Gendarmen.

Mitten im Gespräch wurde Sanza still.

LEANDRO *(an den jungen Mann gerichtet)*: Geht's dir gut?

SANZA *(traurig)*: Ich denke an meine Mutter. Es ist traurig, was in Lubumbashi los ist. Leute, die ohne ein Lebenszeichen verschwinden …

LEANDRO: Sei nicht so pessimistisch.

MAGELLAN *(zu Franz)*: Der Krieg von Shaba war General Mobutu ein Dorn im Auge. Er rief die Marokkaner zu Hilfe …

SANZA *(nachdenklich)*: Hier sitze ich also mit drei Typen, die bloß warten, dass andere etwas für ihr Land tun.

MAGELLAN *(überrascht von der Beharrlichkeit des Jungen)*: So einfach ist es nicht. Wir gehen die Dinge auf unsere Weise an.

SANZA: Und euer Freund, Franz, kann der euch nicht für einen Putsch unter die Arme greifen? Kennt er keine Söldner?

FRANZ, LEANDRO, MAGELLAN *(im Chor)*: Ein Putsch?

MAGELLAN: Hör doch auf.

SANZA: Versuchen könnten wir es …

LEANDRO: Ganz seiner Meinung. Man muss den gordischen Knoten durchschlagen.

FRANZ: Warum nicht, aber ich bin bloß ein Intellektueller.

SANZA: Einen Versuch ist es doch wert. Wenn Leute wie ihr nicht in der Lage sind, etwas zu tun, sieht es schlecht aus …

MAGELLAN: Du hast gut reden. Ich war im Krieg …

FRANZ: Ein Grund mehr, aktiv zu werden.

LEANDRO: Einen Putsch plant man nicht so nebenbei wie eine Hochzeitsfeier.

SANZA *(zu Leandro)*: Nach allem, was sie deinem Vater angetan haben.

MAGELLAN: Was weißt du schon?

SANZA *(spitzbübisch)*: Feiglinge, Duckmäuser … Lumumba war jünger als ihr, als er Großes vollbrachte. Wunder. Wenn man keinen Putsch auf die Reihe bekommt, kann man wenigstens etwas anderes versuchen …

FRANZ: Einen Protestmarsch.

MAGELLAN: Der wird blutig niedergeschlagen.

LEANDRO: Oder Flugblätter, wie die, die letztes Jahr im Umlauf waren.

SANZA *(Monsieur Guillaume aus dem Gedächtnis zitierend)*: Vor dem Rathaus Autos in Brand setzen, Flugblätter, eine Brücke sprengen, die Kinder des Gouverneurs entführen, rote Farbe auf die Avenue Lumumba schütten …

LEANDRO: Eine Blitzaktion wäre nicht schlecht.

MAGELLAN: Ich bin dabei …

SANZA: Ich mache was, mit oder ohne euch.

MAGELLAN: Und wie wär's mit einem Bier im Mambo?

LEANDRO: Okay.

MAGELLAN *(und jetzt spricht der ehemalige Katanga-Gendarm aus ihm)*: Ich nehme die Sache in die Hand, das wird die ganze Provinz erschüttern.

32

Monsieur Guillaume und sein Verantwortungsbewusstsein

Sanza war nicht überrascht, in den Sanitäranlagen der DDD auf den Verrückten (mit der grünen Perücke) zu treffen. Der Mann hatte sich herausgeputzt: Er war ganz in Blau gekleidet, trug frisch gewichste Stiefel und Sonnenbrille – ein Markenzeichen der Geheimdienste dieser Zeit. Der Verrückte stürzte sich auf Sanza, als wären sie alte Freunde, die sich ewig nicht gesehen hatten:

»Ich habe gehört, du bist Vollprofi. Hut ab! Wir brauchen Jungs wie dich mit Adlerblick.«

Monsieur Guillaume war gerade am Telefon, als Sanza sein halbleeres Büro betrat. Es war sehr schlicht gehalten. Ein Tisch, zwei Stühle, eine große Bibliothek – KOSOVEL, KLEIST, RIMBAUD, DAVID DIOP, KEATS, SAINT-EXUPÉRY, WERNER SCHWAB … Er machte kein Geheimnis aus seiner Verehrung für Kosovel, dem slowenischen Dichter, und auch nicht für alle Schriftsteller und Lyriker, die in der Blüte ihres Lebens verstorben waren. Er sagte – mit bebender Stimme –, dass sie in den wenigen Lebensjahren genug für ein ganzes Jahrhundert geschaffen hätten. Voller Respekt wies er seine Marionette an, Platz zu nehmen, während er weitertelefonierte.

»Nein, brennt nicht. Bloß mein Kollege. Unser Neuzugang, der junge Mann, von dem ich Ihnen erzählt habe.«

Sanza fühlte sich geehrt, dass ein so mächtiger und gefürchteter Mann wie Monsieur Guillaume ihn schätzte.

»Wie ich schon sagte, ist die nationale Sicherheit der gordische Knoten eines jeden aufrechten Landes. Die nationale Sicherheit ist sein Gehirn, sein Herz, sein Rückgrat, sein Bauch und sein Geschlechtsteil. Die Geheimdienste sind für ein Land das, was die Nieren für den Organismus sind. Es ist das Röhrensystem eines Landes. Wir filtern, mitunter mit mittelalterlichen Methoden, die Giftstoffe heraus, die die Republik Zaire verschmutzen. Anstatt sich für die geleistete Arbeit zu begeistern, beschwert sich die Bevölkerung über die paar Fälle, bei denen unsere Mitarbeiter über die Stränge geschlagen haben. Ich glaube, ich spinne! Wir sind überall, wir machen kein Auge zu, und es gibt immer noch welche, die was zu meckern haben. Da möchte ich doch wissen: Was wäre Zaire ohne seine wachsamen Agenten? Die Antwort ist hinlänglich bekannt. Kein Land der Welt – allen voran Frankreich, die Vereinigten Staaten, Bolivien, Kolumbien und der Sudan – würde auch nur einen einzigen Tag ohne seine Geheimdienste überleben. Ohne uns wäre Zaire das reinste Sieb. Nicht mal ein Sieb, eine Flussmündung!«

Monsieur Guillaume unterbrach sich plötzlich, als wäre ihm ein großartiger Einfall gekommen. Sein Gesprächspartner schien ihn weiter in die Enge zu treiben. Auf seinem angespannten Gesicht bildeten sich große Schweißtropfen. Der Mann am anderen Ende der Leitung hatte augenscheinlich Dinge zu sagen, die ihm missfielen. Stoisch hörte er zu und schlug zurück:

»Machen Sie Witze? Für wen halten Sie mich? Für Papst Johannes Paul II.? Wie ich schon sagte, wir spielen hier nicht Vater-Mutter-Kind. Wir tragen die schwere Verantwortung, die Sicherheit eines ganzen Volks zu garantieren, und wir sind uns unserer Rolle bewusst. Ach, ich wusste, worauf Sie hinauswollen. Die Kinder? Sie leben auf der Straße. Haben wir sie zur Welt gebracht? Es sind echte Mitarbeiter. Sie unterschätzen sie. Sie sind wie Schwämme. Sie kriegen alles mit, was in dieser Stadt vor sich geht. Wir sorgen bloß dafür, dass sie etwas zu tun haben.«

Monsieur Guillaume ließ seinen Gesprächspartner kurz zu Wort kommen und machte weiter:

»Wenn ich es Ihnen doch sage, jeder Mensch ist ein potenzieller Verräter. Also ein Spitzel. Man muss ihm nur die Gelegenheit bieten, etwas auszuplaudern. Ehrlich gesagt, und das gilt nicht nur für Zaire, hat doch jeder etwas zu erzählen, jeder weiß etwas über seinen Büronachbarn, seinen Chef, seine Schwägerin. Verstehen Sie, was ich sagen will? Hören Sie. Ich sitze hier mit einem Kollegen. Ich kann ihn nicht ewig warten lassen. Wir hören uns.«

Er legte auf.

»Geht es dir gut, mein Junge?«

»Ja, Monsieur.«

»Falls du im Mambo in Gefahr geraten solltest, wende dich an den Barmann. Er wird alles tun, um für deine Sicherheit zu sorgen.«

»Der Barmann?«

»Bestell ihm schöne Grüße von Monsieur Guillaume.«

»Arbeitet er auch für uns?«

»Er kennt dich nicht. Du kennst ihn nicht.«

»Arbeitet er für die Firma?«

»Wer kann sich schon erlauben, nicht für uns zu arbeiten?«

Sanza konnte sich nicht vorstellen, dass ein Schrank von einem Kerl wie der Barmann die Hosen runterließ. Er war ein Schwergewicht. Ein Meter fünfundneunzig und hundertzwanzig Kilo. Mit seiner Kundschaft, seinem Geld, seinen Beziehungen …

»Machst du Witze?«

»Seh ich so aus?«

Monsieur Guillaume und seine Mannschaft hatten ihm einen Besuch abgestattet. »Du arbeitetest für uns!« »Lasst mich in Frieden«, antwortete der Typ. Sie erhöhten den Druck. Am nächsten Tag wurde das Mambo versiegelt. Weil der Barmann nicht nachgab, schalteten sie einen Gang höher. Das zweitjüngste seiner Kinder kam nach der Schule nicht nach Hause. Man suchte es überall. Ohne Erfolg. Noch heute weiß niemand, wo es steckt und was ihm zugestoßen ist. Einen Monat später entging sein ältester Sohn knapp einer Entführung. In der Woche nach dem Vorfall willigte der Barmann ein, mit Monsieur Guillaume zusammenzuarbeiten. Er gab Informationen über seine Gäste weiter und wurde im Gegenzug unter Schutz gestellt. Er war nicht der Einzige. Bettler, Zofen, Straßenkids, fliegende Händler, kurz gesagt, die ganze illustre Gesellschaft arbeitete in Teilzeit oder Vollzeit für eine der vielen Abteilungen der Geheimdienste, zu denen auch die DDD unter Monsieur Guillaumes Leitung gehörte.

»Wie ich gehört habe, hast du mit einem gewissen Ngungi zu tun.«

»Wir sind nicht befreundet«, antwortete der junge Mann.

Monsieur Guillaume ließ nicht locker:

»Kennst du keinen Ngungi?«

»Wir haben zusammen vor der Post gewohnt. Aber wir sind nicht eng befreundet.«

»Das beruhigt mich. Sieh zu, dass du ihm nicht von der Sache zwischen dir und mir erzählst. Wenn er es erfährt, wird er es überall ausposaunen, und das wird mich teuer zu stehen kommen. Ich könnte meinen Job verlieren, meine Frau könnte ihren verlieren. Kommen wir zurück zum Wesentlichen, also was ist mit diesem Europäer?«

»Franz …«

»Den müssen wir mal genauer unter die Lupe nehmen!«

33

Ngungi war so von sich überzeugt, dass er jedes Mal vor Empörung schäumte und deine Nachkommenschaft beleidigte, sobald sein Charisma Schiffbruch erlitt

Sie sehen ja selbst, wozu Böswilligkeit und Undankbarkeit führen. Als Sanza auf der Straße landete, war ich es, der ihn mit offenen Armen empfing. Ich war es auch, der den Weißen und den Anarchisten überzeugte, ihn in unsere Bande aufzunehmen. Und ich war es, der die Finanzinspektoren in die Flucht schlug, als sie ihn nachts abzocken wollten, auch wenn er das Gegenteil behauptet. Ich war es, der ihm zu essen und zu trinken gab. Und ich war es, der ihn das ABC des Lebens auf der Straße gelehrt hat, und nun sitzt der Ungläubige im Büro von Monsieur Guillaume, ignoriert mich, bespuckt mich, verspottet mich bis in die zehnte Generation. Vor den Schweigsamen muss man sich in Acht nehmen. Das sind schlafende Flüsse. Im Büro seines Kumpels demütigt er mich und tut, als wäre ich der Böse; Ngungi dies, Ngungi das! Es ist wirklich ziemlich traurig (und brutal), erfahren zu müssen, dass er mich als Lappen bezeichnet, meine Nachkommen beleidigt und mich einen armen Teufel nennt! Das muss eine Verwechslung sein. Anders kann man sich das nicht erklären. Sanza schöner als ich? Das ist doch Beschiss! Sanza ein Schönling? Mit dieser Narbe im Gesicht? Und diesem Abszess? Seit wann sieht man gut aus, wenn man Pickel hat?

34

Wenn der Weiße spricht, sind alle anderen still

»Der Weiße, mein Bruder, es ist eine Ewigkeit her!«

Ihr werdet es nicht glauben. Wir standen vorm Mambo und zischten Bier, als Sanza mich ansprach. Ich musste lachen. Er sah erbärmlich aus. Die Ärmel seines schlotternden Hemdes hatte er hochgekrempelt. Seine Schuhe mit doppelter Schnalle gegen Secondfoot-Espadrilles ausgetauscht, seine marineblaue Hose gegen Dreiviertelhosen oder lange Shorts, je nachdem. Sie reichten ihm bis weit über die Knie, je nachdem, aus welcher Perspektive man ihn betrachtete. Es kam nicht in Frage, dass er mir heute hinterherlief. Wenn du jahrelang auf der Straße gelebt hast, kann nicht eines Tages jemand aufkreuzen und dich kolonisieren. Da hatte Sanza sich aber geirrt. Wir lebten schon lange vor ihm auf der Straße, waren schon lange vor ihm ins Mambo und zu Gianni l'Italien gegangen, hatten schon lange vor ihm Klebstoff geschnüffelt, geklaut und vor der Post herumgelungert …

Er konnte nicht einfach die Oberhand über uns gewinnen, auch wenn er den Finanzinspektoren eine Abreibung verpasst hatte. Die Straße hat ihre eigenen Ältesten. Und denen schulden wir Respekt. Du kannst schon in den Vierzigern sein, aber wenn du von heute auf morgen auf der Straße landest, bin ich dein Ältester. Sanza glaubte, er könne uns abservieren, nur weil er aus einer wohlhabenden Familie stammte – und wo waren die Beweise?

»Was willst du von mir?«

»Ich freue mich einfach, dich wiederzusehen …«

»Wir sehen uns jeden Tag, und ausgerechnet heute freust du dich, mich zu treffen?«

»Nein, der Weiße, wir haben uns doch schon seit Monaten nicht gesehen.«

»Spuck's aus, wenn du was auf dem Herzen hast, was willst du von mir?«

»Ich bin arm dran. Ich war nicht nett zu euch. Zu Ngungis Zeiten und auch danach. Ich möchte hiermit um Verzeihung bitten.«

Besonders machte mir zu schaffen, dass er von Ngungi bereits in der Vergangenheit sprach, wie von einem Fossil, das irgendwo im Busch ausgegraben wurde, oder wie von einem Vorfahren, einem Verwandten, den man nie kennengelernt hat, oder sogar wie von einer verlorenen Socke. Das war typisch für ihn. Sobald er sich nicht mehr für dich interessierte, sortierte er dich aus. Wenn wir uns vor der Post trafen, lästerte er in einer Tour über Molakisi und seine Familie – »Bei den Molakisis gab es nie genug zu essen, die Molakisis hatten nicht genügend Schlafplätze, im Haus der Molakisis wimmelte es vor Ratten …« Er hatte jede erdenkliche List angewandt, um einen Keil zwischen Ngungi und uns zu treiben. Sobald er weg war, begann er, schlecht über ihn zu reden. Und damit nicht genug. Jetzt musste ich seine Tyrannei ertragen. Er nahm mich beim Wort und klopfte alle meine Sätze ab – »Der Weiße, warum erzählst du jedes Mal eine andere Geschichte über dich? Gestern hast du gesagt, dein Vater würde in Kananga leben, heute behauptest du, es sei Kinshasa, letzte Woche war es Mbandaka!«

Mal ganz unter uns, welches Recht hatte der Kerl, mein Leben in Frage zu stellen? Und selbst wenn ich gelogen hätte, wer war er, um über mich zu richten?

»Und was, wenn ich deine Entschuldigung nicht annehme?«

»Warum nicht?«

»Weil sie nicht aufrichtig ist ...«

»Doch, ist sie ...«

»Nein, ist sie nicht!«

»Doch. Ist sie wohl. Du musst mir glauben. Ich habe einen Fehler gemacht ... Ich meine es ernst.«

In seiner Hartnäckigkeit wirkte er noch erbärmlicher.

»Tust du nicht!«

»Doch, der Weiße!«

»Wenn du es wirklich ernst meinst, dann gib mir deinen Hund.«

Sanza wurde blass.

»Meinen Hund?«

»Genau. Wie heißt er nochmal?«

»Monstre ...«

»Ist es ein Mädchen oder ein Junge?«

»Wer?«

»Na, dein Hund, Sanza, bist du plötzlich taub geworden? Ist es ein Junge?«

»Ja, er ist ein Männchen ...«

»Also, was ist jetzt?«

»Der Weiße ...«

Sanza gab mir die Leine.

»Nimm ihn, wenn es dir so wichtig ist.«

Und die Überraschungen nahmen noch kein Ende. Sanza vergrub seine Finger in den Taschen seiner Dreivierteilhose und brachte einen nagelneuen Zehn-Zaire-Schein ans Licht. Sofort raste der Verrückte mit der Perücke auf uns zu, einen Stock zum Himmel erhoben, den Speichel bis zur Brust, der Mund offen – »Die Lagune ist die Glückseligkeit, die Lagune ist ein Vogel ohne Federn, die Lagune ist eine himmlische Höhle, die Lagune ist größer als der Ozean, sie trägt in ihrer Brust die Samen der Steigerung …«

»Du kennst viele Leute, der Weiße. Ich habe Freunde, die Hilfe brauchen …«

»Sag das doch gleich, Kumpel. Zahlen sie gut?«

Die Karre fuhr nicht, sie flog fast. Aus dem Radio sickerte Musik. Eine dem großen Publikum unbekannte Melodie. Franz, Leandro, Magellan, Sanza, der Anarchist und Monstre lümmelten hinten auf dem Rücksitz. Ich und zwei Kumpel vorne im Taxi.

Der Fahrer, schon weit über fünfzig, dünn wie eine Bohnenstange, mit winzigen Kolibriaugen und Dreadlocks, die ihm bis über die Schulter hingen, hatte einen unverwechselbaren Kleidungsstil. Er trug eine für seine Hüften extrem weite Hose, ein bunt gemustertes Hemd, Gummistiefel. Er war so besoffen, dass er kaum geradeaus schauen konnte. Den Kopf hatte er aufs Lenkrad gelegt. Nach einer Weile stellte er die Scheibenwischer an. *»One love!«,* schrie Djibril jedes Mal, wenn wir fast aus der Kurve flogen oder ein Huhn, ein Schaf oder einen Fußgänger knapp verfehlten.

Das Stadtzentrum ging früh zu Bett. Die Vorstadt und ihre Zweigstellen – slumartige Exkremente ohne feste Begrenzung, von Wasser und Strom entwöhnt – waren wach bis zum frühen Morgen. Der Fahrer kicherte, raste über die menschenleeren Hauptstraßen, hupte aus reinem Vergnügen oder um die Stimmung aufzulockern. Keiner der Fahrgäste sprach ein Wort.

Plötzlich brachen Magellan oder Sanza – sie klangen beide wie der erstbeste Diamba-Raucher – das Schweigen:

»Wir sind im Land der Rumba. Das ist doch Provokation!«

Ein Sturzbach an Meinungen:

»Diese Musik ist ziemlich langsam …«

»Wir sind in Zaire und hören Reggae?!«

»Davon bekommt man eher Lust zu schlafen als zu tanzen.«

»Lust zu pissen, meinst du wohl.«

»Rumba ist auch lasziv …«

»Was singt der Mann denn da?«

»Ist das Englisch oder Polnisch?«

»Wie sagt man *one love* auf Lingala?«

»Franz, Franziskus, wie sagt man *one love* auf Deutsch?«

»Das Problem an der zairischen Rumba ist, dass ein Stück vierzehn Minuten dauert, wir haben auch noch was anderes zu tun.«

»Ohne die Rumba wäre Zaire eine hohle Nuss …«

»Blödsinn!«

»Franziskus, wird bei dir zu Hause auch Rumba getanzt?«

»Lass Franz in Ruhe!«

»Franziskus …«

»Sie hat alles dem Bier zu verdanken. Ohne das Bier wäre die Rumba nur eine düstere Trauermusik …«

»Jetzt verallgemeinerst du aber, Leandro.«

»Das Bier und die Rumba sind Zwillingsschwestern …«

»Das Bier ist die große Schwester. Das Bier gab es schon vorher …«

»Kümmer dich lieber um deinen Reggae.«

»Wir sind hier in Zaire.«

»Jemand hat gefurzt!«

»Ich war es nicht …«

»Das ist ein Zeichen für eine gute Gesundheit. Wenn dein Körper hinüber ist, furzt du nicht.«

»Ihr geht mir auf die Nerven mit eurem zairischen Kram. Andernorts nehmen sie das Ganze philosophisch. Sie studieren die Steine, die Schlangen, den Speichel und sogar die Fürze.«

»Djibril, stimmt es …«

»Hier stinkt's nach Furz, das war ein Furz!«

»Ein leiser Furz …«

Djibril verlor die Kontrolle über das Lenkrad – der Wagen kam vom Weg ab –, Djibril schreckte auf, bremste, kuppelte … Erschrocken begann Monstre zu bellen.

»Diese Musik werden wir uns nicht stundenlang anhören!«

»Franziskus …«

»Er hat mich angepisst, Monstre hat mich angepisst.«

»Du Glückspilz, ein Hund, der dich anpinkelt, bringt Glück! Ich würde mich nicht wundern, wenn du über Nacht zum Millionär wirst!«

Der charismatische Prophet Singa Boumbou erwartete uns barfuß vor seiner Besitzung. Er trug einen dreiteiligen Anzug, aber verkehrt herum. Eilig entschuldigte er sich:

»In den letzten Wochen ist mein Leben ein Ozean. Gestern am frühen Nachmittag hatte ich eine Vision, und der Engel, ein Schwarzer so um die dreißig, erschien mir und drängte mich, euch auf diese Weise zu empfangen. Wissen Sie, es ist nicht leicht, eine Standleitung in den Himmel zu haben. Ich hoffe, es macht Ihnen nichts aus …«

Singa Boumbous Hauptsitz stand einer Wunderkammer in nichts nach. Er war vollgestopft mit Hunderten von bunt zusammengewürfelten Objekten, die nach dem Zeitpunkt ihrer Ankunft sortiert waren: Luftballons, zwölf drei Meter hohe

Spiegel, Schränke ohne Türen, Kloschüsseln, Spritzen, Landkarten, Taschenlampen, Schubkarren, Gewehre, Masken, ein Automotor, drei oder vier Kühlschränke, eine Menge Flaggen – zuvorderst die von Kolumbien, Afghanistan, Deutschland und Südkorea.

»Eine Konsultation um diese Zeit? Ist es wirklich so dringend?«

Magellan kam ohne Umschweife zur Sache:

»Wir brauchen ein Wunder. Der Weiße hat Sie in den höchsten Tönen gelobt. Gibt es eine Möglichkeit, das Rathaus verschwinden zu lassen? Sodass die Leute aufwachen und merken, dass das Gebäude weg ist …«

Singa Boumbou schien weit weg. Um sich vor seinen Klienten wichtig zu machen, hatte er sich angewöhnt, den Blick schweigend in die Ferne schweifen zu lassen.

»Was hat das Rathaus euch getan?«

»Als Reaktion auf die Zustände in Zaire wollen wir einen Coup landen, an den man sich auch in hundert Jahren noch erinnert.«

»Das Rathaus?«

»Wir haben überhaupt kein Problem mit dem Rathaus. Es könnte genauso gut die Post sein oder der Palais de Justice …«

»Ah, ich verstehe«, seufzte der charismatische Prophet.

»Wir wollen gegen den Autoritarismus protestieren, und da die Gebäude verschlossen sind und wir keine Munition haben … Außerdem sind wir gegen Vandalismus …«

Singa Boumbou betrachtete uns, bekümmert darüber, nicht die richtige Lösung für unser Problem zu haben:

»Verjährung, sagt euch das was? Das Gebäude stammt aus der Kolonialzeit. Meine Fähigkeit beginnt im Juni 1960. Ich kann auch nicht über den Kontinent hinaus wirken, wenn man mich zum Beispiel bittet, einen Profiteur unschädlich zu machen, der in Europa lebt. Meine Kräfte reichen nicht bis über den Ozean … Ich könnte es zwar versuchen, aber es birgt ein sehr großes Risiko …«

»Das heißt …«

»Ich kann das Rathaus zwar verschwinden lassen, aber es könnte sein, dass ich das Gebäude danach nicht wieder an seinen Platz stellen kann …«

Magellan machte einen Rückzieher:

»Warum halten wir uns nicht einfach an unseren ursprünglichen Plan? Der Weiße hat gesagt, dass mindestens zwei Ihrer Anhänger im 2. Revier stationiert sind. Dass sie Wache schieben und Ihre Moralvorstellungen teilen …«

»In Zaire macht ihr es immer unnötig kompliziert! Solche Sachen lassen sich doch im Handumdrehen regeln. Meine Männer vertrauen und gehorchen mir …«

»Wir wollen eine Aktion starten. Das Gebäude rot anmalen …«

»Wenn ihr das nötige Kleingeld habt, ist die Sache erledigt.«

35

Das Gerede im Mambo de la fête

In ganz Lubumbashi gab es nur ein Thema: den Angriff auf das 2. Polizeirevier. Wenn eine Information, eine Begebenheit oder ein Gerücht ins Mambo de la fête einfiel, kam es nicht unverändert wieder heraus. Die Leute berichteten über das Ereignis, als ob sie Augenzeugen oder sogar Beteiligte ersten Grades gewesen wären. Franziskus, Magellan, Sanza, Leandro und ich konnten fast nicht glauben, dass wir selbst die Hand im Spiel gehabt hatten. Der Verrückte mit der Perücke hatte seine eigene Version des Tathergangs – »Die Lagune, die Lagune, die Lagune und das 2. Revier sind blutrot« –, Mimi die Glucke, die triumphierend am Tresen lehnte (geschminkt wie eine Barbie, mit ihren ewigen blonden Kunsthaarsträhnen), beanspruchte die Sache für sich – »Dieses Attentat ist doch ein alter Hut. Sie haben es von einem Film abgekupfert, den ich gut kenne. Sie haben meine Idee geklaut« –, die Gäste (männlichen und weiblichen Geschlechts), die Kellner, das komplette Mambo de la fête schwang (ziemlich verächtliche) Reden über den Angriff auf das Revier, und zwar in der ersten Person. Dem Gerede im Mambo zufolge hatten die Angreifer die diensthabenden Polizisten des 2. Reviers freundschaftlich begrüßt, mit ihnen ein Fußballspiel oder einen Porno angeschaut und rasch einen Gin Tonic hinuntergestürzt, bevor sie sie gefesselt hatten. Wenn man eine Geschichte nur mit genügend Herablassung erzählt, wird sie auch meistens wahr.

Hier nun, was wirklich geschah. Singa Boumbou hatte sich bei einem gemeinsamen Abendessen mit seinen beiden Polizisten ins Benehmen gesetzt. Er hatte ihnen die Situation erklärt.

DIE POLIZISTEN *(im Chor)*: Sind Sie sich Ihrer Sache sicher?

SINGA BOUMBOU: Ein Engel ist mir erschienen. Er hat mich gebeten, diesen jungen Leuten zu helfen. Es steht schlecht um unser Land …

Bei unserer Ankunft im Revier ließen sich die beiden Männer widerstandslos Handschellen anlegen. Wir haben das Revier rot angemalt und auf der Tür eine kilometerlange Nachricht hinterlassen:

DEMOKRATIE JETZT SOFORT.
DAS BLUT DER MÄRTYRER UND
DER UNSCHULDIGEN SCHREIT
BIS SPÄT IN DIE NACHT
NACH VERGELTUNG.

36

Die Rückkehr des Wunderkindes und seines idiotischen Bruders

Wenn deine Freundin, deine Schwester, dein Cousin ersten Grades oder dein Schwiegersohn aus einem langen Koma erwacht oder – nehmen wir ein weniger problematisches Beispiel – von einem langen Auslandsaufenthalt heimkehrt, strahlst du über das ganze Gesicht; du hast Lust, dich der Person in die Arme zu werfen und ihr alles zu erzählen, was sie verpasst hat – Hochzeiten, Scheidungen, Taufen und Geburtstagsfeiern, bekannt gewordene oder im Kein erstickte Ehebrüche, Wutanfälle, den Anstieg des Alkoholismus in diesem oder jenem Distrikt; die Migration von Sträflingen ins Gefängnis und wieder heraus; ehemalige Gigolos, die zu Schmugglern oder Firmenchefs, zu ewigen Kindern oder zu religiösen Eiferern geworden sind, Ex-Propheten, die auf unlauteren Rohstoffhandel umgesattelt haben – es ist diese Art von Glücksgefühl, das mich erfasste, als ich auf dem Boulevard Lumumba zufällig Ngungi sah, der entschlossenen Schritts seiner Wege ging. Er war schmutziger als je zuvor. Ein Kind, das auf die Straße zurückkehrt, ist meist sauber. Es riecht nach neuem Hemd. Ngungi hingegen trug seinen ewigen Pelzmantel, Fußballstrümpfe, zu große Schuhe und wie immer zwei Hosen. Ngungi, wie er leibte und lebte. Er zog immer zwei Hosen übereinander an. Manchmal machte er das auch bei den anderen Klamotten. So ähnelte er einem Astronauten beim Mondspaziergang, trotz seiner Herkulesanstrengung, als etwas Besseres durchzugehen.

Er hatte seinen jüngeren Bruder dabei. Weil der nicht Schritt halten konnte, schlingerte er wie ein Anhänger hinter ihm her. Ngungi wirkte noch strenger als bei unserer ersten Begegnung. Ich rannte auf ihn zu.

»Ngungi, mein Freund!« Fast hätte mir ein Auto die Beine abgefahren. »Ngungi, Ngungi«, schrie ich aus vollem Hals, aber statt dieselbe Begeisterung an den Tag zu legen, begann der Hexer bedauerlicherweise, mich bis in die vierte Generation zu verspotten.

»Du hast Bauch angesetzt und glaubst, dass die Straße dir gehört; dein Vater dreht völlig am Rad; deine Mutter weiß nicht mehr, wohin mit ihrem Leben; der zweitjüngste deiner Onkel säuft wie ein Loch; deine Tanten verscherbeln verdorbene Lebensmittel auf dem Marché Central; deine Vorfahren sind die schlimmsten Betrüger des 19. Jahrhunderts; dein Neffe François ist eine Gefahr für die öffentliche Sicherheit; deine Nachkommen werden vom Betteln leben; wenn du Söhne bekommst, werden sie Schürfer in einer Diamantenmine; deine jämmerlichen Enkelsöhne bringen Schande über Zaire, die Zairerinnen und die Zairer.«

Ngungi kritisierte sogar die Mitglieder meiner Familie, die er gar nicht kannte – um genau zu sein, hatte er bis auf meine Mutter, der er ein einziges Mal begegnet war, nie jemanden aus meinem Clan gesehen –, sogar die Toten und Vermissten. Schlimmer noch, sein Bruder, diese halbe Portion, plapperte ihm wie ein neu erworbener Papagei bis aufs Komma alles nach. Bis zur Arche Noah fällt mir kein anderes Straßenkind ein, das so schimpfen kann wie dieser Junge. Im Allgemeinen achtete er darauf, dass alle auf ihre Kosten kamen. Ich wusste, dass er zu ziemlich jedem Unsinn fähig war. Es hätte mich nicht überrascht, wenn er den Fernseher seiner Großeltern, Blumen oder einen Schrank mit auf die Straße gebracht hätte, nur um anzugeben. Eines Abends war Ngungi, um Eindruck zu schinden, mit dem Stock und zwei Paar Schuhen seines Großvaters aufgetaucht, die er seitdem immer sonntags trug. Aber wie er nun so grundlos zeterte und schrie, tat er mir wirklich leid.

Noch heute hallen seine Worte in meinem Kopf nach – »Du bist es nicht wert, Zairer zu sein, Sanza. Ich rede mir den Mund fusselig, aber schau dich doch mal an; das soll ein Kopf sein? Das ist ein Haufen Grieß, ein Berg.«

Manche Leute gehören einfach zu deiner Leibgarde. Du vertraust ihnen. Du glaubst, dass alles in Butter ist, und dann wird dir eines Tages klar, dass sie dir seit Jahren das Wasser abgraben. Vielleicht schweife ich ab, aber wie lässt sich Ngungis Feindseligkeit erklären?

Von einer Nacht unter freiem Himmel erholt man sich nie wieder, vor allem nicht, wenn man Rekruten in die Hände gefallen ist und Klebstoff probiert hat. Alle, die auf Anraten ihres Onkels, ihrer Mutter, des Pfarrers oder des Vaters zurück auf Los zogen, langweilten sich zu Hause sehr schnell. Fernsehen schauen, Radio hören, im Kreise der Familie essen, Tischmanieren einhalten und um 7 Uhr morgens aufstehen schienen wie archaische Rituale, Sitten und Gebräuche einer untergehenden Zivilisation. Die Heuchelei und die Unterwürfigkeit zu Hause – das Vorrecht der Älteren aus diesem oder jenem Grund – stanken zum Himmel und waren hart an der Grenze zur Gehirnwäsche. Es war wie eine Reise in die Vergangenheit. Nach Monaten oder sogar Jahren der Abstinenz – von Bier, Klebstoff,

Schlägereien –, Askese in allen möglichen Formen und Duckmäuserei suchten sie wieder das Weite – ohne das geringste Bedauern. Wenn sie zurück ins Stadtzentrum kamen, sah man an ihrem Gang, dass sie für eine Weile aus dem Verkehr gezogen gewesen waren – als ob sie neue, zu enge Schuhe trügen oder eine Sträflingskugel hinter sich her schleiften. Sie redeten pausenlos, skizzierten Gesellschaftsmodelle, lagen faul in der Sonne herum und sogen die verpestete Luft tief in die Lunge – die Arme ausgebreitet, die Augen geschlossen, das Hemd bis zum Nabel aufgeknöpft. Sie tollten herum wie herrenlose Hunde, die zu lange im Käfig gesessen haben. Stolzierten mit aufrechtem Haupt – und geschwellter Brust – vor der Kathedrale Saint-Pierre et Paul, dem Gouvernorat und dem Rathaus auf und ab, kontrollierten (aus der Ferne), ob der Palais de Justice angemalt worden war und in welcher Farbe, vergewisserten sich, ob dieses oder jenes Geldinstitut noch arbeitete und ob das Krankenhaus Jason Sendwe noch Patienten aufnahm … Alles schien ihnen verändert: die Schulen, die Leute, die Gerüche, die Hupen. Mit anklagendem Blick hielten sie dich an, wenn sie merkten, dass du ein Straßenkind warst, und verlangten Rechtfertigungen:

»Wo ist der blaue Tanklaster hin, der auf der Grand-Place stand?«

»Haben sie vorm Rathaus tatsächlich Rasen verlegt?«

»Das ist die Höhe, dabei wollte ich noch Mangos essen von diesem Baum.«

»Das Gras vor der Kathedrale Saint-Pierre wächst gut.«

»Hält Pfarrer Ambroise sich mit seinen neunzig Jahren immer noch auf den Beinen?«

»Was fällt dem Bürgermeister ein, sich über Criticos zu beschweren? Das ist der ehrlichste Grieche, den ich in meinem ganzen Leben getroffen habe. Er ist ganz offiziell mit Rama verheiratet, einer Senegalesin aus Touba, erzieht seinen Nachwuchs gut, bezahlt seine Steuern, führt seine Bude, wie es das zairische Gesetz vorschreibt, defiliert wie alle Werktätigen bei der Unabhängigkeitsfeier vor dem Gouverneur oder dem Präsidenten, wenn der gerade in Lubumbashi weilt.«

»Was ist in den Bürgermeister gefahren, dass er Criticos' Laden versiegeln lässt? Hat er nicht dasselbe Recht zu leben wie wir alle? Der Bürgermeister macht mir Sorgen, welches Kraut hat der geraucht? Die Republik Zaire ist ein gastfreundliches Land. Mit dem Theater, das der Bürgermeister veranstaltet, wollen wir nichts zu tun haben. Pakistaner, Inder, Libanesen, haben sie nicht das Recht, auf zairischem Boden Geschäfte zu machen? Wenn der Bürgermeister so weitermacht, verzichte ich bis zum nächsten Bürgermeister auf meine zairische Staatsbürgerschaft.«

»Das Stadtzentrum ist ganz schön alt geworden.«

»Ich bin froh, dass Thomas' Welpe wiederaufgetaucht ist. Wie ich eben hörte, hat er nur noch drei Beine.«

»Lebt der Verrückte mit der Perücke noch?«

»Ihr seid ganz schön fett geworden. Was stopft ihr in euch rein, Rattengift oder was?«

»Das beweist doch, dass es sich gut lebt in Zaire. Jeder kauft sich einen Mazda.«

»Im Großen und Ganzen sollte man Kindern unter sechzehn das Vagabundieren verbieten. Sie pissen und scheißen überallhin. Ich bin erst seit vier Stunden wieder da, und ich hab schon mindestens zehn Haufen gesehen.«

Sie sahen aus wie einer, der zwei Jahre lang jeden Tag gearbeitet hat – einschließlich Samstag und Sonntag – und nun zum ersten Mal Urlaub nimmt. Wie ein Sträfling, der nach Jahren im Knast endlich wieder an der frischen Luft spazieren geht. Sie schauten und bewegten sich wie Zairer, die im Winter in Europa zur Welt gekommen sind und im Erwachsenenalter zum ersten Mal ihr Heimatland besuchen, um beim Großvater mütterlicherseits, einer entfernten Cousine der Mutter, dem zweitjüngsten Onkel oder der jüngsten Tante väterlicherseits vorbeizuschauen, von denen sie nur die Stimme und ein Foto kennen. Sie hatten den Ausdruck und das bittersüße Gefühl von Exilanten, die nach dem Ende einer Diktatur oder gar eines Bürgerkriegs in ihr Land zurückkehren. Die nach heftigen Bombardements ihre Stadt betrachten und ihre gewohnte Umgebung nicht wiedererkennen. Die angesichts dieser Verschwendung fast schon so etwas wie Faszination empfinden. Die langsam durch Ruinen, ausgebrannte Karren, zusammengesunkene Häuser, Straßen voller herumliegendem Kram gehen, und dann weckt in diesem schönen Durcheinander ein – oftmals unbedeutendes – Detail ihre Aufmerksamkeit, eine halbverkohlte Fahrkarte, ein Schulranzen, ein Damenschuh, der Stock des Bäckers, ein Fernsehbildschirm …

Ngungi konnte nur zurück auf die Straße. Seine Augen hatten gesehen, was Kinderaugen nicht sehen sollten; Dinge, die von seiner Welt meilenweit entfernt waren. Ngungi hatte mit der Polizei und den Generälen der Armee zusammengearbeitet, der älteste Sohn des Mambo war seine rechte Hand, er unterhielt Beziehungen zu fast allen Libanesen in Lubumbashi, zu Gianni l'Italien und sogar zu Mamou Nationale, wo Normalsterbliche – sogar die ewigen Verlierer – sich nicht blicken ließen. Man empfing und behandelte ihn wie einen Prinzen. Der Direktor des Gymnasiums Les Aiglons, im reifen Alter von fünfundsechzig Jahren, sprach ihn mit Monsieur an und verbeugte sich leicht, wenn er ihm die Hand reichte. Alle, die in jenen Jahren im Stadtzentrum von Lubumbashi herumhingen, kennen diese Anekdote auswendig. Ein Musikstar (eine echte Diva), der in Lubumbashi weilte, verlangte nach kubanischen Zigarren und drohte, nicht aufzutreten, sollte sein Wunsch nicht erfüllt werden. Der Rezeptionist des Hotels, in dem er untergebracht war, hatte Verbindungen zur Straße. Er arbeitete in anderer Angelegenheit mit Ngungi zusammen. Er suchte den Jungen auf – »Einer unserer Gäste möchte kubanische Zigarren, kannst du welche auftreiben?« Lubumbashi ist eine Insel, Zigarren aus Havanna gibt es nicht. Ngungi brach in Gelächter aus. Zwei Stunden später hatte er die Ware beschafft.

Ngungi musste wiederkommen. Sein Kopf war zu voll, um Däumchen drehend zu Hause zu sitzen und das brave Kind zu spielen. Er hatte seine Antennen überall in die Provinz ausgestreckt. Ob skurril oder ernst, er wusste über alles Bescheid, was im Stadtzentrum, in der Vorstadt und in ihren Exkrementen los war. Wie alle Straßenkinder war ihm bekannt, dass die Beschäftigten der Banque du Zaire zwei Stunden Pause machten und sich zu Mittag bei Gianni l'Italien oder Mamou Nationale tummelten, um zairisch zu speisen; dass die von der Banque Centrale du Shaba ihren Lohn nur tröpfchenweise erhielten und es sich nicht leisten konnten, bei Gianni l'Italien oder sogar Mamou Nationale vorbeizuschauen, und sich schon verdächtig machten, wenn sie dort bloß die Toilette aufsuchten; dass die Lehrkräfte des Lycée Imara am Zweiten des Monats bezahlt wurden; dass alle Libanesen ihre Läden um 10 Uhr öffneten und untereinander dermaßen solidarisch waren, dass sie für ihre Produkte auf den Centime genau denselben Preis verlangten, und dass ein Angestellter, der einem von ihnen weglief, von keinem anderen Libanesen wiedereingestellt wurde; dass nach 18 Uhr kein Güterzug mehr den Hauptbahnhof verließ; dass die

Züge, die im Laufe des Vormittags ankamen, ein lukratives Geschäft versprachen – die Händler brauchten Lastenträger für die Waren, deren Kommen und Gehen auch Taschendieben eine gute Gelegenheit bot; dass dieser oder jener Postbeamte jeden Donnerstag außer Haus auf der Avenue du Soleil übernachtete; dass Vater Jacques aus der Gemeinde Sacré-Coeur kein Ziegenfleisch aß; dass Marie Boulogne, eine waschechte Französin, jeden Tag ihren Hund ausführte – der auf den komplizierten Namen Monstre hörte; dass eines ihrer Kinder gute nachbarschaftliche Beziehungen zu einer Mitarbeiterin des Bürgermeisters pflegte; dass Simon aus Sambia seinen Laden erst um 12 Uhr aufschloss – seine Diabetes spielte sicher eine Rolle; dass Criticos, der in Kasenga zur Welt gekommen war, besser Swahili sprach als ein durchschnittlicher Zairer und dass sein Bruder Nikias ins Kobalt-Geschäft eingestiegen war, nachdem er lange im Fischhandel gearbeitet hatte. Ngungi verglich sich gern mit Nikias, wenn der in einem seiner zahlreichen Luxusschlitten durchs Stadtzentrum raste. Mit ernster Miene erklärte er, dass er und Nikias in Bezug auf Mädchen, Autos und Pelzmäntel den gleichen Geschmack hätten.

37

Das Kind, das sich nach Zügen sehnte

Ngungi schleppte seinen Bruder überall mit hin. Seit er auf der Straße lebte, hatte er jegliche Bewegungsfreiheit eingebüßt. Sogar wenn Ngungi sich hinter dem Palais de Justice erleichterte, musste sein Bruder in seiner Nähe bleiben. Wenn du den beiden über den Weg liefst, musstest du an eine Henne mit ihren Küken denken. So eine Henne greift jeden an, der ihren Küken zu nahe kommt. Sie bauscht die Flügel auf und stolziert auf dich zu wie ein guter Flamencotänzer. Ngungi wusste, dass die anderen nur darauf warteten, seinen Bruder zu schikanieren, wenn sie ihn in die Finger bekamen. Der eigentliche Grund für diese Schutzmaßnahmen bestand darin, dass Ngungi früher selbst die spektakulärsten Aufnahmeschikanen aller Zeiten organisiert, regelrechte Menschenjagden inszeniert, Geld und Klebstoff erschwindelt hatte und sich weigerte, seine Schulden zu bezahlen, weshalb das ganze Stadtzentrum nur einen Wunsch hatte: sich an seinem Bruder zu rächen. Außerdem hatte sich, kaum dass sie ihren Kram an der Post aufgebaut hatten, die Nachricht von seiner Rückkehr wie ein Lauffeuer verbreitet. Binnen einer Stunde waren alle rivalisierenden Banden über die Ankunft seines kleinen Bruders informiert, und es entbrannte ein (heimlicher) Wettstreit, wer den Fratz als Erstes in die Finger bekam. Die Mädchen, die vor dem Palais de Justice herumhingen, blieben nicht untätig. Auch sie hatten es auf den Bruder des Hexers abgesehen (Ngungi hatte Bibi, ihre allseits beliebte, ja vergötterte Anführerin, im Laufe eines Gesprächs geohrfeigt).

Zunächst war Simba mit diesen Privilegien zufrieden. Er musste nicht arbeiten. Arbeiten bedeutete Taschendiebstahl, Mülltonnen durchwühlen, alten Leuten und schwangeren Frauen dummes Zeug erzählen und dafür ein kleines Sümmchen einstreichen, Autos waschen, Informationen an Männer und Frauen verkaufen, die sich der Treue ihres Partners vergewissern wollten, an Passanten Streichhölzer und Müllsäcke verticken, betteln, Blindheit vortäuschen, um den Passanten mehr Geld abzuluchsen, Schulranzen von Gymnasiasten konfiszieren und erst gegen Geld wieder herausgeben, Klebstoff zu Geld machen, als Schuhputzer oder Dockarbeiter am Hauptbahnhof schuften, mit Informanten zusammenarbeiten. Doch schon bald ging ihm dieser Möchtegern-Protektionismus auf die Nerven. Wenn der Tanz der Teufel im Mambo de la fête lief, wollte auch Simba ein paar Tanzschritte wagen, aber sein Bruder wollte davon nichts hören. Er hatte Angst, ihn in der Menge zu verlieren, und dass ihm der erstbeste Typ den Arm brechen würde.

Als Papa Wemba und seine Band im Mambo auftraten, herrschte im Vorfeld des Konzerts große Euphorie. Jeder sprach über die Show und das Outfit der Musiker. Bis auf Simba und Ngungi machten sich alle Straßenkinder auf den Weg zum Konzert. Wochenlang war Simba untröstlich. Eine Rumba in einem Club, inmitten einer Landschaft aus Flaschen, tobenden Zuschauern (männlichen und weiblichen Geschlechts), Kellnern und Aushilfskellnerinnen, dem – meist übergewichtigen – Barmann und Rauchschwaden, ist hundertmal besser als eine Rumba, die du zu Hause in deinen eigenen vier Wänden hörst.

Rumba ist eine Musik für draußen. Rumba, das bedeutet Freude und Euphorie. Sie wurde erfunden, um sie in Gemeinschaft zu hören und zu tanzen. Die zairische Rumba ist keine Kammermusik.

Simba bemitleidete sich selbst für sein Leben als Frühchen im Inkubator. Er fühlte sich eingeengt. Wenn Ngungi sich mit seinen Kumpeln unterhielt, konnte Simba nie mitreden. Er kannte die Codes nicht, war nicht besonders schlagfertig und konnte nicht einmal eine Narbe oder vom Klebstoff ruinierte Augen vorweisen – ebenfalls ein Verbot seines Bruders. Simba kam sich vor wie jemand, der einer Sprache nicht mächtig ist – Russisch, Wolof, Türkisch oder Deutsch, was auch immer – und ununterbrochen lächeln oder nicken muss, um den anderen Gesprächsteilnehmern zu zeigen, dass er ihre Witze versteht.

»Ngungi, komm, wir gehen uns Lokomotiven ansehen!«

Einmal drängte er seinen Bruder dazu, mit ihm einen Ausflug zum Bahnhof zu unternehmen. Er war noch nie in einen Zug gestiegen, hatte noch nie einen gesehen – außer im Fernsehen.

»Ich habe keine Zeit für sowas. Du verlangst zu viel: Ich soll dich durchfüttern, dich einkleiden und jetzt auch noch deinen Reiseführer spielen!«

Diese Worte brannten sich ihm ein. Während sein Bruder seinen Klebstoff-Rausch ausschlief, machte Simba sich aus dem Staub. Der Junge hatte Glück. Auf dem Weg von der Post bis zum Hauptbahnhof begegnete er keinem einzigen Straßenkind. Sonst hätte er die Prügel seines Lebens kassiert. Wie benommen beobachtete Simba die triumphale Einfahrt der Güterzüge am Hauptbahnhof, die meist noch aus der Kolonialzeit stammten und laut fauchten. Ihre Laute hatten etwas Animalisches.

Raubeinige, ölverschmierte Eisenbahner krochen unter den Maschinen entlang. Ein Zug fuhr auf Gleis 5 ein, dermaßen überladen, dass sich einige Fahrgäste aufs Dach gerettet hatten, um nicht zu ersticken. Vier Kinder in seinem Alter stiegen aus. Sie befanden sich nicht in Begleitung ihrer Eltern. Offenbar betraten sie zum ersten Mal den Boden der Provinz Katanga. Sie konnten kaum glauben, dass in Lubumbashi Menschen lebten. Verächtlich schauten sie sich im Bahnhof um. Sie stolzierten umher wie Konquistadoren und sonstige Entdecker von Flüssen, Völkern, Strömen und Bergen. Fasziniert beobachtete Simba sie und folgte ihnen. Er war wütend. »Mein Bruder«, murmelte er, »ist ein Dummkopf. Ständig klebt er mir am Hintern. Nicht einmal Zwillinge machen alles zusammen. Der eine furzt, der andere schaut fern oder wäscht sich das Gesicht. Von allen Straßenkindern bin ich der Einzige, der keinen Decknamen hat. In meinem Alter war Ngungi schon auf der Straße!«

Ein Zollbeamter schimpfte:

»Ihr seid eine Schande für die Republik Zaire!«

Vermutlich der Anführer – in jeder Bande gibt es einen Anführer, und zwar nur einen einzigen; das ist der, der mit seinen Anweisungen, Ideen und Tricks sagt, wo's langgeht, und dem man Respekt schuldet – antwortete wie aus der Pistole geschossen, als hätte er diese Beleidigung schon seit Jahren mit sich herumgetragen und nur darauf gewartet, sie bei der erstbesten Möglichkeit abzufeuern:

»Na Kleiner, hat deine Mutter dich geschickt?« Während die anderen hämisch lachten, ihn umkreisten und ihm den Mittelfinger zeigten. In ihren kleinen Köpfen waren sie die Alten. Bevor sie auf der Straße landeten, wollten alle so schnell wie möglich groß werden. Hohes Alter faszinierte sie. Es war das unerreichbare Paradies, die andere Seite der Kindheit, die sie vom wirklichen Leben fernhielt. Achtzehn Jahre lang wartest du auf dein erstes Bier; selbst wenn du deiner Familie unbedingt den Rücken kehren willst, musst du dich gedulden; achtzehn Jahre lang wartest du auf deine erste Kippe und musst vor 19 Uhr zu Hause sein. Darum wollten sie so schnell wie möglich Falten bekommen. Sie umsorgten jeden Flaum von einem Bart, manche benutzten ein Produkt auf Seifenbasis, das den Haarwuchs beschleunigen sollte. Sie wollten unbedingt zahnlose alte Männer mit graumelierten Bärten werden. Dazu ein schwerfälliger Gang, und schon kann sich niemand ihrer Aura entziehen – alle katzbuckeln und warten bei Tisch, bis der Opa das Buffet eröffnet; gibt es Streit, grummelt der Opa, und alle ziehen ihren Schwanz ein. Die Straße galt vielen als Altersbeschleuniger.

Ohne zu zögern, bestieg Simba einen Triebwagen. Der Zug (mit der Nummer Z4754) war auf dem Weg nach Ilebo über Mbuji-Mayi, einer Reise von mehr als tausend Kilometern oder drei Wochen, im Falle von Entgleisungen, einer Syphiliserkrankung des Maschinisten oder eines Angriffs von Bahntrassenlagerern.

Ngungi hatte einen schweren Kopf. Einen Kopf, der Hunderte von Tonnen wog. Er hatte einen Traum. In seinem Traum war er im Mambo. Die Leute bewegten sich im Rhythmus des Tanzes der Teufel. In der Menge sah er Sanza im Gespräch mit dem Verrückten mit der grünen Perücke. Deutlich erkennen konnte er auch Monsieur Guillaume, ganz in Schwarz gekleidet. In seiner rechten Hand eine Blume. Monsieur Guillaume setzte sich in Bewegung und drängte sich unter Einsatz seiner Ellenbogen zu Simba vor. Er begrüßte ihn und wollte ihm die Blume überreichen. Im Bruchteil einer Sekunde verwandelte sich die Blume in einen Dolch. Als Ngungi reagierte, losrannte und sich auf den

Angreifer stürzen wollte, war es bereits zu spät. Monsieur Guillaume, dem der Schweiß aus allen Poren lief wie Wasser aus einem Hahn, verschwand in der zähen Menge. Ngungi schreckte aus seinem Traum hoch. Er hob den Kopf, kein Mensch in Sicht. Sein Bruder war weg. Er rastete aus. Er tobte und rannte, in seinen Pelzmantel gehüllt.

Den ganzen Tag war ich mit Monsieur Guillaume in geheimer Mission unterwegs. Meistens operierten wir nachts. Monsieur Guillaume tauchte auf, wann es ihm gefiel, und nahm mich mit. Die restliche Zeit verbrachte ich im Büro der DDD. Ich war völlig erledigt, als er mich vor der Post absetzte. Ngungi erwartete mich schon und kam mir entgegen. Als ich mich näherte, rannte er auf mich zu:

»Wo ist mein Bruder?«

Ich wusste nichts vom Verschwinden seines Bruders. Er und sein Bruder sprachen nicht mehr mit mir, und jetzt, da Simba sich verirrt hatte, kam er zu mir. Er war sehr aufgebracht und gleichzeitig verzweifelt. Er hatte jede Gasse, jede Bar und jedes Restaurant in der Vorstadt und im Zentrum durchkämmt, ohne auf die geringste Spur seines Bruders zu stoßen. Er besann sich auf das, was er am besten konnte: Beleidigungen.

»Du bist bloß ein jämmerlicher Fremdling. Ich bin schon seit vier Jahren auf der Straße. Dort bist du mir begegnet, ich habe dir zu trinken und zu spachteln gegeben und dir gezeigt, dass dein Leben einen Sinn haben kann und dass Ausdauer zu Erfolg führt, ich habe dich mit Liebe überhäuft wie ein Frühchen, und zum Dank stiehlst du mir nicht nur meinen Platz, sondern vergreifst dich noch an meinem Bruder.«

Ich grinste. Er beruhigte sich nicht.

»Sanza, wo ist mein Bruder Simba?«

Ich begriff, dass es sich nicht um einen Scherz handelte. Gleichzeitig erschien mir sein Gezeter ziemlich abstrakt. Was hatte es mit mir zu tun, dass Simba abgehauen war? War es etwa mein Problem, wenn sein Bruder sich ein Bein gebrochen hatte?

»Verpiss dich mit deinem Scheiß-Simba!«

So eine Reaktion hatte Ngungi nicht von mir erwartet. Er wurde rot vor Wut.

»Warte nur, du kannst was erleben!«

Bedächtig zog er sich aus. Zuerst den Mantel, dann die erste Hose, die Latschen, die zweite Hose, den Feuerwehrhelm, die Socken. Er packte mich an der Kehle, und wir wälzten uns auf dem Boden. Leute, die sich noch nie geprügelt haben, können nicht verstehen, was eine Schlägerei bedeutet. Eine Minute auf der Straße dauert eine Ewigkeit. In unserem Fall war es bereits dunkel, und es war niemand da, der uns trennen konnte. Niemand ging als Sieger aus dieser Auseinandersetzung hervor.

Ngungi machte keine halben Sachen. Wenn er dich mochte, bekundete er diese Sympathie vor aller Augen. Er lieh dir zwischen 2 und 6 Uhr morgens seinen Pelzmantel, lud dich zu Gianni l'Italien ein und investierte sein gesamtes Kapital, er stellte dich all seinen neuen Freunden vor und scheute weder Kosten noch Mühen, um die Freundschaft zu pflegen … Wenn er dich satthatte, war es der absolute Horror. Er beleidigte deine Nachfahren, machte sich über dich lustig, zerriss sich hinter deinem Rücken das Maul, intrigierte gegen dich … Seit seiner Rückkehr war er nicht wiederzuerkennen. Er hatte seinem idiotischen Bruder verboten, mit mir zu sprechen und sich mit mir abzugeben. Nachts konnte ich hören, wie sie über mich herzogen und lachten. Er erzählte mir nichts mehr von seinen nächtlichen Streifzügen, und das vermisste ich wirklich sehr. Früher hatte er morgens stets dasselbe Ritual gepflegt. Zuerst brabbelte er Wörter in einer unbekannten Sprache. Mit einem Satz sprang er auf, streckte sein linkes Bein, dann das rechte, spuckte ein paar Mal auf die Kartons und Müllsäcke, die ihm als Matratze dienten, leerte in einem Zug die letzten Reste aus seiner Flasche: Wasser, DjuDju-Saft … Erst im Anschluss an diese Choreographie fand Ngungi zurück zu Gelassenheit und innerem Frieden. Dann begrüßte er die ganze Bande – angefangen bei mir, sehr zum Leidwesen von dem Weißen und dem Anarchisten – mit ausschweifenden Gesten, wie ein Staatspräsident, der ein Bad in der Menge nimmt, und erzählte ungefragt, was in der Nacht passiert war, während wir schliefen.

»Gestern war es anstrengend. Ich habe im Fluss Zaire geschlafen«, sagte er mit seiner Fistelstimme.

Der Zaire war nicht nur ein Sammelbecken für Träume. Selbstmörder und sonstige Dissidenten der Republik wurden tot oder lebendig hineingeworfen, so erzählte man es sich zumindest im Mambo. Laut Ngungi war der Fluss eine Metropole. Im Bauch des Flusses existierte eine eigene Welt. Megacitys, die besser vermessen, erbaut und ausgestattet waren als die Republik Zaire. Boulevards, von unzähligen Straßenlaternen erleuchtet, Fitnessstudios, Bordelle, Bäckereien, kurzum alles, was eine kosmopolitische Metropole zu bieten hat. Die Bevölkerung des Flusses, fügte er hinzu, war so immens wie die des gesamten tropischen Afrika.

38

Das Glück ist ein Tier

Das Glück ist ein kleines, hässliches Tier, unerbittlich und listig. Wenn es vor dir steht, darfst du es nicht entwischen lassen. Rüste dich mit allen Mitteln und sieh zu, dass du es einfängst. Jeder normale Mensch, sagte Tshiamuena, hat dreimal großes Glück im Leben. Aber Vorsicht, sprach die Madonna weiter, das Glück schlägt nicht Alarm, um sich anzukündigen. Manche Leute sind so abgelenkt, dass sie nicht bemerken, wenn das Glück es gut mit ihnen meint, oder sie können es nicht genießen. Jahre später weinen sie sich die Augen aus, grübeln Tag und Nacht darüber, wann sie Glück hatten, wann sie ihre Chancen nicht zu nutzen wussten oder wann sie zu zahm waren. Kein Mitleid mit dem Glück. Man muss es sich schnappen, ihm drohen, es melken, es rücksichtslos ausbeuten.

Wenn Tshiamuena vom Glück redete, weinte sie. Sie sagte, das Glück sei ein Haustier, das jeder Mensch besitzen solle. Das Schicksal, fügte sie nach zwei Schlucken einer Mixtur hinzu, deren Zutaten nur sie allein kannte, setzt sich aus verschiedenen Arten von Glück zusammen. Das Glück vom schnellen Reichtum, das Glück einer unverwüstlichen Gesundheit, das Glück, den perfekten Partner zu finden … Eine schlechte Partnerwahl ist, wie den Baum zu fällen, auf dem man gemütlich sitzt. Kaum bist du in den Hafen der Ehe eingelaufen, stehst du vor verschlossenen Türen, zerrinnt dir das Geld zwischen den Fingern, überrumpelt dich eine Krankheit, deine Pläne und Vorhaben lösen sich in Luft auf, und mit fünfundfünfzig Jahren siehst du glatt doppelt so alt aus, wie du bist. Das monetäre Glück lag der Madonna besonders am Herzen. Am Morgen gehst du in die Mine, am Abend findest du einen Diamanten, und zwar nicht irgendeinen. Einen geschliffenen. Du hast nichts dafür getan, sagte Tshiamuena, aber das Geld läuft dir hinterher. Du eröffnest einen Laden oder eine Bäckerei, und die Kundschaft rennt dir die Bude ein; einen Zeitungskiosk, und die grünen Scheine flattern ins Haus …

39

Die siderische und merkantile Allgegenwart der Menschen und Dinge

Es ist eigentlich unglaublich, aber auf der Welt gibt es in einer Stunde, einer Minute, einer Sekunde mehr als fünfhundert Milliarden Bewegungen: Leute springen miteinander in die Kiste, zischen Bier, schalten das Radio ein, planen Putsche, lesen Bofane, Mabanckou oder Musil, schauen einen Film, inhalieren ihren Klebstoff, beschimpfen einander, tanzen Polka-Mazurka, steigen in Züge, ertränken sich, entschlafen, enden im Gefängnis … Auch in Afrika – besonders in Angola und Zaire – passieren die Dinge zur selben Zeit.

Während in der Republik Zaire Sanza herumschnüffelte und Magellan und seine Freunde Bier zischten, führten auch wir in Angola ein mehr oder weniger ausgeglichenes Leben.

Molakisi hatte sein Glück überstrapaziert. Nachdem er das Geld seines ersten Diamanten verspielt hatte, war es abwärts gegangen mit ihm. Eines Tages, als er und seine Schürferkollegen gerade für die UNITA den Kies siebten und abtransportierten, sprach ihn ein Militär an. Sie liefen im Gänsemarsch, um die Schüsseln mit potenziell diamantenhaltigem Kies ins Lager zu bringen, als der Militär ihn beleidigte – und das, obwohl sie sich kannten – und ihn aufforderte zu verschwinden.

»Ich will dich hier nicht mehr sehen, hau ab!«

Molakisi wollte die Schüssel abstellen, der Militär zielte auf ihn:

»Nimm deinen Krempel und geh mir aus den Augen.«

Molakisi verstand nicht gleich, was passiert war. Er verließ die Mine und ging zu Tshiamuena. Er weinte. Tshiamuena lachte.

»Warum hat er mich weggejagt?«

»Er hat dich nicht weggejagt. Er hat deinem Glück auf die Sprünge geholfen. Durchsuch deine Schüssel.«

Molakisi schob drei Handvoll Kiesel beiseite. Ein geschliffener Diamant strahlte ihn an. Er steckte den Diamanten in die Tasche und rannte ohne Gruß und Dank los, um das Produkt zu verkaufen. Am Abend ging er zu einem Jungen, der über Kinshasa nach Lubumbashi wollte.

»Hier, nimm!« Er reichte ihm achthundert Dollar. Er gab ihm auch die Adresse seiner Eltern. »Du sagst ihnen, dass ich mit fünf meiner Kollegen verschüttet worden bin. Wir haben Sand abgetragen, und weil wir müde waren, haben wir ihn gleich neben dem Loch aufgetürmt, anstatt ihn wegzubringen. Am Vortag hatte es geregnet. Dann plötzlich ein Erdrutsch. Meine Eltern werden sicher jammern, aber sag ihnen, dass aus mir ein Fiesling, ein Ganove, ein Straßenräuber geworden war … Dann werden sie weniger traurig sein. Ich will, dass sie mich schnell vergessen.«

40

Wenn der Weiße redet, schweigen alle, Teil zwei

Monsieur Guillaume rauchte eine nach der anderen. Er rezitierte leise Kosovel und hüllte sich ansonsten in sein übliches Schweigen. Sanza war auch nicht nach Scherzen zumute. Er jonglierte mit zwei Kugelschreibern vom Schreibtisch seines Mentors.

»Du musst wissen, mein Sohn, dass ich mich in meiner gesamten Laufbahn noch nie so schlecht gefühlt habe. Nach dreißig Jahren im Dienst scheint es mir zum ersten Mal, als hätte ich eine Gelegenheit versäumt.«

»Ich verstehe deinen Frust. Ich bin auch enttäuscht, aber wir haben alles im Griff, oder?«

»Geheimdienste müssen vorausschauend handeln. Sie behalten die Ereignisse im Auge, interpretieren sie und löschen die Flammen, bevor es brennt.«

»Aber die Situation ist unter Kontrolle. Wir machen weiter wie gehabt. Ich nehme wieder Kontakt zu ihnen auf, um den nächsten Coup zu planen. Dieses Mal fahren wir große Geschütze auf. Nicht wahr?«

»Wir haben Federn gelassen, machen wir uns nichts vor.«

»Es lohnt sich nicht, Trübsal zu blasen. Du hast doch selbst gesagt, dass man einen Geheimdienst daran erkennt, wie er mit Tiefschlägen umgeht.«

»Sanza, ich habe fürchterliche Lust, das Mambo niederzubrennen.«

Die Bevölkerung im Mambo de la fête bestand aus Nachahmungstätern. Sobald ein beliebter Gast – männlichen oder weiblichen Geschlechts – ein langes Seidenkleid, eine Latzhose oder Dreiviertelhosen trug, hatten am nächsten Tag dutzende Leute dasselbe an. Der Angriff auf das 2. Polizeirevier hatte Nacheiferer gefunden. Mehr als zehn andere Wachen waren rot angemalt worden. Als wäre das nicht genug, tauchten die Leute ganz in Rot gekleidet im Mambo auf. Sanzas und Monsieur Guillaumes Plan war eine klassische Lockvogel-Operation. Man will bestimmte Leute drankriegen. Man unterwandert sie, man setzt ihnen böse Absichten in den Kopf – zum Beispiel Putsch, Sabotage, Geiselnahme. Man stellt ihnen die Mittel und die Intelligenz zur Verfügung, um die Sache durchzuführen, obwohl sie ursprünglich vielleicht gar nichts geplant hatten. Man sammelt belastende Beweise. Man lässt die Verschwörung auffliegen und sperrt alle miteinander ein. Oder man lässt es weiterlaufen. Gestärkt und beflügelt durch den ersten Erfolg, gehen die Herren zur nächstgrößeren Aktion mit mehr Beteiligten über – die man aus der Ferne steuert –, und dann lässt man alle hochgehen und verhaftet die Hauptverantwortlichen, weil man gute Beweise für die Anklage in der Hand hat und genug Gründe, hart durchzugreifen.

Sanza erschien um 22 Uhr.

»Hast du's schon gehört?«

»Was?«

»Zwei weitere Polizeireviere …«

»Wie bitte?«

Das Mambo de la fête platzte fast vor Dezibel. Man musste schreien, um sich zu verständigen.

»Zwei weitere Polizeireviere sind angemalt worden, die Typen wurden auf frischer Tat ertappt, aber das meiste war schon erledigt.«

Wir beglückwünschten uns gegenseitig und lachten.

»Franz, Franz …«

Sanza wollte ihm etwas sagen, aber der Österreicher war ganz versunken.

»Franziskus, mein Freund, komm mit …«

Sanza nahm ihn zur Seite. Ich selbst tanzte nie, ich konnte dieses Rumgehampel nicht leiden. Seit Franziskus das erste Mal im Mambo aufgetaucht war, hatte meine Beliebtheit gelitten. Die Europäer trafen sich in den Bars des Stadtzentrums. Früher war ich einer der wenigen Hellhäutigen, die sich hierherwagten. Ich beobachtete Franz und Sanza aus einiger Entfernung und versuchte, ihnen ihre Unterhaltung von den Lippen abzulesen. Die Straße lehrte uns einiges. Zu erraten, was Leute im Geheimen ausheckten. Als sie wieder auf die Tanzfläche gingen, drängten sie darauf, noch einmal zuzuschlagen – »Wir müssen noch einmal zuschlagen«. Weil die Idee von zwei Leuten eingebracht wurde, entschieden Leandro und Magellan, gleich zur Tat zu schreiten. Um sie weiter anzutreiben, erinnerte Sanza sie an das Leid von Leandros Vater. Ich versuchte, Leandro, Magellan und sogar Franz vor der Gefährlichkeit einer solchen Operation zu warnen. Ich war mir sicher, dass das Pickelgesicht uns hinters Licht führen wollte. Die Methoden, die er anwandte, waren allen Kindern, die jemals für Monsieur Guillaume gearbeitet hatten, hinlänglich bekannt.

41

Ein Einsatz zu viel oder die Notwendigkeit, die Dinge zu beenden, bevor sie dir entgleiten

Die Bande plante einen Anschlag unweit der Post. Nach ein paar Bier brachte Djibril sie ins Stadtzentrum. Zu Fuß gingen sie in Richtung Rathaus. Nachdem er die Fernerkundung abgeschlossen hatte, pfiff Magellan zweimal. Sanza, Franz Baumgartner und Leandro kamen hinterhergeschlichen. Die Furcht saß ihnen im Nacken, als sie begannen, die Säulen des Gebäudes zu streichen. Es vergingen etwa zehn Minuten.

»Die Lagune!«

Die Worte waren dem Österreicher herausgerutscht. Sie lachten. Die Anspannung löste sich etwas.

»Franziskus, vergiss bloß nicht, diese Episode in dein Buch aufzunehmen!«

»Du darfst auf keinen Fall diesen Djibril zur Hauptfigur machen … Wenn du ihm in deinem Buch die Haare abschneiden könntest, wäre das schon mal ein guter Anfang.«

»Schreib bloß nicht, dass Sanza nur Dreiviertelhosen trägt. Das muss unter uns Zairern bleiben.«

»Und der Verrückte, was spielt der für eine Rolle in deinem Roman?«

»Wer ist der Bösewicht?«

»Und Mimi die Glucke?«

»An dem Tag, an dem du um Mimis Hand anhältst, höre ich auf, Dreiviertelhosen zu tragen.«

»Es braucht immer einen guten Grund, sich zu verändern ...«

Wieder brachen sie in Gelächter aus. Plötzlich hörte Magellan auf, Franz zu hänseln. Als ehemaliger Katanga-Gendarm witterte er die Anwesenheit Fremder. Ein Auto kam leise aus Richtung des Lycée Marie-José. Ein anderes aus Richtung der Post.

»Lasst uns abhauen«, rief er.

Panik brach aus. Leandro, der seinen Begleitern einen Schritt voraus war, stolperte und stürzte. Er rappelte sich wieder auf, aber es war zu spät, um sich in die Büsche zu schlagen. Er wurde widerstandslos festgesetzt und in den Kofferraum des Wagens geworfen.

»Jemand hat uns verpfiffen!«

»Ich kann's einfach nicht glauben«, sagte Franziskus atemlos.

»Sanza, du bist ja so still, sag doch auch mal was!«

Magellan trat mit dem linken Bein nach ihm, Sanza wich aus. Franziskus ging dazwischen. Sanza erinnerte sich an einen Rat seines Mentors. Bei einer Beschattungsaktion hatte Monsieur Guillaume ihm einen Trick verraten, der irgendwo in seinem Schädel hängen geblieben war. Ein Geständnis ist eine der besten Strategien, um die Tatsachen zu leugnen. Sofort ging Sanza in die Luft.

»Genau, ich habe euch verkauft. Ich war es, der die Sache angezettelt hat. Das war alles ich. Ich war schon immer eine Petze. Ich habe euch gewissenlos verraten.«

Der Junge war der geborene Schauspieler. Er schrie und wälzte sich im Sand. Franz wurde wütend. Magellan änderte seine Meinung:

»Tut mir leid, ich weiß nicht, was in mich gefahren ist.«

Sie gingen zu Fuß zurück zum Mambo de la fête. Magellan fing wieder an zu nerven:

»Ich kann mir diese Panne nicht erklären! Zwei Karren zu beiden Seiten des Rathauses!«

Sanza mit gedämpfter Stimme:

»Und wenn es der Weiße gewesen ist? Er sah aus, als wäre er froh, nicht mitzukommen.«

»Ich wüsste nicht, wer es sonst gewesen sein könnte …«

»Daran habe ich auch gedacht«, setzte Franz noch einen drauf.

Monsieur Guillaume trank keinen einzigen Schluck Bier. Auch seinem Schützling hatte er dringend von alkoholischen Getränken abgeraten. Sanza ergriff vorbeugende Maßnahmen, als er sein Büro betrat:

»Was für eine verrückte Nacht, die hatten richtig Schiss!«

Monsieur Guillaume hing völlig niedergeschlagen auf dem Stuhl in seinem Büro, den Kopf leicht zur Seite geneigt, die Füße auf dem Tisch.

»Es tut weh, so nah dran gewesen zu sein.«

Sanza spielte diesen neuen Pyrrhussieg herunter.

»Sie haben sich die Finger verbrannt, sie werden kein weiteres Abenteuer wagen.«

Monsieur Guillaume, wie ein Kind, das nicht ins Bett will:

»Das Ziel war, sie alle zu schnappen, um diese Episode ein für alle Mal zu beenden. Jetzt laufen wir Gefahr, dass sie zurückschlagen …«

Sanza, träumerisch:

»Wo steckt er?«

»Wer?«

»Leandro?«

»Sicher nicht im Grandhotel Karavia! Wir haben ihn zusammen mit sechs anderen Spinnern, die unsere Leute bei ihrem Ausflug eingesammelt haben, in den Tresor gebracht. Ich habe eben kurz den Fernseher angemacht. Diese Hampelmänner haben Kinsangani eingenommen. Das war die letzte Bastion.«

Monsieur Guillaume öffnete eine neue Flasche Bier und schüttete sich die Hälfte in die Kehle. Er war am Boden. In seiner ganzen Laufbahn hatte der Mann noch nie einen Rückschlag eingesteckt, nicht einmal bei ferngesteuerten Operationen, aber er war nie zufrieden mit seinen Erfolgen. Es kam ihm immer so vor, als würde noch irgendetwas fehlen, um die Sache perfekt zu machen. Vorgetäuschte Staatsstreiche, Verhaftungen und Entführungen ohne jede Spur waren seine Spezialität – dazu kam noch sein Hobby, Liebespaare auseinanderzubringen. Die letzten halbgaren Einsätze hatten ihn verunsichert. Diese Schwachstellen waren für Monsieur Guillaume wie Liebeskummer. Und zu allem Überfluss hatte die von den Rebellen der Alliance des Forces Démocratiques pour la Libération du Congo eingeleitete Offensive gegen Zaire die Nachlässigkeit der Geheimdienste offen zu Tage gebracht. Seit 1996 fielen AFDL-Soldaten über den Osten des Landes ins Staatsgebiet ein. Jedes Mal, wenn ihnen irgendein Kaff in die Hände fiel, wurde die Nachricht in der ganzen Republik mit Jubel empfangen. Der Pöbel hatte die Nase voll von seinem Maréchal, der seit 1965 an der Macht war. Im Mambo de la fête war jeder Streifen Land, der von den Rebellen erobert wurde, eine willkommene Gelegenheit, um Biere zu zischen.

»Ich hätte Lust, ein paar Leute unter Druck zu setzen. Sollen wir nicht den Schwestern der Sainte-Thérèse-Gemeinde einen kleinen Höflichkeitsbesuch abstatten?«

42

Die Epidemie der verlorenen Geschlechtsteile

Eines Sonntags spazierte ein Mann, weder jung noch alt – gutaussehend, schlank, mit krausem Haar –, seelenruhig über die Avenue Kimbangu im Stadtzentrum von Lubumbashi. Er war auf dem Weg zu einer Hochzeits- oder Geburtstagsfeier. Plötzlich spürte er so etwas wie einen elektrischen Schlag im Schritt. Er glitt mit der Hand in seine Hose und stellte ernüchtert fest, dass er kein Geschlechtsteil mehr hatte.

»Hilfe, Hilfe, helfen Sie mir, jemand hat mir mein Geschlechtsteil gestohlen! Hilfe!«

Menschenansammlung. Gaffer – darunter Intellektuelle, Diebe, Schüler, Polizisten … Der Verkehr wurde angehalten. Kein Fahrzeug kam mehr durch, die Menschenmenge hatte die Straße überflutet. Die Polizei nahm die Sache in die Hand.

»Zieh deine Hose aus. Wir müssen es überprüfen …«

Der junge Mann protestierte.

»Lügner«, schrie die wütende Menge.

Er leistete der Anweisung Folge.

Alles stob fluchtartig auseinander. Selbst die, die keinen Blick auf den Intimbereich des Mannes geworfen hatten, brachten sich in Sicherheit. Wie im Laufe des Tages im nationalen Radio berichtet wurde, war das Phänomen auch in anderen Städten des Landes aufgetreten. Ein Sturm der Panik fegte durchs

Land. Im Mambo de la fête waren die Auswirkungen verheerend. Die Leute – männlichen Geschlechts – tranken Bier, konkurrierten im Billard gegeneinander, spielten Trommel oder Saxophon mit den Händen in der Hose. Draußen waren die Reaktionen ähnlich, gepaart mit Feindseligkeit. Die Leute – wieder männlichen Geschlechts – liefen mit der Hand in der Hosentasche herum, um zu verhindern, dass ihnen der Maniok abgekuppelt wurde. Man erzählte sich, dass diese Sache von anderen Männern zu Opferzwecken angezettelt worden war. Um ihr Eigentum zu verteidigen, hielten die Männer in öffentlichen Verkehrsmitteln die Hände schützend vor sich, boykottierten Restaurants, beargwöhnten ihre Geschlechtsgenossen, vermieden es, einander zu grüßen. Man berief ein internationales Symposium ein – mit massiver Beteiligung von Franzosen, Belgiern, Österreichern, Portugiesen, Kroaten, Senegalesen –, das Spezialisten und andere graue Eminenzen aus so unterschiedlichen Disziplinen wie der Anthropologie, Mechanik, Ethnologie, Soziologie, Botanik und Anatomie zusammenbrachte unter dem lapidaren Titel: DER VERLUST. Die Tagung wurde von internationalen Radio- und Fernsehsendern live übertragen. Unter den Koryphäen der Wissenschaft auch der Prophet Singa Boumbou, der in einem brillanten Vortrag überzeugend darlegte, dass es sich beim Verschwinden des männlichen Geschlechtsteils um ein wandelndes und magisches Phänomen handelte, das sich nur in den Köpfen der Betroffenen abspielte.

43

Ein Tritt ins Wasser

Die Poesie war nicht Monsieur Guillaumes einzige Passion. Wenn er mit dem Auto durch die Gegend raste, fühlte er sich unverletzlich. Viermal umrundete die Karre die Synagoge, bevor sie den Tunnel nahm und in die Chaussée de Kasenga einbog. Er fühlte sich gleich mehrere Jahre jünger. Aus strategischen Gründen hatten sie ihre Aktivitäten – Bespitzelungen, Sabotageakte, böswillige Zerstörung fremden Eigentums, Erpressung, Entführungen, Hausdurchsuchungen – auf Halbmast gesetzt, um potenziellen Unruhestiftern Flügel zu verleihen und sie zu überraschen. Monsieur Guillaume wunderte sich über sich selbst, dass er es einen Monat lang ausgehalten hatte, ohne die Ernte einzufahren.

»Lieber Freund, was machen wir mit diesem Singa Boumbou?«

Sanza stellte das Radio leiser.

»Um ihn zu demütigen, müsste man ihm vor seinen Anhängern Haare, Nägel und Bart schneiden. Dann, wenn wir ihn im Tresor haben, zwingen wir ihn, tausendmal ›Ich unterstütze keine Kleinkriminellen‹ zu schreiben.«

Sanza lachte sich kaputt.

Erst glaubte er, sein Mentor würde mitlachen, dann aber wurde ihm bewusst, dass er keine Regung zeigte.

»Die Staatssicherheit ist kein Kloster. Wenn du noch Mitgefühl hast, musst du dir ein anderes Betätigungsfeld suchen.«

Monsieur Guillaume drehte am Regler des Radios. Der Musiker sang mit Samtstimme vom Glück, in der zairischen Hauptstadt zu leben, dieser pulsierenden Stadt voller Feste und Feiern. Monsieur Guillaume atmete tief ein. Das tat er immer, wenn er etwas sagen wollte, das ihm am Herzen lag:

»Du musst raus aus der Komfortzone, mein Junge. Du solltest reisen. Beim Reisen kann man sich an seinesgleichen messen und die Menschen kennenlernen, ihre Sitten und Gebräuche, Ideen, Kulturen, ihre Art zu sein, zu leben, zu trinken, zu essen und sich zu vergnügen. Mein erster Pass war die Literatur. Mein Vater war ein einfacher Kammerdiener, und ich bin stolz darauf. Sein ganzes Leben lang hat er für die Portugiesen, Belgier und Franzosen geschuftet. Fast jeden Tag brachte er Bücher mit nach Hause. Und ich las und las wie ein Irrer. Ich las, um mich aus der Misere zu befreien, in der unsere Familie steckte. Jeder Text war in meinen Augen eine Einladung ins Exil, in den Exotismus und auf Reisen. Ich nahm einen argentinischen Autor unter die Lupe und reiste – ohne Visum! – nach Argentinien; einen Griechen und landete in Athen; einen rumänischen Autor und war in Bukarest. Im Laufe dieser Begegnungen wuchs in mir das heftige und unkontrollierbare Begehren nach der Literatur Mittel- und Osteuropas: Rilke, Kafka, Ingeborg Bachmann, Paul Celan, Josip Murn, Canetti, Wolfgang Borchert, Dragotin Kette, Kosovel, ah!, Kosovel, die Vollkommenheit in Reinform. Bei ihm ist alles eine Architektur des Bedauerns. Ich unterwarf meinen Körper der Literatur, und sie ermöglichte mir – mitunter unnötige – Exile, illegale Grenzübertritte, antiquiertes Vagabundieren, Reisen ohne Wiederkehr auf unbekannte Kontinente, ausschweifende Wanderungen … Nach meinem Abitur habe ich mich im Priesterseminar von Kabwe eingeschrieben, bevor ich mit einem zairischen Stipendium nach Straßburg gehen konnte. Ich mochte Europa – bis auf den Frühling und den Sommer. Solange ich denken kann, war ich ein Mann der Nacht. Das Licht verbrennt mich, ängstigt mich, gibt mich der Fäulnis preis. Nach einigen Jahren bin ich zurückgekehrt, um meinem Land zu dienen. Die Frage ist nicht, ob meine Arbeit rühmlich oder verabscheuungswürdig ist, sondern ob sie mit Leidenschaft getan wird. Von diesen Dingen verstehst du noch nichts. Lies Kosovel, Rilke, Dambudzo, dann können wir weiterreden.«

Dieser letzte Satz klang wie ein Angriff, er zischte ihn mit einer Spur von Verachtung in den Augen.

Er wurde langsamer und parkte das Auto am Rand einer sandigen Straße. Bevor er ausstieg, verstaute er eine Pistole in der Innentasche seiner Jacke.

Singa Boumbou und seine Getreuen hatten sich auf einem schroffen Berg niedergelassen. Unter den Gesellschaftern seiner Sekte gab es Banker, Ex-Fußballspieler, Musiker, fliegende Händler, Polizisten, Lehrer … Jeden Donnerstag belieferten drei Lastwagen voller Essen und alkoholfreier Getränke die Besitzung. Damit seine Anhänger ihre Leiber nicht entweihten, verbot er ihnen jeglichen Genuss von Alkohol, Ziegen-, Schweine-, Puten-, Rind- und Lammfleisch, selbst passiven Tabak- und jeglichen Fernsehkonsum, ungeachtet der Programme, jedwede sportliche Betätigung und jedes Gespräch und den Handel mit allen als unrein geltenden Personen. Der charismatische Prophet empfahl ihnen hingegen, sich mindestens siebenmal am Tag zu waschen und am von ihm bestimmten Neujahrstag, der stets auf seinen Geburtstag am 15. Februar fiel, nicht zu kopulieren. Eine der (mittelfristig) größten Aufgaben war es, sich von der Welt abzuschotten. Endgültig. Das Gemüse zu essen, das sie selber anbauen würden. Ihre eigene Kleidung herzustellen. Schulen und Universitäten für ihre eigenen Kinder aufzubauen. Ihr eigenes Geld zu prägen. Eine Sprache zu verwenden, die nur in ihrer Welt gesprochen wurde, also eine ganz neue Sprache zu erfinden. Er warnte alle vor der Gefahr der Fäulnis von Körper und Geist. Dafür griff er auf die immer gleichen Sätze zurück: Im Garten Eden rannte man keinem Ball hinterher. Oder: Es bestürzt mich, dass die Zairer der Rumba frönen, einer teuflischen Musik, denn keines der darin verwendeten Instrumente, weder die Gitarre, die Trommel, die Rasseln noch die Trompete, findet in der Genesis Erwähnung. Oder: Krawattenträger kommen nicht ins Paradies. Oder: Der Leib darf nicht beschmutzt werden. Mehr zu erwirtschaften, als man braucht, ist Frevel.

Der Hauptsitz des Propheten, wo er sich fünf Tage die Woche aufhielt, befand sich im Zentrum der zwanzig Hektar umfassenden Siedlung. An den Hauptsitz schlossen kleine unförmige und trapezähnliche Behausungen mit zwei bis vier Zimmern an, in denen seine Gefolgschaft lebte.

Sanza war verwirrt von der widerhallenden Stille. Als er einmal mit Magellan, Leandro und Co. ungefähr zur selben Tageszeit hergekommen war, hatte auf dem Hof das Leben getobt. Die Bewohner spielten auf selbstgebauten Instrumenten Musik, schlummerten auf Schaukelstühlen, standen in kleinen Grüppchen zusammen, diskutierten, kuschelten, lachten …

Monsieur Guillaume und sein Agent steuerten schnellen Schritts auf das Hauptgebäude zu. Auch dort betäubende Stille. Keine Maus. Keine Kakerlake. Noch nicht einmal eine Mücke. Die Irritation wurde noch größer, als sie die anderen Wohnungen durchkämmten. Es schien, als sei die gesamte Bevölkerung vor einer unmittelbar bevorstehenden Gefahr – heftiger Orkan, tödliches Unwetter, Vulkanausbruch, Erdbeben oder Bürgerkrieg – gewarnt worden und in großer Eile geflohen, ohne Koffer zu packen oder irgendetwas mitzunehmen. Die Türen waren offen, große Töpfe noch auf dem Feuer, die Glühbirnen angeschaltet, ein Tisch gedeckt – Teller, eine Schale mit Maniokblättern, zwei Flaschen eines selbstgebrauten Getränks, Holzlöffel.

Sie schauten einander wortlos an. Im Dämmerlicht wirkten die beiden Clowns noch seltsamer. Ihre körperlichen Merkmale hoben die Ungleichheit des verfluchten Paares besonders deutlich hervor.

Sanza maß nicht einmal eins fünfzig, Monsieur Guillaume war unverhältnismäßig groß; Sanza in seinen ewigen Dreiviertelhosen, Monsieur Guillaume elegant gekleidet; Sanza mit einer Menge Haaren auf dem Kopf und Monsieur Guillaume, der seine Glatze unter einem Strohhut verbarg. Sie stiegen in ihre Karre und fuhren Richtung Kamalondo.

Das Stundenhotel, in dem Franz wohnte, war nur ein paar Steinwürfe entfernt vom städtischen Stadion. Franziskus ließ sich von den anderen durchfüttern. Djibril, der Taxifahrer, fuhr ihn gratis durch die Stadt. Am einen Tag aß er bei der Glucke, am nächsten bei Leandro. Der Besitzer des Mambo verkaufte ihm das Bier zum halben Preis. Magellan subventionierte seine Kippen. Er wohnte kostenlos im Vaudeville de l'Amour, einem kleinen Hotel der unteren Kategorie. Dort war er der einzige feste Bewohner. Die anderen Gäste kamen für einen Abend von Zeit zu Zeit. Weil ihm die Mittel fehlten, eine Wohnung zu mieten oder sein Hotelzimmer zu bezahlen, und weil er im Fall eines Rauswurfs auf der Straße landen würde, ließ Ya Bavon, der Geschäftsführer und Besitzer der Klitsche, ihn so lange bleiben, wie er wollte.

»Frant (er konnte das Z nicht aussprechen), du hast seit Monaten keinen Centime bezahlt.«

Franziskus hob zu wortreichen Entschuldigungen an.

»Ich zahle bald, zurzeit ist es wirklich schwierig.«

Ya Bavon hatte einen klaren Plan im Kopf.

»Frant, ich habe gehört, du arbeitetest an einem Roman. Stimmt das?«

»Ja, Monsieur. Ich stehe noch ganz am Anfang.«

»Mir ist es gleich, ob du in der Mitte, am Anfang oder beim Epilog bist. Du kannst so viele Tage und Nächte bleiben, wie du möchtest. Ich vertraue dir. Aber nur unter einer Bedingung.«

»Die wäre?«

»Mach mich zu einer Figur in deinem Buch.«

Dieser Vorschlag überraschte Franz wenig. Djibril, Mimi die Glucke – schon in ihrer ersten gemeinsamen Nacht –, Magellan, Mère Antonine, der Chef des Mambo, seine Frau und ihre drei Kinder, Singa Boumbou und seine Getreuen, Tshiamuena, alle hatten ihm, zu ihren jeweils eigenen Konditionen, denselben Vorschlag gemacht. »Meine Dreads müssen dranbleiben«, hatte Djibril angemerkt. Sanza war noch beharrlicher: »Erwähn ja nicht meinen Abszess.« Mère Antonine: »Ich esse kein Fleisch. Bitte lass mich nicht irgendeinen Mist essen.«

Ya Bavons Tonfall klang nicht nach einer Bitte, eher nach einem Befehl:

»Frant, wie du weißt, habe ich ein Faible fürs Kino. Es gibt etwas, das mich schon lange beschäftigt – und ich denke, das gilt für alle Zairer –, die Schwarzen haben sehr oft keine guten Rollen.«

Plötzlich wurde er lauter:

»Gib mir nicht irgendeine dumme Rolle. Frant, wenn ich in deinem Buch wie ein Loser dastehe, schlag ich dir die Fresse ein.«

Ya Bavon wurde wütend:

»Ich habe Kinder, eine bezaubernde Frau, mit der ich schon seit dreißig Jahren zusammenlebe, Cousins, Nichten, Frant, mach aus mir keinen Maurer, Minenarbeiter oder irgendeins dieser Straßenkinder, mit denen du dich umgibst.«

Er senkte die Stimme. Er flehte fast:

»Frant, es geht um meine Handelsmarke, einen Namen mit langer Geschichte. Aber auch um den Ruf des Vaudeville de l'Amour. Entwurzele mich nicht aus Versehen. Ich stamme aus einem Königsgeschlecht. Sieh zu, dass du in deinem Buch etwas Solides für mich findest, Frant …«

Und so konnte unser Freund Franziskus ein Zimmer im ersten Stock des Vaudeville de l'Amour bewohnen. Aber ein Stundenhotel bleibt ein Stundenhotel, vor allem, wenn die Wände dünn sind. Wenn die Gäste zu jeder Tages- und Nachtzeit ihren Spaß hatten, bekam Franz alles mit: flehentliche Bitten, Stöhnen, Quaken, Flüche, Lachen, Beleidigungen und andere Glücksjauchzer. In manchen Nächten hatte Franz den Eindruck, dass gewisse Weichteile in eine Prügelei verwickelt waren, so laut schlugen Hammer und Meißel und dröhnte die Metallsäge. Manchmal gab ein Bett nach und ging mit einem dumpfen Krachen zu Boden. Manchmal, wenn sie sich nicht konzentrieren konnten, unterbrachen die Nutzer eines Zimmers ihren Verkehr und forderten schreiend ihre Nachbarn auf, weniger Lärm zu machen:

»Wir wissen selbst, wie man eine Nummer schiebt!«

Und die Adressaten, wohl weil sie sich gestört fühlten, schrien zurück:

»Wir sind in einem Hotel, wenn ihr eine Lärmallergie habt, dann geht zum Vögeln ins Kloster.«

Monsieur Guillaume und sein Laufbursche, der pickelige Sanza, Verräter der ersten Stunde – denn es war eine seiner Spezialitäten, den anderen aus egoistischen Motiven etwas anzuhängen –, parkten schräg gegenüber dem Stadion und näherten sich auf Zehenspitzen.

Sanza zu Monsieur Guillaume:

»Zuerst verbrennen wir seine ganzen Zettel.«

Der Rezeptionist (in Nachtbekleidung) war mit seiner Frau oder Freundin ins Gespräch vertieft – über ihren Urlaub, ihre letzte Reise nach Luanda, den zukünftigen Rasen vor ihrem Haus. Der unerwartete Besuch von Monsieur Guillaume und Sanza verletzte und kränkte sie in ihrer Selbstliebe.

»Franz? Was wollt ihr von dem? Seht ihr nicht, dass ihr stört?«

»Aber das ist doch ein Hotel.«

»Ein Hotel, um 3 Uhr nachts?! Und selbst wenn wir ein Hotel sind, haben auch wir ein Recht auf Intimität. Wir sind in Zaire!«

Sie stürmten die Treppen hoch. Franziskus' Zimmer in völligem Chaos. Keine Spur von seinem Koffer. Auch nicht von seinen Dreiviertelhosen (er war der Mode gefolgt). Monsieur Guillaume war außer sich. Die Operation war seit gut zehn Tagen in Vorbereitung. Drei oder vier Tage zuvor hatten sie vertrauenswürdige Informationen erhalten, dass Franz sich an diesem Ort aufhielt.

»Sanza, wusstest du davon?«

»Wovon?«

»Dass er sich heimlich aus dem Staub machen würde?«

»Woher sollte ich das wissen?«

Rasend vor Wut stürzte sich Monsieur Guillaume auf den Rezeptionisten.

»Wo ist Franz?«

»Habt ihr an seine Tür geklopft?«

»Ja!«

»Und?«

»Er ist nicht da!«

»Und?«

»Wissen Sie, wo er sich versteckt hält?«

»Unsere Gäste sind keine Kühe, die man hüten muss … Immerhin sind wir hier in Zaire!«

Damals hatten die Zairer die Angewohnheit, ständig daran zu erinnern, dass sie in Zaire waren, als ob das Land auf keiner offiziellen Karte zu finden sei oder zu einem anderen Sonnensystem gehöre. Bei seiner Ankunft in Kinshasa war Franziskus schockiert gewesen. Zwei Bierzischer unterhielten sich. Einer sagte: »Fast hätte ich meinen Bus verpasst.« Der andere erwiderte betont langsam, wie um sich selbst zu beweisen, dass er noch am Leben war, oder als ob man nur in Zaire den Anschluss verpassen konnte: »IMMERHIN SIND WIR HIER IN ZAIRE, MEIN FREUND!«

»Ist mir doch egal, was dein Franz macht. Dieser Franz Baumgartner – der Rezeptionist sprach Franziskus' Nachnamen perfekt, aber sehr verächtlich aus, als ob er Sanza und seinem Mentor beweisen wolle, dass er Franz besser kannte als die beiden zusammen, dass er eng mit ihm zusammenarbeitete und sie in ihrer Freizeit gern mal ein Bierchen zischten, wenn er nicht gerade mit seiner Frau oder Freundin gesellschaftliche Fragen oder ihre letzten Reisen erörterte – ist mein Adoptivsohn. Selbst wenn ich wüsste, wo er sich versteckt hält, würde ich es euch nicht sagen. Haben wir uns verstanden?«

Er wandte sich an seine Frau oder Freundin:

»Was meinst du, sollen wir nächstes Jahr, also in zwei Monaten, erstmal diese Nähmaschine für Maman besorgen?«

Sanza und Monsieur Guillaume rasten durch die sternenklare Nacht. Dem Pickelgesicht wurde schlecht. Diesmal fühlte Monsieur Guillaume trotz der Geschwindigkeit keine Genugtuung. Er war noch nie so schnell gefahren. Er war verzweifelt. Weil er nicht zur Ruhe kam, schaltete er das Radio an. Die durchdringende Stimme von Lucie Eyenga, eine der ersten Sängerinnen der Rumba. Sie sang auf Lingala – *Wenn die Sänger singen / sollen alle tanzen, die tanzen wollen / sollen alle zuschauen, die zuschauen wollen / sollen alle zuhören, die zuhören wollen / für unsereins gibt es am Ende / nichts als die Rumba / unsere nationale Rumba.*

Bei Magellan erwartete sie der Wachposten mit einer Flasche Rotwein und zwei Gläsern – »Wenn Wein euch müde macht, können wir auch Bier trinken. Der Besitzer hat mir gesagt, dass ein Typ über fünfzig in Begleitung eines pickeligen Gassenjungen – vernebelt vom Klebstoff und ohne Visionen – vorbeischauen würde und dass er ihnen einen guten Start in die Woche wünscht.« Die Karre raste mit quietschenden Reifen los, noch bevor Sanza den Sicherheitsgurt anlegen konnte. Monsieur Guillaume brüllte vor Wut, schimpfte, schrie … Plötzlich stoppte er den Wagen.

»Steig aus! Ich will dich nie wiedersehen!«

Sanza gehorchte. Er gab Gas, verduftete. Nach ein paar Minuten kam er zurück. Zögernd stieg Sanza wieder ins Auto.

»Niemand außer dir und mir wusste von dieser Operation. Sogar die Lagune war nicht informiert.«

Das Pickelgesicht begann zu weinen. Der reinste Heulapparat. Selbst wenn es nichts zu jammern gab, schluchzte er schon.

»Hast du mit Ngungi darüber gesprochen?«

»Wir sind nicht mehr befreundet, und das weißt du. Glaubst du wirklich, ich hätte geplaudert?«

44

Die Diamanten blieben so lange im Bauch, bis sie in Antwerpen auftauchten oder an einem Hals irgendwo auf der Welt

Der Soldat lud sein Gewehr.

Er brachte es in Anschlag.

In undeutlichem Lingala:

»Ihr seid Geheimagenten. Spione im Sold von Mobutu.«

Molakisi und sein Rennstall hoben anstandslos die Hände:

»Wir haben noch nie für die von Ihnen erwähnte Regierung gearbeitet.«

»Gesteht, und zwar schnell, sonst jage ich euch allen eine Kugel in den Kopf.«

»Wir sind nicht die, für die Sie uns halten.«

»Euer Aussehen verrät euch. Ihr könnt nur Spione sein.«

Der Soldat rief etwas auf Portugiesisch. Sofort kamen sechs weitere Soldaten aus dem Busch hervor. Sie zielten mit ihren Gewehren auf die Schürfer. Um Molakisi und seine Komparsen zu verwirren, redeten sie auf Portugiesisch und miesem Lingala durcheinander. Der verängstigte Rennstall begnügte sich damit, lautstark zu protestieren:

»Wir sind keine Geheimagenten.«

»Auf die Knie!«

Die Soldaten umringten sie in einem Halbkreis. Der Älteste brach in albernes Gelächter aus. Er hatte nur noch sechs Zähne im Mund, und sein Lachen klang wie der zairische Akkordeonist Camille Feruzi:

»Ihr seid gut gekleidet, und eure Klamotten sind gar nicht schmutzig. Für Schürfer seht ihr ziemlich gut aus …«

Molakisi und seine Leute beteuerten den Tränen nahe:

»Wir sind Schürfer. Wir sind nach Angola gekommen, um Geld zu verdienen.«

»Auf das Geständnis haben wir gewartet. Wenn ihr wirklich Schürfer seid, werft eure Ernte vor euch auf den Boden. Gebt uns die Beute, und wir lassen euch am Leben.«

»Wir haben keinen einzigen Klunker gefunden …«

»Das werden wir ja gleich sehen.«

Die angolanischen Soldaten befahlen ihnen, sich auszuziehen. Die perfekte Striptease-Szene. Von oben nach unten entkleideten sie sich: Hemd, Hose, Unterwäsche, Schuhe … Die Soldaten durchkämmten die Lumpen. Als Nächstes knöpften sie sich ihre Rucksäcke vor. Sie filzten sie bis in die letzten Ecken, schlitzten sie sogar auf in der Hoffnung, doch noch auf ein kleines Steinchen zu stoßen. Als ihnen klar wurde, dass die Zairer entweder keine Klunker bei sich trugen oder sie an einem strategischen Ort versteckt hatten, packte die Soldaten die Wut. Sie drohten damit, einen von ihnen hinzurichten, um sie zum Reden zu bringen:

»Ihr könnt uns doch nicht erzählen, dass euch nichts in Netz gegangen ist.«

Der Wortführer zielte mit seinem Gewehr auf den Fuß eines Diamantenwäschers. Ihm fehlte ein Zeh. Beflügelt durch diese unerwartete Entdeckung, sprangen die anderen Soldaten ihrem Kollegen bei. Sie jubelten.

Es war ein offenes Geheimnis, dass die zairischen Schürfer, auf denen qua Geburt ein Fluch lastete, bei rituellen sexuellen

Handlungen ein Körperteil opferten, sei es ein Zeh, ein Auge, ein Zahn, ein Finger oder sogar ihr Sperma und somit ihre Fruchtbarkeit, um so ihre Chancen zu erhöhen, auf Diamanten zu stoßen. Die Welt der Diamanten hat ihre eigenen Gesetze. Und Glück war das, was zählte.

»Wir haben keine Diamanten erwischt«, jammerte der komplette Rennstall.

Die Soldaten befahlen den Jungen, ihnen zu folgen. Sie wanderten eine Stunde lang durch den Busch zu ihrem Basislager, das aus notdürftigen Behausungen bestand. Sie gaben den Schürfern ihre Kleidung zurück. Selbst in einer Position der Schwäche, gefesselt und vor vorgehaltener Waffe, leisteten Molakisi und seine Gefährten noch Widerstand. Lieber wären sie verreckt, als ihre Klunker herauszurücken. Molakisi nahm seinen ganzen Mut zusammen und flehte um Gnade:

»Sind Sie verheiratet? Haben Sie Kinder? Ich habe drei, darunter eine zweijährige Tochter.«

Der Soldat wich der Frage aus:

»Ihr könnt den Hals wohl nie voll kriegen! Bei euch in Zaire stolpert man an jeder Ecke über Diamanten. In der Kasaï-Region wimmelt es nur so davon. Was hat euch geritten, dass ihr eure Cabeza unbedingt in unsere Minen stecken müsst? Und wenn wir unsere Klunker dann zurückhaben wollen, regt ihr euch auf. Ach, diese Zairer, die sind wirklich ein Fall für sich! Zum ersten Mal auf dieser Welt drängen die Leute in ein Land, in dem Krieg herrscht. Normalerweise ist es genau anders herum! Ihr Zairer fürchtet euch vor gar nichts, weder vor den Tretminen noch vor den Granaten …«

Molakisi:

»Seien Sie uns bitte nicht böse …«

Der Soldat fuhr fort:

»Ihr bereichert euch auf unsere Kosten und findet nichts daran, in Angola ein und aus zu gehen, als wär's ein Hühnerstall. Wisst ihr eigentlich, wie viele eurer Landsleute sich Villen gebaut haben mit angolanischem Geld?«

Für viele Zairer war der angolanische Bürgerkrieg ein äußerst gutes Geschäft. Normalerweise verabscheut und meidet das Geld die Menschen, aber im angolanischen Bürgerkrieg hatten sich die Zairer an den Diamanten anderer Leute so bereichert, dass sie anfingen, ihren eigenen Reichtum zu verabscheuen und vor ihm zu fliehen. Tausende sogenannte Bana Lunda oder Kinder von Lunda kamen mitten im Krieg nach Angola, vor allem in die Region Lunda Norte. Manche kehrten nie nach Hause zurück. Erschossen. Unter der Erde verschüttet. Als Minen- oder sonstige Taucher auf der Jagd nach Klunkern in den trüben Tiefen des Kwango ersoffen. Von einer Tretmine in die Luft gesprengt. Andere kamen zurück nach Kinshasa und Bandundu, reich, bis über beide Ohren verschuldet oder genauso planlos wie vor ihrer Abreise. Man wusste zwar, wann man Angola betrat, aber man kannte weder den Tag noch die Stunde, zu der man es wieder verlassen würde. Sowohl die Regierungsarmee als auch die UNITA-Rebellen kämpften mit harten Bandagen, um sich die jungen Leute im Klunkerrausch wieder vom Hals zu schaffen. Auf zairischer Seite wurden die Rückkehrer schon sehnsüchtig von der Armee erwartet, die ihnen die Butter vom Brot nehmen wollte. Um Scherereien aus dem Weg zu gehen, erdachten und erprobten die Kinder von Lunda zahlreiche Tricks, um sich mit den Angolanern gutzustellen, vor allem mit den Dorfobersten und den Militärs, und sich ihren Schutz zu sichern.

Viele der Frauen wie Tshiamuena praktizierten die angolanische Ehe. Offiziell waren sie in Zaire verheiratet, aber sobald sie die Grenze überschritten hatten, suchten sie verzweifelt nach einem angolanischen Lebensgefährten oder Ehemann, vorzugsweise einem ranghohen Offizier. Diese hatten einen Freibrief für die Minen und Macht über die Arbeiter, denen sie die Klunker abknöpften. Die Soldaten zögerten nicht, wenn es darum ging, der Frau ihres Lebens Diamanten zu schenken. Man könnte auch sagen, dass die Angolaner den Wert der Diamanten nicht besonders ernst nahmen. Angola war von der Welt abgeschnitten. Manchmal tauschten die Bana Lunda auch Klunker gegen Kleidung, Nahrung oder Güter des täglichen Bedarfs ein. Als Tshiamuena ihren kongolesischen Ehemann nach Cafunfo brachte, stellte sie ihn ihrem angolanischen Bräutigam, einem Oberstleutnant, als ihren Bruder vor. Zu Tränen gerührt, schenkte der Militär seinem Schein-Schwager hochkarätige Diamanten und tausend Dollar Taschengeld.

Molakisi und seine Teamkollegen verweigerten die Zusammenarbeit. Nach zwei Tagen schalteten die angolanischen Soldaten einen Gang höher. Um mit den Klunkern aus Angola zu entkommen, verschluckten die Bana Lunda die Steine, versteckten sie im Anus. Solange sie sie in ihrem Bauch trugen, nahmen sie nichts zu sich außer Wasser und Bier. Sie entleerten ihren Darm erst, wenn sie wieder in Zaire waren. Nachdem ihre Suche nach den Klunkern ergebnislos geblieben war, zwangen die Soldaten Molakisi und seine Freunde dazu, eine riesige Menge Reis zu essen. Die Schürfer leisteten Widerstand. Mit dem Gewehr an der Schläfe schlangen sie das Essen dann doch hinunter. Molakisis Kollegen kämpften gegen ihre Mägen an, um ihren Schicksalsgefährten zu decken. Nach drei Tagen mussten sie schließlich austreten. Die Soldaten stürzten sich auf die Scheiße und durchwühlten sie, ohne den kleinsten Klunker zu finden. Mithilfe eines Gebräus improvisierten sie eine Darmspülung. Die beiden Jungs hatten noch weicheren Stuhlgang. Keine Spur von Diamanten. Einer der Soldaten drückte Molakisi erneut sein Gewehr an die Schläfe und zwang ihn, etwas zu essen und zu trinken. Molakisi leistete Folge, doch nach acht Tagen hatte der Junge sich noch immer nicht erleichtert. Die Soldaten ließen seine beiden Kollegen laufen, um sie nicht weiter durchfüttern zu müssen. Molakisi blieb allein mit seinen Diamanten im Bauch. Sich zu erleichtern kam für ihn nicht in Frage. All die Jahre, die er auf Zugdächern gelebt hatte. All die Jahre, die er auf den Straßen von Kinshasa gelebt hatte. All die erlittenen Misshandlungen. Eine lange Zeit der Ungewissheit. Und nun endlich Hoffnung.

»Kack endlich, dann lassen wir dich gehen«, bettelte der zahnlose Soldat.

Molakisis Magen krampfte. Seine Eingeweide schäumten. Er pfiff aus dem letzten Loch, war kurz davor, sich zu entleeren, aber wenn er sich ausmalte, was er machen würde, falls er mit der Kohle auf die andere Seite gelangte, kam er wieder zu Kräften, und sein Bedürfnis, sich zu erleichtern, ließ nach. Er hatte vor, alle Leute mit seinem Geld zu demütigen, die ihn als Ganove und Sohn einer Zofe bezeichnet hatten; um ihnen zu zeigen, dass der Ganove (und Sohn einer Zofe) keine hohle Nuss war; um ihnen zu zeigen, dass der Ganove kein Möchtegern war, dass der Ganove trotz seines löchrigen Französisch und seiner auf halbem Wege abgebrochenen Schullaufbahn wusste, wie man es zu Diamanten und Dollars brachte. Er hatte vor, seinen Feinden von damals und frischeren Datums so lange zu essen und zu trinken zu spendieren, bis sie sich erbrachen und eingestanden, dass sie ihm unrecht getan hatten. Er hatte vor, in den Straßen von Kinshasa mit dem Geld zu spielen, das Geld zu demütigen, es auszugeben, es zu domestizieren, es zu diskreditieren, es durch den Schmutz zu ziehen, es herabzusetzen, es zu verschwenden, es zu entwerten, es zu verachten, es zu waschen, es zu bestechen, es in Verruf zu bringen, es aus dem Fenster zu werfen und aus der Tür, es mit Sex und Alkohol zugrunde zu richten, es in ein noch lukrativeres Geschäft zu pumpen, um dann den erstbesten Air-Zaïre-Flug nach Katanga zu nehmen und im Mambo de la fête abzusteigen, über die Gäste (männlichen Geschlechts) und die Gaffer zu herrschen, über den Barmann und seine immer schlecht gelaunten Kinder, über die Kellnerinnen und über die Türsteher, über die vom Klebstoff völlig weggetretenen Musiker, über die Ex-Reichen und die Neureichen und über die Weißen, uneingeschränkt über die Aushilfskellnerinnen zu herrschen, über die jungen und über die nicht mehr ganz so jungen, und noch in derselben Woche eine Razzia bei Gianni l'Italien durchzuführen und den Gästen männlichen und weiblichen Geschlechts mehrere Runden Essen und Champagner auszugeben.

Doch dann, verloren in Träumereien, gab sein Körper nach. Die angolanischen Soldaten stürzten sich, überwältigt vor grausamem Glück, auf seine Ausscheidungen.

45

Herr Baumgartner, gefällt es Ihnen in Zaire?

Vor dem Mambo absolute Ekstase. Die Gäste – männlichen und weiblichen Geschlechts – in Pelzmänteln, Anzug und Krawatte, Hochzeitskleidern, Dreiviertelhosen, Gehröcken … Drinnen die überhitzte Meute, die zum zweiten Mal *Sacramento* von Tabu Ley forderte. Was nur sehr selten vorkam. Die Stammkundschaft im Mambo war eigentlich verrückt nach Neuheiten, Provisorien und Vergänglichem. Die Bierzischer hatten sich nach der zweiten Nacht an meine Anwesenheit gewöhnt. Mittlerweile gehörte ich zur Einrichtung. Niemand sprach mit mir. Einige Neueinsteiger schienen sich allerdings zu wundern, in diesem gottverlassenen Nest einem Weißen mit Koffer zu begegnen, bis auch sie sich an mich gewöhnten. Die neuen Gäste des Mambo soffen ihr Bier und betrachteten mich argwöhnisch, redeten auf Swahili und Lingala über mich und brachen in Gelächter aus. Mehr als einmal hatte ich mich bei Magellan und Leandro erkundigt, was hinter meinem Rücken geredet wurde, sie hatten bloß mit den Schultern gezuckt:

»Sie sagen, dass du ihnen bekannt vorkommst.«

Ich war mir sicher, dass sie sich über mich lustig machten. Wie schon in Angola, orderte mir die Mehrheit unaufgefordert ein Bier, auch wenn ich die Einladung ablehnte – nein danke, ich habe genug. Manchmal entstand ein Wettstreit, wer mir die meisten Biere ausgab. Manche fotografierten mich nach anfänglicher Scheu ohne meine Zustimmung, und wenn ich mich beschwerte, rannten sie zu Magellan, Leandro oder den Söhnen des Barmannes – »Was stellt er sich so an? Ist doch bloß ein Foto, und gleich mault er« – oder zu den älteren Bierzischern des Mambo de la fête. Eines Abends, als wir gerade in meinem Zimmer im Vaudeville de l'Amour zugange waren, lüftete die Glucke das Geheimnis:

»Du lenkst uns ab. Du gehst nie zum Friseur; schau dich doch an; du bist der einzige Europäer im Mambo, die anderen bleiben im Stadtzentrum, im Warmen, unter ihresgleichen.«

»Guten Abend, Freunde!«

Als ich von der Toilette kam, entdeckte ich im Hinterzimmer, wo die Musiker in der Pause zwischen zwei Konzerten ihren Durst stillten, ihr Steak aßen oder ihre Instrumente stimmten, Magellan, den Weißen, Monsieur Guillaumes Frau, den Verrückten mit der Perücke, Ngungi, Mimi die Glucke in einem langen Seidenkleid, drei Individuen, die ich noch nie gesehen hatte, und, unter dem Tisch liegend, Monstre, der an einem riesigen Plüschbären knabberte. Wenn Leute, die nichts gemeinsam haben – außer vielleicht den Klebstoff, das Bier und die Zigaretten –, sich versammeln, hecken sie etwas aus. Ohne Zögern gesellte ich mich zu ihnen. Mein plötzliches Auftauchen schien ihnen unangenehm zu sein. Sobald ich mich setzte, wechselten sie die Sprache.

»Suchen Sie jemanden?«, fragte Ngungi. Der Weiße musterte mich spöttisch, obwohl er mindestens zehn Jahre jünger war als ich:

»Wenn Erwachsene reden, halten Kinder die Klappe.«

Was Monsieur Guillaumes Frau angeht, die ich noch nie getroffen hatte, konnte ich mir nicht erklären, woher sie meinen Familiennamen kannte und wo sie gelernt hatte, ihn mit solcher Anmut auszusprechen:

»Herr Baumgartner, gefällt es Ihnen in Zaire?«

Der Besitzer des Mambo spielte *Youyou Aleli Veka* von Wendo, eines der melancholischsten Rumba-Stücke überhaupt. Die in hohen Tonlagen heisere Stimme des Sängers fegte über die Wände.

Der Weiße hakte nach:

»Franziskus, die Erwachsenen wollen sich unterhalten!«

Ich stellte mich taub. Ngungi pflichtete seinem Kumpel bei:

»Haben Sie gehört, was er gesagt hat?«

Der Weiße, um mir den Garaus zu machen:

»Wir wollen ein wenig Intimität. Ihr stört uns. Merkt ihr das nicht? Du tust mir leid ...«

Ich wollte nicht klein beigeben:

»Pass auf, was du sagst.«

Der Weiße wurde wütend:

»Das hier ist Ngungi, der mächtigste Mann der Provinz. Er kann dich für Jahrhunderte einkleiden und durchfüttern.«

Endlich mischte sich Magellan ein, um Streit zu schlichten:

»Franziskus, willst du nicht tanzen gehen? Wir sind bald fertig.«

Beim Gehen traf mich Ngungis Blick, er zeigte mir den Mittelfinger.

»Er hätte doch bei uns sitzen bleiben können, er versteht doch ohnehin kein Wort Swahili«, bedauerte Monsieur Guillaumes Frau, als ich mich entfernte.

Magellan stimmte ihr traurig zu – er und Mimi die Glucke waren die Personen am Tisch, die mich am besten kannten. Ich hätte nie gedacht, dass er solchen Unsinn erzählen könnte:

»Ich mache mir wirklich Sorgen um diesen Jungen. Es würde mich nicht wundern, wenn er Depressionen hat. Mal erzählt er, dass er einen Roman über Tshiamuena schreibt, eine zweihundertjährige Frau, die er in Angola kennengelernt haben will, mal behauptet er, dass er über die Katanga-Gendarmen recherchiert, und zwar seit Jahren! Wenn ihr mich fragt, es ist nicht leicht für ihn, als weißer Autor über Afrika zu schreiben und in seinem Roman zudem nicht nur eine, sondern viele schwarze Hauptfiguren auftreten zu lassen. Das ist, wie durch einen Teich aus Klischees zu waten. Zu allem Überfluss ist er kein Schriftsteller wie Handke oder Musil – die schrittweise und über die Poesie zum Schreiben gekommen sind. Franz ist zufällig Schriftsteller geworden, und schon bei seinem ersten Roman entgleiten ihm die Figuren …«

Magellans Bemerkung inspirierte alle sehr. Das ist an sich nichts Ungewöhnliches. Wenn Leute bei einer Rumba vor einer Landschaft aus leeren Flaschen zusammensitzen und Bier zischen, lösen sich ihre Zungen. Alle hatten etwas beizusteuern.

»Er scheint sympathisch zu sein, dieser Junge, aber er spielt mit dem Feuer. Hat man das Recht, Figuren zu schaffen, die nicht denselben Erfahrungshintergrund haben wie man selbst? Die Versklavung, die Kolonisation …«

»Er ist ein Schriftsteller, er schreibt Fiktion.«

»Wir sind hier immerhin in Zaire!«

»Solange er mich auf ein Bier einlädt, kann er schreiben, was er will.«

»Er ist nur in Zaire, um Bier zu zischen, glaubt ihm kein Wort.«

»Mimi die Glucke, Bier könnte er auch in seinem eigenen Land zischen.«

»Man kann es nicht allen recht machen! Franz ist ein Schriftsteller.«

»Diese Sache mit der zweihundertjährigen Frau, das hat er sich doch ausgedacht.«

»Wenn es schon für afrikanische Schriftsteller schwierig ist, unerfreuliche Texte über Afrika zu schreiben, ohne beschuldigt zu werden, das Klischee eines dahinsiechenden Kontinents zu bedienen, ist es umso schwieriger für einen Weißen, der zudem noch über die Katanga-Gendarmen schreiben will ...«

»Nein, über die Zweihundertjährige.«

»Du widersprichst dir selbst. Er ist Europäer, er kann schreiben, worüber er möchte ...«

»Und über welche Art Menschen? Ihr mit euren Vorstrafenregistern, ihr wiegt um einiges schwerer als Romanfiguren, ich will mir gar nicht vorstellen, wie es brodelt in seinem Kopf.«

»Ein erster Roman mit afrikanischen Hauptfiguren, zumal zairischen ...«

»Dieser Typ war doch immer schon depressiv. Haben Sie gesehen, wie er sein Gesicht verzieht, Mimi die Glucke?«

»Ihr seid doch bloß neidisch!«

Erst später sollte ich lernen, dass die Zairer alles stehen und liegen lassen und die Ohren spitzen, wenn es um Zaire geht. »Wie bei Conrad?«, hatte Magellan gefragt, als ich ihm von meinem Vorhaben erzählte. Mimi die Glucke hatte mich in der ganzen Stadt herumgeführt. Sie wollte mir die guten Seiten der Provinz zeigen, damit ich kein einseitiges Bild von Lubumbashi zeichnete. Und so waren wir bei Gianni l'Italien gewesen, hatten Spaziergänge am Seeufer gemacht, den Zoologischen Garten besucht und Affen, Krokodile und einen Löwen gesehen. Zum wiederholten Mal versuchte die Glucke, meine Kreuzigung zu verhindern:

»Was soll diese Orgie? Wir werden nicht zehn Jahre unseres Lebens darauf verwenden, über diesen Jungen zu reden. Wenn es euch stört, dass er afrikanische Hauptfiguren in seinem Roman hat, dann schreibt doch selbst einen mit Europäern.«

MAGELLAN *(der wie immer nicht nachgeben wollte)*: Glucke, du kannst nicht von uns verlangen, einen Roman zu schreiben, wenn wir keine Lust darauf haben!

MONSIEUR GUILLAUMES FRAU: Die Glucke hat recht, ihr übertreibt!

DER BESITZER DES MAMBO: Wir sind in Zaire, wir können über alles reden, oder etwa nicht? Wenn es nach dir ginge, Glucke, wäre Franziskus also ein Tabuthema.

Monstre begann, seinen Plüschbären anzubellen.

MONSIEUR GUILLAUMES FRAU: Sie müssten jeden Moment hier sein!

Ngungi sagte nichts. Immer wenn er schwieg, führte er etwas im Schilde. Beiläufig legte er benutzte Nadeln auf den Tisch.

NGUNGI: Monsieur Guillaume steche ich wie eine Biene.

MONSIEUR GUILLAUMES FRAU: Er hat immer eine Waffe bei sich, und das weißt du. Darum sollen sich Magellan, die Glucke und die anderen kümmern.

DER WEISSE *(wie immer seinem Chef beipflichtend)*: Das ist wie beim Stierkampf, jeder ist mal an der Reihe, wir werden ihn euch nicht komplett überlassen.

MAGELLAN: Ich hoffe, dass Sanza uns nicht noch einmal hängenlässt. Dem steckt der Verrat ihm Blut.

NGUNGI: Wenn er uns ausbootet, ist er erledigt.

DER BESITZER DES MAMBO: Ich gehe auf meinen Posten. Wenn sie kommen, schalte ich das Licht aus, und ihr wisst, was zu tun ist.

Sanza weinte. Krokodilstränen.

»Monsieur Guillaume, wir müssen etwas unternehmen, so geht es nicht weiter. Bestimmt sitzen sie gerade alle im Mambo und zischen Bier. Wenn wir nicht hingehen, haben wir schon aufgegeben.«

Monsieur Guillaume raste durch die helldunklen Straßen von Lubumbashi. Die raue Stimme des Sängers Wendo tänzelte durch den Wagen.

»Es bringt doch nichts, da vorbeizuschauen. Das ist die Grundlage der Geheimdienstarbeit. Man darf nichts überstürzen.«

Sie fuhren gut zwanzig Minuten weiter, bevor er (plötzlich) beschloss, Sanza vor der Post abzusetzen.

»Gehen wir ins République?«, fragte der junge Mann mit letzter Hoffnung.

Bevor er die Tür zuzog, warf Monsieur Guillaume ihm noch einen letzten verächtlichen Blick zu.

Sanza wusste nicht weiter. Ihm fehlten die Ideen. Sollte er vor der Post stehenbleiben oder in die Vorstadt laufen und dem Mord an Monsieur Guillaume beiwohnen? Nach einigem Zögern brach er zum Mambo de la fête auf. Er hatte keine Kohle für ein Taxi. Er rannte los. Vor dem Lokal tranken dieselben Gäste in denselben Klamotten dasselbe Bier wie immer und machten Fotos. Er betrat die Bar mit dem Elan und der Ernsthaftigkeit eines professionellen Trinkers, der nach einem fünfzehnten Bier verlangt und nicht lockerlässt, sein Geld in die Luft streckt und dem Barmann mit einem Aufstand droht, wenn er ihm nicht sein verdammtes Wässerchen verkauft, die Gäste (jeglichen Geschlechts) verunglimpft und unangemessene Bemerkungen macht, um die Aufmerksamkeit auf sich zu ziehen. Sanza schrie fast:

»Habt ihr ihn gekriegt? Habt ihr diesen idiotischen Monsieur Guillaume gekriegt?«

Er jubilierte, explodierte fast. Für Ngungi bestand kein Zweifel, dass dieser Typ wieder alle getäuscht hatte. Nachdem ihm Franziskus und Magellan und vor allem Singa Boumbou entwischt waren, musste Monsieur Guillaume früher oder später im Mambo auftauchen, um sich zur Strafe die ganze Versammlung oder zumindest ein paar Leute zu schnappen. Nach einigen Jahren enger und loyaler Zusammenarbeit kannte Ngungi seinen Mann. Wenn eine Operation fehlgeschlagen war oder er nachts kein Auge zubekam, musste sich Monsieur Guillaume anderswo Erleichterung verschaffen.

»Du denkst wohl, wir wären deine Eltern!«

Der Weiße stürzte sich, bewaffnet mit einem Bügeleisen, auf Sanza. Der rannte zum Ausgang. Alle, sogar Ngungi, beschuldigten ihn, zu voreilig gewesen zu sein.

46

Wiedersehen mit Ngungi, Ngungi dem Ölmagnaten

Die Straßenkinder kleideten sich wie Clowns. Sie zogen alles an, was sie in die Finger bekamen, ohne Rücksicht auf Größe, Weite und Zustand des Stoffs, Hauptsache, man konnte es anziehen. Sanza schlief tief und fest, in ein Kollarhemd (mit römischem Kragen) gekleidet, seine kleinen Hände in Boxhandschuhen vergraben, als Ngungi ihn aufweckte:

»Schon gehört, was mit Monsieur Guillaume passiert ist?«

Sanza sah ihn ratlos an. Es war das erste Mal seit seiner Rückkehr, dass Ngungi nett zu ihm war.

»Keine Ahnung.«

»Die Leiche von dem Kerl wurde gestern Nacht gefunden. Angeblich hat er Selbstmord begangen, aber ich glaube das nicht. Einer wie Monsieur Guillaume soll sich das Leben nehmen?«

»Hast du heute Abend noch was vor?«

»Deshalb schlafe ich ja. Du siehst doch, dass die Stadt wie leergefegt ist, es gibt nichts zu klauen ...«

In den letzten zwei oder drei Monaten war die Stadt in eine unbeschreibliche Melancholie versunken. Während sich die Rebellen der Alliance des Forces Démocratiques pour la Libération du Congo Lubumbashi näherten, blockierten und reduzierten die Geschäftsleute den Verkauf ihrer Produkte. Das Maismehl, ein Grundnahrungsmittel, wurde aus Sambia importiert, das seine Grenzen geschlossen hatte. Mobutus Armee schwor in unsinnigen Kommuniqués im Radio und im Fernsehen, die Stadt bis zum Tod zu verteidigen. Auf dem Boulevard Lumumba, der Avenue de la Révolution und im Mambo de la fête kursierten Gerüchte, dass die Soldaten ihren Sold und eine Aufmunterungsprämie erhalten hatten. Wenn das stimmte, gab es allen Grund zur Annahme, dass sie bis zum bitteren Ende kämpfen würden. Mobutus Soldaten waren mit schwerem Geschütz auf den Straßen unterwegs, um die Bevölkerung zu beruhigen. Die Weißen verließen die Stadt. Gefolgt von den Baronen des Systems. Daher gingen die Einwohner davon aus, dass die Kämpfe mehrere Tage anhalten würden und dass es klug wäre, Lebensmittel zu horten. Als die Rebellen auf die Stadt zumarschierten, kam es zu einer Art allgemeinen Panik. Die Erinnerungen an frühere Kriege, deren Höhepunkt die Landung der französischen Fremdenlegion in Kolwezi und die flächendeckenden Plünderungen der neunziger Jahre waren, drängten zurück ins kollektive Gedächtnis. Genau in diesem Moment wurden die Händler und andere Liebhaber des leicht verdienten Geldes aktiv. Blind erhöhten sie die Preise ihrer Waren. Und die Menschen kauften einfach alles und zu jedem Preis, wie Automaten, wie in einem Fieberwahn, nicht nur Lebensmittel, sondern auch Möbel, Haushaltsgeräte, Kinderwagen, Bücher, Lampen … Was haben wir gelacht, als der Pöbel mit Proviant und anderem Gerümpel beladen durch die Gegend rannte.

»Komm, wir gehen zum Marché Central!«

»Ich dachte, du gehst nicht mehr zum Markt«, antwortete Sanza mit abwesendem Blick, wahrscheinlich hatte der Klebstoff ihm die Birne zerfressen. Als hätte es nie eine Feindschaft zwischen ihnen gegeben, begannen sie, sich über alles und nichts zu unterhalten. Dem Weißen brach es das Herz, als er sah, dass die beiden Pappnasen wieder anbändelten. Er fühlte sich von Ngungi verraten. Nicht mehr und nicht weniger. Am Morgen noch hatte er Sanza bis in die sechste Generation beschimpft und jedem, der es hören oder nicht hören wollte, Schwachsinn über ihn erzählt, und jetzt stand er hier und knüpfte wieder Freundschaft mit dem Kerl, den er beschuldigte, seinen Bruder ans Messer geliefert zu haben. Der Weiße versuchte, seine Unzufriedenheit zu verbergen:

»Ich komme mit!«

»Nein!«, antworteten beide wie aus einem Munde und brachen in irres Gelächter aus.

Der Weiße folgte ihnen trotzdem. Ngungi zog Handschuhe an und warnte ihn, dass er besser blieb, wo er war.

Schließlich standen die Rebellen vor den Toren Lubumbashis. Man konnte sogar Kanonenkugeln hören. Das Stadtzentrum und selbst Kamalondo, wo die Menschenmassen nie versiegen, gingen in Deckung. Man hätte dort nackt herumlaufen können, ohne dass es ein Problem gewesen wäre. Nur Panzer und sonstige Armeefahrzeuge rasten ständig zwischen dem Schlachtfeld und der Stadt hin und her. Die Zeit stand beinahe still. Wir hatten solche Angst, dass wir beschlossen, uns auf dem Friedhof zu verkriechen. Wie früher: Wenn der Präsident zu Besuch in der Provinz war und die Stadt vom Abfall befreit werden musste, war der Friedhof ein idealer Ort, um Entführungen zu vermeiden.

Streng genommen kam es nicht zum Kampf. Nach ein paar Stunden Schießerei rissen die Rebellen die letzten Schranken nieder. Ein Jubel, wie ich ihn noch nie gesehen habe. Die Einwohner kamen aus ihren Verstecken und beglückwünschten sich gegenseitig, als wären sie selbst es gewesen, die Mobutus Armee geschlagen hatten. Im Mambo de la fête wurde sieben Tage lang ohne Unterbrechung der Tanz der Teufel getanzt: ein Fuß nach links, ein Fuß nach rechts, dabei mit dem Po kreisen, ein Grinsen im Gesicht, die Arme ausgestreckt und die Hände geöffnet, als würde man Geld in die Luft werfen. Alle waren glücklich und wollten ihr Glück teilen. Vor der Post lächelten uns plötzlich Spinner an, die uns nie zuvor eines Blickes gewürdigt oder mit uns geredet hatten. Sie rannten auf uns zu, um uns zu begrüßen, umarmten uns und bejubelten die Befreier.

Die Rebellion bestand zum Teil aus Kindersoldaten, und auf sie waren wir neidisch! Diese Knirpse hatten gerade eine zweiunddreißig Jahre alte Diktatur gestürzt, während wir eine ruhige Kugel schoben und den Tag damit verbrachten, Klebstoff zu schnüffeln und Passanten zu bestechen. Die minderjährigen Rebellen wurden liebevoll »Kadogo« oder »kleine Lieblinge« genannt und entstammten meiner Generation, einige waren sogar noch jünger. Sie liefen im Gänsemarsch durch die Straßen, gebeugt unter dem Gewicht der Waffen, in einem Kampfanzug, der viel zu groß für ihre schmächtigen Körper war, in Gummistiefeln, mit entrücktem Blick – wie jemand, der Klebstoff geschnüffelt hat, ohne etwas zu essen. Die Einwohner begleiteten sie mit Pfiffen, Jubelrufen, Liedern, Gehupe, Gebeten … Sie boten ihnen Zigaretten, Fusel und Proviant an, aber die Rebellen lehnten das Angebot höflich ab. Sie kümmerten sich nicht darum, was die Leute taten. Sie waren erstaunlich diszipliniert. Sie tranken nicht einen Tropfen Alkohol. Sie wollten zeigen, dass sie anders waren als die vorherige Armee, die für ihre Schikanen bekannt war. Die Jugendlichen aus der Vorstadt, die mit Actionfilmen groß geworden waren, stürmten die verlassenen Polizeistationen und Militärlager und alles, wo Mobutus Soldaten stationiert gewesen waren, und plünderten Kleidung und Munition. Sie schossen mit Maschinengewehren in die Luft. In den folgenden Tagen verzichteten die Leute auf Provokationen jeder Art, um keinen Guerillakrieg auszulösen. Sobald jemand von einem anderen zurechtgewiesen wurde, rannte er in sein Haus und kam mit einem Revolver wieder heraus. Die Leute tauschten Panzerfäuste gegen Granaten; das kleinkriminelle Milieu wurde bereits von Uzis und Kalaschnikows überschwemmt. Die Leute lagerten ihre Artillerie unterm Bett. Wer sich fleißig bedient hatte, grub in seinem Wohnzimmer, in seinem Schlafzimmer oder seinem Garten riesige Löcher, um die sorgfältig in Kisten verpackte Munition zu verstecken. Dieser Schwebezustand spielte den Mutigsten in die Hände, den Weltmeistern im Schmuggeln und den Liebhabern des schnellen Geldes. Jedes Mal, wenn die Befreiungsarmee eine Stadt belagerte, leerten sich die Gefängnisse. Keiner wusste mehr, wer Gefangener war und wer nicht, da die Gerichte und Polizeistationen häufig zerstört wurden. Die Kriminellen schlugen sich in die Büsche. Und machten sich sofort wieder an die Arbeit. Die Weichen waren gestellt für die Gefährdung von Mensch und Eigentum. Waffen gingen weg wie warme Semmeln, während die neue Regierung noch ganz am Anfang stand und im Zeitlupentempo vorankam. Um Ordnung ins Chaos zu bringen, agierte die neue Armee aus dem Stegreif. Straftaten wurden mit der Peitsche geahndet. Selbst Lappalien. Auf der Grand-Place konnte man beobachten, wie junge Soldaten, gerade der Pubertät entwachsen, einen Fünfundvierzigjährigen auspeitschten, weil er vergessen hatte, eine Rechnung zu bezahlen. Für ein paar Monate sank die Zahl der Diebstähle und sonstiger Gewalttaten drastisch. Aber die Einwohner, darunter auch die Ganoven von gestern, hatten Munition gehortet und nahmen schon bald ihren Lieblingssport wieder auf. Die Kindersoldaten, die zum Teil aus den entlegensten Ecken des Landes stammten und nicht die leiseste Ahnung hatten, was sie mit ihrem Monatsgehalt anfangen sollten, entdeckten in der Zwischenzeit Sex, Klebstoff und Bier für sich. Sie bezeichneten uns als Nichtsnutze und Schurken und waren schnell mit der Waffe zur Hand. Berauscht von Geld und Macht, zogen sie von Tür zu Tür und suchten nach heiratsfähigen Mädchen. Ihnen entging nichts. Sie waren überall. Im Mambo de la fête hüpften sie mit dem Gewehr am Schulterriemen auf der Tanzfläche herum und exekutierten wie alle den Tanz der Teufel. Die Kindersoldaten traten im Reifenschlagen gegeneinander an, spielten Fußball und bastelten Drachen. Sie vergaßen, dass sie schon lange keine Kinder mehr waren. Während wir, die sogenannten Straßenkinder, mit anderen Kindern nichts zu tun hatten und unsere Nasen nicht in ihre Angelegenheiten steckten, es sei denn, es sprang Geld dabei heraus.

Es kam, wie wir befürchtet hatten. Sie befahlen uns, unsere Sachen zu packen und den Platz vor der Post zu räumen. Ganz klar, eine Provokation. Die Post gehörte mir. Sie gehörte Ngungi. Sie war unser Privateigentum! Und da kamen diese Spinner aus wer weiß welchem Busch und forderten uns auf, zu unseren Familien zurückzukehren.

Wir waren keine Kinder mehr, wenn sie auch das Gegenteil behaupteten. Kinder wissen nicht, was es heißt, auf der Straße zu leben. Der Klebstoff, die Prügeleien, der nächtliche Regen …

Ein Kind lebt bei seinen Eltern. Es ist nachts zu Hause. Tu dies, es tut dies, tu das, es tut das. Geh Wasser schöpfen, es rennt los, um Wasser zu schöpfen. Wir aber waren auf uns selbst gestellt. Wir aßen und tranken unseren Mangosaft im Schweiße unseres Angesichts. Wir verdienten unseren Lebensunterhalt mit Diebstählen, Betteln, Betrügereien, dem Straßenhandel mit Plastiktüten und Zigaretten, als Schuhputzer, mit kleinen Renovierungs- und Gärtnerarbeiten bei Herrn und Frau Sowieso. Wir lebten von der Hand in den Mund. Und schon seit langer Zeit bekämpften und widerstanden wir den Dämonen der Nacht. Unter dem Vorwand, Ordnung zu schaffen, raubten uns die Soldaten unsere kläglichen Einnahmen; Okkultisten und sonstige Besitzer von geldspeienden Kreaturen jagten uns, wenn ihre Tiere nach Blutopfern verlangten. Sie alle träumten davon, mit dem Weißen ins Geschäft zu kommen, weil er ein Mensch mit angeborenem Albinismus war. Wir waren erwachsen, in jeder Hinsicht. Wir waren Herren, unsere eigenen Herren. Unsere eigenen Untergangspropheten.

»Sanza, mach nicht so ein Gesicht, wir können uns jederzeit einziehen lassen«, schlug Ngungi vor, die Augen glasig vom Klebstoff.

Die Antrittsrede der neuen Regierung begeistere den Pöbel. Studenten, Schüler, Beamte, Arbeitslose, Vagabunden, die gesamte Bevölkerung männlichen Geschlechts verpflichtete sich, um die Reihen der Armee zu füllen, da das aufgeriebene Heer von Mobutu sich im Exil befand oder sich in die Büsche geschlagen hatte. Die Kaserne des 30. Juni war von morgens bis abends überlaufen. Nach der Registrierung wurden die neuen Rekruten auf schnellstem Weg auf den Militärstützpunkt Kamina oder sonst wohin verfrachtet, von wo aus sie nach nur wenigen Monaten in grünen Uniformen und mit Gewehren bewaffnet zurückkehrten. Ein attraktives Angebot. Ganz besonders für diejenigen, die nichts Besseres vorhatten.

»Nein, Ngungi.«

»Wir bekommen Gewehre.«

»Nein …«

»Sanza, mach mal die Augen zu …«

»Warum?«

»Mach zuerst deine Augen zu.«

»Okay, bitteschön.«

Ngungi, mit rauer Stimme:

»Stell dir vor, du trägst eine grüne Uniform. Stiefel … ein rotes Barett, ja, ein rotes Barett. Und ein Gewehr. Reizt dich das nicht? Und dann erst das Geld, die Dollars …«

47

Wenn Sanza, dieses Pickelgesicht, etwas nicht mag, posaunt er es gleich heraus

Zu jener Zeit hatten Beerdigungen den Vorteil, sich in die Länge zu ziehen. Niemand wurde auf die Schnelle unter die Erde gebracht, vor allem nicht, wenn er Geld hatte. Alle Verstorbenen wurde langsam und würdig verabschiedet, ungeachtet ihrer Treuebrüche. Um die sechzig Personen fanden sich regelmäßig zu Totenwachen für Molakisi zusammen. Die Leute kamen am frühen Abend. Man servierte ihnen einen Imbiss, einen Kaffee und sorgte dafür, dass das Feuer in den Feuerschalen die ganze Nacht brannte. Im Hof stand ein Zelt, in dem man sich bei Regen unterstellen konnte. Die Männer schliefen draußen. Die Frauen im Haus. Es war ausgeräumt worden, um Platz zu schaffen. Morgens gingen sie nach Hause, um zu duschen und in die Stadt zur Arbeit zu hasten.

Tata Mobokoli hatte nicht die Mittel, für seinen verstorbenen Sohn eine anständige Beerdigung auszurichten. Einen Monat zuvor hatte er seine Endabrechnung erhalten. Molakisis Vater hatte das ganze Leben lang dafür gekämpft, etwas zu werden, was mein Vater nie sein wollte: nämlich Lagerverwalter. Mein Vater hatte zwanzig Jahre lang für die Union Minière geschuftet. Im Laufe der Zeit hatte er alle Karrierestufen erklommen, bis zum Posten des Lagerverwalters, den er nach drei Wochen zum großen Missfallen seiner Kollegen wieder aufgab. Die Arbeit in der Gießerei lag ihm so sehr am Herzen, dass er sich nichts anderes vorstellen konnte.

»Kupfer macht mich glücklich. Es heilt mich. Nichts auf der Welt ist schöner als Kupfer, das zu Barren gegossen wird«, seufzte er.

Die Trauerzeit für Molakisi wurde um zwei Wochen verlängert. Die Familie wollte ihr Kind unbedingt den Traditionen entsprechend unter die Erde bringen. Ohne die Leiche gestaltete sich das schwierig. Den Gerüchten zufolge, die Lubumbashi erreichten, war Molakisi nach einem Erdrutsch tot aufgefunden und seine Leiche noch am selben Tag beigesetzt worden. In den Minen von Angola waren damals Arbeitskräfte heiß begehrt. Geld ebenso. Wenn jemand starb, beerdigte man ihn so schnell wie möglich. Die Diamantensuche musste weitergehen. In Molakisis Fall bereitete der Abtransport der Leiche Schwierigkeiten. Angola befand sich mitten im Bürgerkrieg. Der Vater verzichtete darauf, die Leiche heimzuholen, als er hörte, dass Molakisi schon unter der Erde war. Er bat die Freunde des Verstorbenen eindringlich, die Leiche auszugraben und der Familie seine Nägel und Haare zu schicken. Was normalerweise ausreichte, damit das Kind in der Erde seiner Vorfahren ruhte. Wir verbrachten Tage und Nächte damit, auf seine sterblichen Überreste zu warten. Schließlich beerdigten wir einen leeren Sarg.

Ich schaute bei der Post vorbei. Das Gebäude steht noch. Hässlich wie eh und je. Was hatte der Architekt – dem Anschein nach heiter und bei bester Gesundheit, frei von Mikroben – sich bloß dabei gedacht, als er uns diese Katastrophe mitten in die Stadt stellte? Mir schien das Gebäude noch hässlicher als zuvor.

Mit dem Alter lernt man manches zu schätzen, nicht aber das Postgebäude. Ich wunderte mich, wie ich diese Hässlichkeit überhaupt die ganze Zeit ertragen hatte. Mein Herz war schwer. Der Vorplatz war wie leergefegt. Das Gebäude in den Farben der neuen Republik gestrichen. Was es noch schlimmer machte. Man hatte die Beschriftung von *Nationalpost von Zaire* in *Kongolesische Nationalpost* geändert, in Gelb und Dunkelblau, schrecklich. Alle Straßenkinder, die ich traf, waren zwischenzeitlich irgendwo untergekommen. Die Hälfte war zur Armee gegangen, die anderen waren zu entfernten Verwandten gezogen oder in Züge. Überall auf den Straßen war das Ende des Regimes spürbar. Die ganze Stadt war sauber. Das nervte mich am meisten. Die Stadt, die ich gekannt hatte, schien wie aus einer anderen Welt. Ich war ein Tourist in meiner eigenen Stadt.

Ich ging auf den Boulevard Lumumba, um Dampf abzulassen. Auf dieser Hauptverkehrsstraße hatte ich stets meine Freizeit verbracht. Immer passierten dort unglaubliche Dinge. Schlägereien. Autopannen. Plötzliche Massenpaniken ohne jeden Anlass – die Leute gingen ruhig ihrem Tagewerk nach, plötzlich rannten sie kreuz und quer, dann lag der Boulevard für eine Viertelstunde wie ausgestorben da, bevor er sich genauso plötzlich wieder füllte, als ob nichts gewesen wäre, sodass man sich fragte, ob die Leute sich nicht einen Scherz mit uns erlaubt hatten. Betrunkene Soldaten, die in die Luft schossen. Wir nutzten das Chaos und sammelten Geld und anderen Kram auf, der in der Eile verlorengegangen war.

Als ich die Straße überquerte, entdeckte ich einen Trauerzug auf dem Rückweg von einer Beerdigung. Der Leichenwagen wurde von schwitzenden jungen und weniger jungen Leuten eskortiert, die für den Verstorbenen sangen und tanzten. Die Atmosphäre gefiel mir. Unter den verschiedenen Tänzen auch der Tanz der Teufel. Der Tanz der Teufel fehlte mir, auch wenn ich im Mambo nicht immer tanzte, um nicht vulgär zu wirken. Ich hatte die Tanzschritte schon seit einer Ewigkeit nicht mehr probiert. Ich rannte hin und mischte mich unter die Menge. Niemand fragte mich, wer ich sei. Die trauernde Familie hatte einen guten Stand. Wer weiß schon, was in diesen riesigen Häusern passierte. Vielleicht hatten sie eine Gelddruckmaschine, oder sogar eine Schlange. Das Bier floss in Strömen. Große Töpfe voller Reis, Ziegenfleisch und Gemüse standen auf dem Herd, als wir das Haus des Verstorbenen erreichten. Im Laufe der Nacht gab es dreimal Tee, Kaffee und Kekse. Am nächsten Tag ging die Hälfte der Gäste. Ich blieb da, ohne etwas zu tun. Der Sohn des Verstorbenen sprach mich an:

»Ich kenne dich nicht.«

»Doch, doch. Mein Vater hat auch bei der Union Minière gearbeitet. Er kannte deinen …«

Alle Menschen in Lubumbashi sind auf die eine oder andere Weise mit der Union Minière verbunden. Ein Onkel, ein Cousin, ein Neffe arbeitete dort, wenn man nicht selbst auf einer der Schulen des Unternehmens gewesen war oder in seinen Krankenhäusern gelegen hatte.

Ich sammelte alle Flaschen auf und fegte einen Teil des Hofs. Die Erwachsenen waren überrascht von meinem Verantwortungsbewusstsein, während die anderen jungen und weniger jungen Leute – Straßenkinder und andere Zaungäste, die sich dem Trauerzug angeschlossen hatten und vorgaben, den Verstorbenen gekannt zu haben – in der Sonne lagen oder Klebstoff schnüffelten. Ich wusste, was ich tat. Sie boten mir Scheine an. Jeden Tag arbeitete ich – abwaschen, den Hof fegen – bis zum Ende der Trauerfeierlichkeiten. Und es regnete Scheine.

Ich nahm ein Taxi: Djibril. Seine Dreads reichten ihm jetzt bis zum Po.

»Wo willst du hin?«

»Zum Friedhof.«

»Mein Beileid.«

»Danke«, antwortete ich.

»Wer ist gestorben?«

»Willst du ihn auferwecken?«

»Kann man in diesem Land nicht mal eine einfache Frage stellen?«

»Kann man in diesem Land nicht mal ein Taxi nehmen, ohne das Gefühl zu haben, bei einem Verhör zu sein?«

Djibril wurde wütend:

»Du spielst hier den Zuaven, wo es doch Kinder in deinem Alter waren, die das Land befreit haben.«

»Und du bist immer noch Taxifahrer, obwohl Lumumba in deinem Alter schon Premierminister war.«

»Es eilt ja nicht, *one love*.«

Auf dem Friedhof hatten sich mindestens zehn Familien versammelt, um einen der ihren zu beerdigen. Ich schaute mich um und hängte mich an die, die zu Hause eine Gelddruckmaschine oder eine Schlange zu haben schienen. Später speisten wir wie bei einer Hochzeit. Am nächsten Tag erledigte ich meine Arbeit. Ich sammelte die Flaschen ein und stellte sie in eine Ecke. Und wieder regnete es Geld.

48

Ein Forschungsreisender auf einem Friedhof

Sanza genehmigte sich einen Saft mit Schuss.

Den sechsten oder siebten für heute.

Am Vortag hatten sie dreißig zusätzliche Löcher gegraben.

Ein Zusammenprall von einem Bus und einem Tanklaster.

Es gab viele Tote zu beklagen.

So war es immer im Dezember, dem besten Monat für Opfergaben.

Die Leute rasten wie verrückt.

Es gab mehr Unfälle.

Das Telefon klingelte. Es war Dodo, ein Freund von Sanza. Er gab nicht auf, das Pickelgesicht hob ab:

»Wo bist du?«

»Sprich, Junge.«

»Ein Notfall … Ein Herr möchte dich um jeden Preis treffen.«

»Kann das nicht bis morgen warten?«

»Es kann nicht warten. Er ist völlig außer sich. Er weint …«

Dodo flüsterte:

»Er bietet Geld. Das kann sich lohnen.«

»Ich bin im Café. Bring ihn her …«

Ihr werdet es nicht glauben. Eine halbe Stunde später betrat mein Freund Dodo das Lokal, gefolgt von Magellan. Sein Bauch war noch dicker geworden. Für jemanden, der zur Oberschicht von Katanga gehörte, schien der Typ wirklich in Schwierigkeiten zu stecken. Er war schmutzig. Seine Kleider. Seine Schuhe. Sein nur nachlässig übergestreiftes Hemd. Ein ziemlich gewagter Bart bedeckte mittlerweile sein Kinn. Er hatte eine Geschichte, dieser Bart. Ein Überrest aus dem ersten und zweiten Shaba-Krieg, an denen der ehemalige Grundschullehrer teilgenommen hatte. Mit noch nicht einmal zwanzig Jahren hatte er nach dem Abitur seine Geburtsstadt Kolwezi im Südosten des Landes verlassen, um sich den katangesischen Rebellen der Front national de libération du Congo anzuschließen, die von Angola aus operierte und von einem zairischen General befehligt wurde. Zaire, das die angolanischen Rebellen der FNLA und der UNITA unterstützte, wurde zur Vergeltung von den sezessionistischen katangesischen Rebellen angegriffen, die der angolanischen Regierung unterstanden. Der Konflikt weitete sich aus. Jeder kämpfte gegen jeden. Die Zairer wurden unterstützt von Frankreich, Belgien, China, den Vereinigten Staaten, Sudan, Marokko … Die Katangeser der FLNC wurden von Angola, Kuba, der Sowjetunion und der DDR ausgerüstet. Als Magellan und seine Kollegen Katanga angriffen und die Stadt Kolwezi einnahmen, ließ die Fremdenlegion nicht lange auf sich warten. Traurige Bilanz, mindestens achtzig Weiße und zweihundert Afrikaner wurden getötet. Magellan fiel den französischen Soldaten in die Hände. Nach seiner Freilassung sprang er in den ersten Zug und wechselte in Lubumbashi in den Schuldienst, ohne sich von seinem dichten Bart zu trennen.

Großes Erstaunen bei Magellan. Er hatte nicht mit dem Pickelgesicht als Friedhofswärter gerechnet.

»Du hier?«

»Ich … ich arbeite.«

Bestürzt machte Magellan auf dem Absatz kehrt. Er entfernte sich schwankend.

»Was wollte er, Dodo?«

»Blut ...«

»Hast du ihm nicht gesagt, dass das hier keine Schlachterei ist?«

»Er wollte nicht auf mich hören. Dann hat er gesagt, dass er zu allem bereit sei, um dieses Bedürfnis zu stillen, und da dachte ich, du würdest deine Meinung vielleicht ändern.«

49

Das *Streitgespräch* von April 88

Das Thema des Tages: die Erfindung des Durchschnittszairers. Die Gäste erörterten die mögliche, und mitunter rasante, Entstehung einer Mittelschicht in der Republik Zaire. Talentierte Redner. Alle besaßen ein großes Mundwerk und die nötige Schlagfertigkeit. Kabuya, ein Mann in reifen Jahren. Ehemaliger Universitätsprofessor. Brillante Forschungen in der UdSSR und in Ostdeutschland. Doktorarbeiten in angewandten Wirtschaftswissenschaften, Konfliktmanagement und Arbeitssoziologie. Offiziell verheiratet und Vater von vier Kindern, das jüngste gerade sechs Jahre alt. Liebhaber von Malerei und Operngesang. Seine Argumentation, um die Bergbauregion Katanga aus dem »herrschenden identitären und sozialen Stillstand« (seine Worte) zu befreien, baute auf die vorgezogene Verstaatlichung der Union Minière und auf die Förderung der gemeinschaftlichen Potenziale.

Der zweite Teilnehmer war ein Mann, den man in der Provinz Katanga nicht mehr vorstellen musste, Singa Boumbou. Sein Credo: die radikale Umverteilung der Menschen und Güter. Man hätte ihn auf fünfundvierzig geschätzt. Höchstens fünfzig. Im blauen Anzug. Er stand einer Versammlung mit zweitausend Mitgliedern vor. Seine Kirche namens Des Ewigen Nackte Ankunft (abgekürzt DNA) befürwortete eine komplette soziale Erneuerung. »Nichts gehört niemandem, alles gehört allen« war das Leitmotiv. Seine Gläubigen bildeten eine physische und materielle Gütergemeinschaft: Fahrräder, Autos, Wohnungen … Du konntest spontan und ohne Bescheid zu sagen das Hemd eines Kirchenmitglieds leihen oder die Nacht in seinem Bett mit seinem Mann oder seiner Frau verbringen. Die Anhänger der DNA teilten alles. Sie hatten keine Geheimnisse. Sie hielten sich für das auserwählte Volk. Der Sonntagsgottesdienst stand explizit auch Nicht-Gläubigen offen. Durch eine Umkleidekabine gelangte man in den Messraum. Du kamst, legtest deine Kleider ab und gingst mit den anderen beten.

Das Streitgespräch war die beliebteste Sendung der Provinz. Die Teilnehmer gingen in die Annalen der glorreichen Geschichte Katangas ein. Nach der Sendung veränderte sich ihr Leben. Sie wurden vergöttert. In den Bars zahlte man ihre Getränke. In den Restaurants wurden sie bevorzugt behandelt. Im Mambo de la fête wurden sie mit dem Tanz der Teufel empfangen. Die Bierbrauunternehmen schenkten ihnen Autos und mehrere Kästen Bier für die Feiern am Ende des Jahres. Sobald sie sich auf die Straße trauten, verlangten die Leute Fotos und Autogramme. Die kühnsten und verrücktesten Groupies folgten ihnen überallhin.

Laut einer vertrauenswürdigen Untersuchung des *Grand Katanga*, einer beliebten Tageszeitung, stand von allen Einwohnern der Provinz die Hälfte auf der Warteliste der Sendung, achtzig Prozent der Bevölkerung waren bereit, einen Sohn oder eine Tochter mit einem ehemaligen Teilnehmer der Sendung zu verheiraten, 78 Prozent schlossen nicht aus, mit einer Kandidatin oder einem Kandidaten der Sendung in die Flitterwochen zu fahren, 69 Prozent gaben an, sich mindestens zweimal in einen der Redner verliebt zu haben, 96 Prozent fanden es ungerecht, dass die Sendung von der UNESCO nicht zum Weltkulturerbe erklärt worden war, 74 Prozent waren bereit, den Rest des Lebens mit einem neuen Kandidaten der Sendung zu verbringen, während 47 Prozent überhaupt nicht einverstanden waren, dass unsere Sendung von ausländischen Fernsehsendern übertragen wurde.

Auf einem Beistelltisch Wasser, Obst, eine Kiste Bier, Brot und ein Stück Käse. Die Teilnehmer des *Streitgesprächs* durften zwischendurch die Toilette aufsuchen. Die Sanitäranlagen befanden sich absichtlich in einiger Entfernung zum Sendungsraum. Das Ganze erforderte mindestens eine Viertelstunde. Der allein im Studio verbliebene Teilnehmer nutzte die Abwesenheit seines Kollegen, um seinen Standpunkt zu veranschaulichen, die Sympathien der Zuschauer zu wecken und sich beliebt zu machen. Das Studio vor Ende der Sendung zu verlassen wurde als Feigheit verstanden. Also setzten die Gäste ihr Duell fort, auch wenn sie sich dabei in die Hosen pissten.

DER PROPHET: Ich habe Sie jetzt eine gute halbe Stunde sprechen lassen. Wir müssen mit gutem Beispiel vorangehen. Sie haben rund zwanzigmal den Begriff Kommunismus verwendet, Sie müssen lernen, die Dinge, die Sie propagieren, auch praktisch umzusetzen.

DER EMERITIERTE PROFESSOR *(ehemals am Institut für Slawistik und Germanistik der Universität, wie er bei jeder Wortmeldung anmerkt)*: Sie müssen lernen, sich zu mäßigen. Vom Alter her könnte ich Ihr Vater sein.

DER PROPHET: Da kann ich nur lachen.

DER EMERITIERTE PROFESSOR: Sie sind Afrikaner, aus Katanga. Eine afrikanische Weisheit lautet: Erst wenn der Vater seinen Teller geleert hat, kann der Sohn den Tisch abräumen.

DER PROPHET: Eine andere afrikanische Weisheit besagt: Die Eltern dürfen nicht alleine essen, wenn Kinder da sind. Lassen Sie mich ausreden.

DER EMERITIERTE PROFESSOR: Seit einem halben Jahrhundert bewege ich mich im akademischen Milieu. Was …

DER PROPHET: Ich bin nicht Ihr Student. Sie scheinen vergessen zu haben, dass wir in einer Sendung von *Radio Télévision Katangaise* sitzen, einer Sendung, die alle zu Wort kommen lässt, ungeachtet ihrer Religion, ihrer sexuellen Orientierung, ihres Alters, ihrer ethnischen Zugehörigkeit … Sie täten gut daran, nicht Ihren Status auszunutzen. Ich sorge für zweitausend Seelen. Kommen Sie mal runter von Ihrem hohen Ross, Genosse.

DER EMERITIERTE PROFESSOR: Ah, der Herr will mir Manieren beibringen.

Der emeritierte Professor vom Institut für Slawistik und Germanistik der Universität hielt nicht bis zum Ende der Sendung durch. Er hatte den Fehler gemacht, gleich zu Beginn des *Streitgesprächs* eine Karaffe Wasser in sich hineinzuschütten, und konnte nicht mehr stillsitzen. Der Prophet blieb alleine auf der Bühne zurück.

»Wenn ich durch die Straßen von Katanga laufe, blutet mir das Herz. Jeder köchelt sein eigenes Süppchen. Für sich und seine Lieben. Wir teilen nicht genug. Wir brüsten uns damit, in Gold, Kupfer, Diamanten und Malachit zu baden, aber am Monatsende sieht es mager aus. Gehen Sie durch diese Stadt, und Sie werden dem Propheten der Kirche der DNA zustimmen, dass die Zäune überhandgenommen haben.«

Er atmete tief ein. »Wo war ich gleich? Wir begegnen uns nicht mehr wie früher. Es ist traurig anzusehen, was aus der Provinz geworden ist. Wir überlassen die Armen und anderen Bedürftigen ihrem elenden Schicksal. Und das, obwohl eine

Welt, die auf der kompletten, aber gewaltfreien gemeinsamen Nutzung aufbaut, uns aus Jahren der Einsamkeit und Melancholie befreien würde. Andererseits bedienen sich die Leute in den Staatskassen, weil sie Angst vor morgen haben. Angst, in Armut zu sterben. Ihren Kindern ein Nichts zu hinterlassen. Wenn der Besitz eines Bewohners der Besitz der ganzen Region ist und umgekehrt, erschließt sich mir nicht, warum der Minister der Provinz sich in den Staatskassen bedienen kann. Wir, meine Kirche und ich, setzen auf ein kollektives Schicksal. Wir machen alles gemeinsam. Wir leben, ohne uns den Kopf zu zerbrechen. Niemand steht höher als der andere.« Der Seelenhirte stand auf, gelöst und heiter vor Aufrichtigkeit. »Die Kleider und Socken, die ich trage, wurden mir von meinen Anhängern geliehen. Jeder kommt auf seine Kosten. Sogar in intimen Dingen. Bei uns herrscht weder Polygamie noch Monogamie, sondern eine Sexualität im Einklang mit den menschlichen Werten und den Vorlieben und dem Streben jedes Einzelnen. Die direkten Folgen sind ein Ende der Eifersucht, der Heuchelei und anderer Unaufrichtigkeiten. Katanga …

ich bin ein neuer Mensch geworden
heute und jetzt
und mein Haus gehört euch
meine Jacke gehört euch
meine Schuhe sind auch eure Schuhe
komm, meine Tür steht dir offen
komm, tanz mit uns
und koste ohne Hemmungen
die kleinen Freuden eines fruchtbaren Lebens«

Der Professor tauchte nie wieder auf, und die Sendung endete ohne ein Ergebnis.

50

Der Tod des portugiesischen Forschungsreisenden

Der Friedhof ist das wahre Barometer einer Stadt. Wenn man einen Kindheitsfreund aus den Augen verloren hatte, konnte man einfach ein paar Runden auf der Grand-Place drehen, um ihn wiederzutreffen. Man wartete dort ein, zwei, drei Tage, spätestens nach einer Woche sah man den Kerl, wie er gerade eine der angrenzenden Straßen überquerte, oder man traf Leute, die ihn kannten und einem sagen konnten, in welcher Straße er wohnte. Falls der Typ nicht aufkreuzte, bestand noch die Möglichkeit, ihn auf dem Friedhof zu erwischen. Die Leute kamen dorthin, wenn ein Verwandter oder auch ein Freund oder Bekannter von ihnen gegangen war.

Seit ich auf dem Friedhof der Union Minière arbeitete, gehörten Wiedersehen zu meinem Alltag. Ich traf dort Leute, die ich seit Jahren nicht mehr gesehen hatte. Zwischen Tränen und Erstaunen fanden sie immer ein bisschen Zeit und ließen ein paar Münzen springen.

Einmal im Dezember parkten vor dem Eingang des Friedhofs ein paar brandneue Schlitten. Die Visagen kamen mir bekannt vor. Schulkameraden aus der Zeit am Gymnasium … Alle, oder fast alle, hatten Bauch angesetzt. Mit der grassierenden Privatisierung der Union Minière waren die Leute an strategisch gute Posten in den kleinen Fabriken gelangt, die in der ganzen Provinz wie Pilze aus dem Boden schossen. Niemand sprach mit mir. Ich kam von selbst darauf, dass es sich bei dem Verstorbenen um einen ehemaligen Schulfreund oder Lehrer handeln musste, dem sie die letzte Ehre erweisen wollten.

»Sanza!«

Jemand rief nach mir. Ich drehte mich um: der Weiße.

Er hatte immer noch dieses kindliche Gesicht.

»Sanza, bist du's wirklich!«

»Ich fasse es nicht, der Weiße«, antwortete ich, ohne ein Zeichen von Euphorie.

»Was ist aus dir geworden?«

»Ich habe so mein Auskommen.«

»Das kann man wohl sagen.«

»Wer ist gestorben?«

»Magellan …«

»Ich habe ihn erst letzten Monat getroffen.«

»Wusstest du es nicht?«

»Wie hätte ich es denn erfahren sollen?«

»Also …«

»Ich arbeite hier.«

Der Weiße, sichtlich schockiert:

»Du arbeitest jetzt auf dem Friedhof? Nicht dein Ernst, Sanza, so tief kannst du nicht gesunken sein.«

»Ich bin für die Logistik zuständig. Ich überwache das Ausheben der Gräber«, sagte ich, und versuchte, meinem Job einen Wert zu geben.

»Du bist eine Schande für deine Eltern. Du gehörst nicht hierher …«

Er sprach über meine Eltern, als würde er sie kennen. Es lag keine Verachtung in seinem Blick, eher eine Art Mitleid. Ich versuchte zu relativieren:

»Jedem das Schicksal, das er verdient …«

»Nein, Sanza«, sagte er. »Du warst uns allen einen Riesenschritt voraus. Die Türen, alle Türen der Welt standen dir offen.«

»Pass auf …«

»Nein, Sanza, das ist doch kein Leben.«

Der Weiße hatte vielleicht nicht ganz unrecht. Ich war unter einem guten Stern geboren. Im Gegensatz zu ihm, der in der Vorstadt aufgewachsen war, bis sein Vater ihn rauswarf, hatte ich Zugang zu den Privilegien der Stadt. Ohne große Anstrengungen konnte ich die Bibliotheken besuchen … Meine Zukunft war deutlich gesicherter als seine. Wir führten ein angenehmes Leben. Mir war ein Posten in der Union Minière nach Studienabschluss zugesichert worden. Mein Vater plante außerdem, mich an der Fakultät für Geologie einzuschreiben, um einen Ingenieur aus mir zu machen. Durch meinen Umgang mit Molakisi hatten sich meine Bestrebungen in Luft aufgelöst.

Der Weiße starrte mich an, erstaunt über mein Elend:

»Als du von der Bildfläche verschwunden bist, dachte ich, du wärst nach Europa gegangen oder würdest in Kinshasa im Ministerialkabinett arbeiten.«

»Nein, mein Freund. Ich begrabe die Toten, ich begrabe auch dich …«, antwortete ich scherzhaft. »Wie bist du …«

»Reines Glück, mein Freund, reines Glück.«

Ich wechselte das Gesprächsthema:

»Magellan?«

»Trauriger Tod. Schaust du keine Nachrichten?«

»Du hast nicht zufällig eine Münze übrig?«

Der Weiße kramte in seinen Taschen herum und zog einen Zwanzig-Zaire-Schein – wir waren zwar schon im Kongo, benutzten aber immer noch die Währung der alten Republik.

Seine knapp bemessene Großzügigkeit überraschte mich

nicht. Die Reichsten waren immer die Geizigsten. Sie wurden erst großzügig, wenn sie eine Schlange oder eine Meerjungfrau im Haus hatten. Schmutziges Geld zwingt seine Besitzer zur Großzügigkeit. Man musste beharrlich sein, um ihnen einen Extraschein zu entlocken. Sie gaben dir ungültige Telefonnummern, sagten Verabredungen in letzter Sekunde ab und ließen dich für einen Hungerlohn durch die halbe Stadt rennen. Wenn sie dich ins Mamou Nationale oder zu Gianni l'Italien einluden und dir alle möglichen Weine und Speisen kredenzten, entließen sie dich am Ende ohne einen einzigen Centime.

Der Weiße erzählte mir, was Magellan zugestoßen war.

Von heute auf morgen war er ohne ersichtlichen Grund aus dem Schuldienst ausgeschieden. Er war über Nacht reich geworden. Die Zeit vor, während und kurz nach dem Krieg ist der beste Moment, um sich satt zu fressen. Die Waffenhändler verdoppeln, ja verzehnfachen ihren Umsatz. Ausländische Söldner melden sich aus dem Ruhestand zurück. Die ewigen Verlierer – zumindest die, die es verstehen, das Glück beim Schopfe zu packen – gelangen zu Wohlstand. Die Nachkriegszeit folgt der gleichen Logik. Im allgemeinen Chaos wird getrickst, intrigiert und geschachert. Magellan konnte die Herablassung der neuen Emporkömmlinge, die sich auf der Tanzfläche im Mambo tummelten, anscheinend nicht länger ertragen. Er hatte Singa Boumbou konsultiert. Der Hexenmeister zeigte mit dem Finger auf ihn:

»Sie wollen reich werden? Oder soll ich lieber das Rathaus verschwinden lassen?«

»Ja, ich will.«

»Dann erkläre ich Sie hiermit für reich.«

Magellan zahlte ein paar Münzen und gab dem Mann eine Flasche Champagner.

Der Hexenmeister musterte ihn von oben bis unten:

»Es gibt eine kleine Bedingung. Der Kerl, von dem Sie meine Adresse haben, hat Sie doch sicher über die Modalitäten informiert.«

»Mir wurde gesagt, ich müsste …«

»Was ist Ihr Lieblingsessen?«

»Stockfisch.«

»Bis auf Widerruf rühren Sie keinen Stockfisch mehr an. Die zweite Bedingung ist noch wichtiger. Sie sagten, Sie arbeiten an einem Gymnasium?«

»Ja …«

»Wenn das so ist, werden Sie durchhalten. Es verlangt nur ein kleines bisschen Organisation.«

»Ja, ich höre, Singa Boumbou.«

»Ab sofort dürfen Sie sonntags nicht mehr schlafen.«

»Was Sie verlangen, ist machbar. Dann werde ich mich eben tagsüber hinlegen. Das ist es allemal wert für ein Leben à la George Soros.«

»Er ist nicht Kunde bei uns …«

»Kennen Sie ihn?«

Singa Boumbou zuckte mit den Schultern. Er gab ihm eine Flasche. In ihrem Inneren befand sich eine kleine Wurzel:

»Falls Sie ein leeres Zimmer haben, stellen Sie sie dort hinein, notfalls tut es auch ein Dachboden. Mit etwas Wasser. Gehen Sie nach drei Wochen zurück in den Raum. Der Anblick wird Ihnen Angst machen. Verlieren Sie nicht den Verstand. Im Zimmer wird sich ein Körper befinden. Statt einer Schlange, die meiner Meinung nach nicht unbedingt das romantischste aller Tiere ist, hielt ich es für das Beste, Ihnen eine Meerjungfrau zu geben.«

Magellan schwitzte.

Der Hexenmeister, der durch einen Spiegel von der Größe eines Bügeleisens blickte:

»Rothaarig?«

»Wie bitte?«

»Ich besitze drei Meerjungfrauen. Eine davon ist rothaarig, eine Weiße, um genau zu sein. Mögen Sie Weiße?«

MAGELLAN *(atmet aus, perplex)*: Ich kenne keine.

SINGA BOUMBOU *(ohne auf seine Antwort zu achten)*: Keine kongolesische Frau hat rotes Haar. Die zweite hat den Vorteil eines üppigen Busens. Die dritte sieht so umwerfend aus wie die Miss World 1982.

MAGELLAN: Verstehe …

SINGA BOUMBOU: Ihre Wahl?

MAGELLAN: Die mit dem üppigen Busen …

SINGA BOUMBOU: Die Afrikanerin?

MAGELLAN: Ja. Die Afrikanerin oder die Rothaarige, Hauptsache, mein Leben wird besser …

SINGA BOUMBOU: Nur keine Eile. Nicht, dass Sie mit einer Frau zusammenleben, die Sie langweilt.

MAGELLAN: Kann ich doch lieber die erste haben?

SINGA BOUMBOU: Sind Sie sich ganz sicher?

MAGELLAN: Die Afrikanerin.

SINGA BOUMBOU: Es gibt zwei davon. Welche von beiden meinen Sie?

MAGELLAN: Die mit dem üppigen Busen … nein, die Weiße … oder lieber …

Einen Monat später war Magellan einer der reichsten Männer der Provinz Katanga. Wie es das irrationale Geld verlangte, begann Magellan, Spenden an Kirchen, Schulen, Universitäten et cetera zu verteilen. Anfangs war die Meerjungfrau noch gehorsam. Nach ein paar Monaten obsiegte die Eifersucht.

»Warum lässt du mich alleine zu Hause? Bin ich nicht schön genug, um dich auf deinen Spritztouren zu begleiten?«

Magellan rief sie zur Ordnung.

»Du weißt ganz genau, dass das nicht geht.«

»Aber Liebling«, beschwerte sie sich, »ist es dir etwa peinlich?«

Dieser Satz brachte Magellans Kopf zum Überkochen. Er zitterte vor Wut.

»Pass auf, Kleine, ich bin nicht dein Freund.«

Eine Träne kullerte aus dem linken Auge der Nixe.

»Das heißt, trotz allem, was ich dir biete, bin ich einfach nur irgendjemand für dich?«

MAGELLAN *(sich zusammenreißend)*: So habe ich das nicht gemeint.

DIE MEERJUNGFRAU: Verbringst du trotzdem noch die Abende mit mir? Wie wär's mit einem Abend in der Woche?

MAGELLAN *(schüchtern)*: Ja, das könnte ich versuchen, Prinzessin, Prinzessin meines Herzens.

Aber wenn man die Taschen voll hat, ist man für gewöhnlich immer auf dem Sprung. Vor allem in Katanga. Hier ein paar Biere mit Freunden. Dort eine kleine Reise nach Südafrika zum Geburtstag eines Neffen. Man war schließlich der Patenonkel und musste an allen einschlägigen Feiern teilnehmen. Diverse Rumba- und Salsakonzerte. Spontane Partys im Mambo de la fête. Längere Aufenthalte in Kinshasa. Exzessives Ausgehen in den blauen, unzensierten Nächten von Kamalondo.

Magellan versuchte, Zeit zu finden für seine Meerjungfrau. Doch die Zeit ließ sich nicht mehr blicken. Stell dir vor, dir stünden jeden Tag zehntausend Dollar zur Verfügung, würdest du etwa zu Hause hocken, im Afrika von Klebstoff und Tanz der Teufel? Die Meerjungfrau von Magellan spuckte am Tag zwanzigtausend Dollar aus, manchmal sogar noch unvorstellbarere Summen. Mehr als die gesamten Erlöse der Union Minière. Zwischenzeitlich war Magellan in ein Haus im Zentrum umgezogen, nicht weit von dieser Katastrophe von einem Postgebäude entfernt. Er hatte ein Objekt erworben und ließ es abreißen, um dort ein mehrstöckiges Haus zu bauen. Das war auch nötig, denn die Meerjungfrau hatte ihm von der ersten Zahlung an verboten, das Geld auf der Ex-Banque du Zaire zu deponieren.

Die Monate vergingen, Magellan kaufte Abbaugenehmigungen. Er heiratete sogar und ließ sich zwei Tage später wieder scheiden. Seiner Prinzessin gefiel das alles gar nicht. Sie jammerte und jammerte.

DIE MEERJUNGFRAU: Wir waren uns doch einig darüber, dass du ein bisschen mehr Zeit mit mir verbringen wirst.

MAGELLAN: Verzeih mir, mein Liebling, du Frau meines Lebens.

DIE MEERJUNGFRAU: Die Frau deines Lebens, die du nicht in der Öffentlichkeit zeigst?

MAGELLAN *(diplomatisch)*: Du weißt doch, dass das nicht geht.

DIE MEERJUNGFRAU: Dann verbring Zeit mit mir. *(Und weiter:)* Wir könnten auch heimlich Ausflüge machen …

(Viele Monate später) DIE MEERJUNGFRAU: Ich habe Durst, Magellan. Und du bist zum reichsten Mann in Katanga aufgestiegen. Ich möchte, dass du mir jeden Tag fünf Bier bringst.

Magellan bekam einen Lachkrampf.

»Kein Problem, wird gemacht.«

Jeden Tag brachte er seiner Angebeteten fünf Flaschen Bier.

DIE MEERJUNGFRAU: Fünf Flaschen sind nicht genug. Ich will zehn.

MAGELLAN *(lachend)*: Sogar fünfzig Flaschen pro Tag, du Frau meines Lebens.

DIE MEERJUNGFRAU *(noch einmal)*: Magellan, ich will dir nicht zu nahe treten. Ich mag Bier, aber Rotwein hilft mir, aus dem Alltag auszubrechen. Vom Bier bekomme ich Verstopfung, und drehe mich im Kreis, während Rotwein mir hilft, mich in die Büsche zu schlagen und den Strand wiederzusehen. Ich bin ein Kind des Wassers, das musst du mir zugestehen.

MAGELLAN *(mit dem Gesichtsausdruck eines Kellners aus dem Mambo, der sich mit einem Kunden männlichen Geschlechts streitet)*: Gar kein Problem, meine Herzallerliebste.

DIE MEERJUNGFRAU: Zwanzig Flaschen Rotwein.

Magellan erfüllte ihre Wünsche.

»Magellan«, rebellierte sie wieder, »Blut, aber kein Schafsblut oder das von irgendeinem Insekt. Schließlich ist das, was ich dir gebe, wertvoller als alles auf der Welt. Und außerdem hast du selbst gesagt, dass du alles für mich tun würdest, weil ich dein Leben zum Besseren gewendet habe.«

Magellan richtete es ein, Blut aus den örtlichen Krankenhäusern zu besorgen.

DIE MEERJUNGFRAU: Magellan, das Blut, das ich trinke, ist völlig geschmack- und geruchlos. Aber das Blut von jemandem, der in den letzten zwei Monaten gestorben ist, wäre genau das Richtige.

MAGELLAN: Du weißt genau, dass das nicht geht …

DIE MEERJUNGFRAU: Wenn das nicht geht, solltest du dir Gedanken über deine Beerdigung machen. Ihr Männer denkt wohl, ihr könntet uns Meerjungfrauen für dumm verkaufen. Wenn du einen Pakt mit einer Meerjungfrau eingehst, wird sie immer siegen!

Magellan gab sich alle Mühe. Er war mager geworden. Er soff

ohne hinzuschauen. Er aß kaum noch. Ging nicht mal mehr ins Mambo. Auf den Feiern der Weißen und der Minen-Bourgeoisie von Katanga ward er nicht mehr gesehen.

Niemand wusste, was mit ihm los war. Da er sich im Nachtleben der Stadt nicht mehr blicken ließ, dachten wir, er wäre auf Reisen. Dann, eines Tages, wurde seine Leiche im Pool entdeckt. Magellan hatte sich ertränkt. Angeblich.

Was war mit der Meerjungfrau? Niemand wusste es. Es hieß, ein Polizeiinspektor hätte seine Beziehungen genutzt und die Tierfrau mitgehen lassen.

51

Der Mann, der mit Stühlen, Wänden und seiner eigenen Brille redete: unnötiges Geschwätz oder ein Wahnsinnsgezeter?

»Dein Vater schickt mich.«

»Wie bitte?«

»Es geht ihm nicht gut.«

»Ich kann es nicht ändern …«

Manchmal träumst du nachts von jemandem und triffst die Person am nächsten Tag auf der Straße. In meinem Traum begleitete ich die Glucke und Franziskus zum Flughafen. Am nächsten Tag klopfte es um 13 Uhr an meiner Tür. Ich wunderte mich, da ich niemanden erwartete. Die Glucke, elegant wie immer und mit Schmuck behängt wie ein Weihnachtsbaum, stand vor mir. Der Überraschungseffekt schränkte meine Reaktionsfähigkeit ein. Wenn ich gewusst hätte, dass sie vorbeikommen würde, hätte ich mir genau überlegt, wie ich sie willkommen heiße. Ich hätte mir einen Stock, kochendes Wasser, ein Messer oder sogar eine lange Brandrede zurechtgelegt. Vielleicht auch einen Strauß Blumen. Nach dem Krieg verändern sich die Menschen. Vor allem, wenn man jahrelang Klebstoff schnüffeln und die Freuden eines Lebens auf der Straße genießen konnte, hat man eine Kröte im Kopf und sieht die Welt aus einer anderen Warte, einschließlich der Menschen, Tiere und Pflanzen, die sie bevölkern. Wer weiß? Vielleicht hätte ich sie wie eine Prinzessin empfangen. Mit einem guten Reisgericht. Einer Flasche Rotwein.

Der Friedhof hatte meiner Männlichkeit zugesetzt. Meine Hütte stand gleich am Eingang. Ich hatte eine unbezahlbare Sicht auf die Gräber. Noch einen Monat nach meiner Einstellung litt ich unter den Folgeerscheinungen der Post. Ich hatte eine unkontrollierbare Wut auf die ganze Welt. Ich musste mir zwischen den Kreuzen die Beine vertreten, um meine Wut zu besänftigen. Auf diesen improvisierten Streifzügen verglich ich manchmal die Gräber miteinander und zog Rückschlüsse daraus. Bei zwei benachbarten Kreuzen konnte man feststellen, dass die eine Person mit nur achtzehn Monaten und die andere mit achtundneunzig Jahren gestorben war. Anhand welcher Kriterien muss jemand so früh sterben? Ohne gelebt zu haben, ohne Klebstoff geschnüffelt, Bier gezischt, Geld verprasst und sich zum Tanz der Teufel bewegt zu haben? Auf welcher Grundlage kann jemand so alt wie Noah werden und andere nicht? Manchmal, wenn ich durch die Gräber streifte, dachte ich an Todesursachen oder malte sie mir aus. Außerdem waren manche Gräber immer sauber und geschmückt. Andere vernachlässigt, mit Unkraut überwuchert. Manche Familien besuchten ihre Lieben fünf, zehn oder fünfzehn Jahre später noch. Ich glaube, das war es, was mich dazu brachte, die Dinge in die Hand zu nehmen. Die Stadtverwaltung verkaufte Grabstellen, ohne auf einen Belegungsplan zu achten. Die Leute beerdigten ihre Angehörigen irgendwie und irgendwo und erinnerten sich nicht mehr, wo sich das Grab befand, wenn sie Monate später wiederkamen. Ich hatte mir Hefte besorgt und erstellte ein Verzeichnis der Gräber nach dem Alter des Verstorbenen, dem Anfangsbuchstaben des Namens, dem Geburtszeitraum, vor oder nach der Kolonialisierung, und sogar nach den Spezialeffekten. Auf manche Gräber legte die Familie Dinge aus dem Berufsleben des Verstorbenen: einen Soldatenhelm, einen Hammer … Wer das Grab eines Verwandten nicht mehr fand, rannte zu mir, und ich wusste immer, wo und wie ich helfen konnte.

Am Tag, an dem die Glucke an meine Tür klopfte, hatte ich das hunderttausendste Grab in mein Verzeichnis aufgenommen.

»Wie gesagt, schickt mich dein Vater.«

»Und du kennst meinen Vatcr?«

»Wir sind in Zaire!«

»Was will er von mir?«

»Er möchte mit dir reden …«

»Er weiß, wo er mich finden kann.«

»Sein Gesundheitszustand erlaubt es ihm nicht. Eines Morgens ist er aufgewacht und hat mit den Wänden, den Stühlen, den Pflanzen und dem Fernsehgerät gesprochen. Er redet und schreibt viel.«

»Und wenn ich ablehne? Er hat über die Jahre Berge von Zeug angehäuft, und jetzt fängt er an …«

»Du kannst nicht ablehnen!«

»Warum?«

»Weil wir in Zaire sind!«

»Ich kenne dich gut. Du hast immer eine Idee …«

Die Glucke senkte den Kopf. Ich hatte Mitleid mit ihr. Ich nickte zustimmend.

»Wo steht deine Karre?«

Sie stammelte.

»Welche Farbe?«

»Rot.«

Aus meinem ganzen Körper sprach, gegen meinen Willen,

ein Rest von dominanter Männlichkeit. Ich ging vorweg. Sie holte mich ein, öffnete die Autotür. Während der Fahrt redeten wir kaum. Ich hing meinen Träumen nach. Sie wahrscheinlich ihren. Nur ein paar oberflächliche Sätze, um das Schweigen zu brechen.

»Es ist heiß.«

»Dieser Staub ist unerträglich.«

»Wird *Das Streitgespräch* immer noch übertragen?«

»Hast du keinen Fernseher?«

»Das macht dumm.«

»Dabei bist du …«

Als wir an der Post vorbeifuhren, wurde mir schlecht. Das Gebäude war noch zehntausendmal hässlicher als zuvor. Und das ist noch untertrieben. Die Farben der Demokratischen Republik Kongo, Blau und Gelb, von der Sonne und der Sintflut ausgeblichen, machten die Sache gefährlich für die Augen. Du schaust dir die Fassade des Bauwerks eine Stunde an und gehst mit einer Augenentzündung nach Hause. Gleichzeitig stiegen Erinnerungen in mir auf: Ngungi, Magellan, Monsieur Guillaume …

Wir hatten das Auto schräg gegenüber der Psychiatrischen Klinik von Lubumbashi geparkt. Im Hof das reinste Chaos. Mein Vater erkannte mich gleich wieder.

»Du kommst mich besuchen.«

»Ja, Vater.«

Er stand schwerfällig aus seinem Schaukelstuhl auf, sammelte eifrig die im ganzen Zimmer verteilten Zettel mit seiner Handschrift auf. Er übergab sie mir. Setzte sich dann wieder hin. Verfiel in einen Halbschlaf. Er hatte mich schon vergessen.

»Papa?«

»Wie heißt du?«

Eilig verließ ich das Zimmer und rannte in alle Richtungen davon.

52

Die Offenbarung des Geldes: wo man alles über die Bedeutung von Geld bei Kriegsende erfährt

Das Pickelgesicht eilte nach Kamalondo. Seine Kleider blähten sich im Abendwind. Große, unförmige Wolken zogen vorbei. Jagten sich vergeblich, bevor sie sich in Sekundenbruchteilen paarten und den Himmel mit einer phosphoreszierenden Flüssigkeit überzogen. Es war Freitag. Die Leute kamen aus der Moschee. Ein unglaubliches Gedränge.

Er erreichte Molakisis Tür und klopfte zwei-, drei-, viermal. Eine Dame mittleren Alters erschien in der Tür.

»Tata Mobokoli?«

»Du möchtest …«

»Ich suche Tata Mobokoli.«

»Ich bin die neue Mieterin.«

»Seit wann?«

»Was soll dieses Verhör? Du kommst zu mir nach Hause und stellst mir Fragen!«

»Seit wann?«

»Wovon redest du?«

»Von Mama Mobokoli.«

»Zwei Jahre. Bist du enttäuscht, dass jetzt wir hier wohnen?«

»Lass mich in Ruhe!«

Sanza war einfach zu stolz. Dieser Typ hatte keinen Respekt

vor seinen Mitmenschen. Hinter seiner netten Fassade war er ein kleiner zukünftiger Diktator. Als er zur Bande dazugestoßen war, hatte er wochenlang mit verdeckten Karten gespielt, bevor er es nicht mehr ausgehalten hatte. Aus seiner Haut kann man nicht heraus.

Sie schlug ihm die Tür vor der Nase zu.

Sanza steuerte das Nachbarhaus an. Auf dem Grundstück standen dicht an dicht sieben Behausungen. Überall rannten Kinder herum.

Er musste schnell jemanden finden, der ihm die Geheimnisse seiner gequälten Seele enthüllte. Er wusste nicht, wie ihm geschah. Sein Schädel platzte fast.

»Tata Mobokoli?«

»Was willst du von ihm?«

»Ich bin ein Freund von Molakisi.«

»Du warst bei seiner Beerdigung, oder?«

»Ich bin wegen der Eltern hier.«

»Ah, die Bolivianer!«

»Ich verstehe nicht ganz …«

»Sie leben jetzt in La Paz.«

»Machst du Witze?«

»Du brauchst mir ja nicht zu glauben.«

Der Mann meinte es ernst. Er sah nicht aus wie jemand, der es mit dem Klebstoff oder dem Maniokikör übertrieb, der überall in der Provinz verkauft wurde.

Sanza war verblüfft:

»Wie soll das gehen? Arme Teufel wie sie stehen nicht eines Morgens auf und wandern nach Lateinamerika aus!«

Er fühlte sich, als wäre er im falschen Zug. Mit seinem vorläufigen Tod auf dem Friedhof der Union Minière hatte er aus den Augen verloren, dass Zaire, Kongo oder Kongo-Zaire – je nachdem –, Angola und viele andere Länder während eines Kriegs oder kurz danach zu Ländern des Glücks, des Lupemba, des Geldes werden. Man kann am Abend als armer Teufel ins Bett gehen, als ärmster Teufel der Welt, und am nächsten Morgen als Minister oder Kriminalinspektor oder sogar als bevollmächtigter Botschafter der Republik Zaire in Nordkorea oder dem Königreich Belgien aufwachen. Das war die einzige Möglichkeit dieses Landes, allen seinen Kindern eine Chance zu geben, selbst denen, die auf dem Holzweg waren, allen die Türen zum Reichtum zu öffnen, selbst denen, die nicht aus wohlhabenden Familien stammten oder sich durch jahrelanges Schulschwänzen ins Abseits manövriert hatten. In diesem Land des Glücks, des schmutzigen Geldes und des sauberen Geldes, des Tanzes der Teufel, war alles möglich, solange noch etwas Leben in einem steckte. Wenn alle, angefangen von der Union Minière über den Staat, die Kirche bis zur Kernfamilie, Trübsal bliesen, wenn sie alle eine dicke Kröte im Kopf hatten, stand der Boulevard des Geldes den Mutigsten offen, denn Geld ist wie Glück, es braucht Mut, um es zu kriegen und zu behalten, ganz egal, auf welchen Wegen es zu einem kommt: Krieg, Schlange, Meerjungfrau, Minen, Arbeit, Glück …

Sanza kehrte schleppenden Schritts ins Stadtzentrum zurück. Die Gemeinde Kamalondo kochte. In einem fröhlichen Chaos reihte sich eine Freiluft-Bar an die nächste. Nach einem Tag in der Mine oder bei irgendeiner anderen Schinderei feierten die Einwohner das Leben mit einem Simba oder einem Tembo, den beiden beliebtesten Bieren der Provinz, und stürzten sich um jeden Preis ins Vergnügen, bis ihr Glück, ihr Lupemba, ihre Chance kam und sie die Welt der armen Teufel hinter sich lassen konnten … Vor jeder Bar standen große Lautsprecherboxen, aus denen sich dieselben Rumba-Töne in die nächtliche Landschaft voller Schaulustiger, Gehupe, Scheinwerfer von Karren und Mopeds ergossen. Als er über die Gleise stieg und in die morbide Einsamkeit des Stadtzentrums vordrang, hörte er in der Ferne noch ein Lied mit den gleichbedeutenden Namen *Mbongo, L'Argent* oder *Das Geld,* meisterhaft interpretiert von Djo Mpoyi. Sanza wollte zurück zur Post. Er schaute an sich herunter und merkte, dass er längst ein Veteran war, der zurück in die Schule der Straße wollte. Zudem bestand die Gefahr, beim Anblick des grauenvollen Bauwerks einen Schlaganfall zu erleiden. Tausend Gedanken in seinem Kopf, tausend Gedanken in seiner Cabeza …

Er beschloss, nach Kamalondo zurückzukehren, ins Mambo de la fête. Der Krieg verändert die Sitten. Der Krieg rückt die Zähler auf null und alle Sachen an ihren Platz. Der Krieg zerstört oder ersetzt ein Chaos durch ein anderes, noch deprimierenderes. Das Mambo trug noch denselben Namen, aber es konnten nicht mehr alle einfach hinein. Türsteher mit Knüppeln wiesen die armen Teufel ab, die es versuchten. Dicke Karren und sogar eine Limousine rollten langsam über die Avenue. Neureiche, Generäle der Armee, trotz der atemberaubenden Hitze in Pelzmänteln, um etwaige Zahnlose und ihre Freunde daran zu erinnern, dass nun sie an der Macht waren, stillten hinter der Glasfront ihren Durst und lachten lauthals …

Geld ist eine ernste Angelegenheit, vor allem in einer Provinz, wo zum Bankrott der Union Minière noch ein Krieg kommt: Der Graben zwischen den armen Teufeln und den frischgebackenen Reichen war größer geworden. Sanza erkannte seine Stadt nicht mehr, seine schöne Stadt entglitt ihm. Zum ersten Mal in seinem Leben hatte er schreckliche Lust, sich die Taschen vollzustopfen.

53

Die fabelhafte Welt des Franz Baumgartner oder wie man ein zairischer Schriftsteller wird

Glück ist das Einzige, was zählt im Leben.

Der Siegeszug der Rebellen löste in der ganzen Republik eine überstürzte Flucht aus – die nicht als solche bezeichnet wurde. Halbleere Frachter landeten in den großen Städten und flogen vollbesetzt wieder ab. Im Hafen Ngobila warteten ganze Familien darauf, den Fluss zu überqueren, um in die Vororte von Brazzaville im benachbarten Kongo zu flüchten. In Kasumbalesa, an der Grenze zwischen Zaire und Sambia, eine endlose Autoschlange. Alle wollten ihre Haut retten. Die Botschaften, zuvorderst die von Frankreich, Belgien und den USA, riefen ihre Staatsangehörigen wiederholt zur Evakuierung auf. Nur die armen Teufel, also alle, die kein Ticket ergattern konnten, blieben zurück und deckten sich mit Wasser und Lebensmitteln ein, um auf die Rebellen zu warten. Die österreichische Botschaft höchstpersönlich kümmerte sich um Franziskus.

»Sie sollten das Land verlassen.«

»Ich habe inzwischen die zairische Staatsangehörigkeit angenommen.«

»Das spielt keine Rolle. Sie sind gebürtiger Österreicher …«

»Ich werde trotzdem nicht fliehen.«

»Sie sollten zurückkommen …«

Franz weigerte sich, in ein Flugzeug zu steigen. Er war der einzige Weiße, der sich nicht aus dem Staub gemacht hatte. Sein Verhalten überraschte viele Menschen in Lubumbashi. Wenn er durch die Straßen ging, applaudierten die Leute, zu Tränen gerührt von diesem Akt der Solidarität, sie beglückwünschten ihn und luden ihn zum Zechen oder auf eine Partie Karten ins Mambo ein, während seine Erscheinung im öffentlichen Raum sie vor wenigen Monaten noch völlig kaltgelassen hatte.

Kurz nach dem Krieg wurde er nicht weit vom Mambo von der neuen Armee angehalten. Der Soldat war etwa ein Drittel so alt wie er.

»Deine Papiere.«

Er reichte ihm seinen Pass.

»Machen Sie Witze?«

»Das ist mein Pass …«

Der junge Soldat war sichtlich verwirrt und machte ein Gesicht wie jemand, der gerade seinen Zug verpasst hat und einen Flug bekommen muss:

»Aber Sie sind weiß!«

»Ich weiß …«

Der Soldat drehte und wendete das Dokument, versuchte, den Namen zu entziffern, betrachtete prüfend das Foto:

»Sie sind weiß, Sie haben den Namen eines Weißen, und Sie haben einen Pass aus diesem Land …«

»Ich habe es eilig, mach es kurz, Kleiner.«

Darauf reagierten die Kindersoldaten allergisch. Die meisten hassten es, für Kinder gehalten zu werden. Sie wurden cholerisch, wenn jemand laut wurde, sich weigerte oder ihre mitunter exzessiven Eingriffe in die Privatsphäre boykottierte.

Ohne Umschweife zogen sie ihre Waffen.

»Weißt du eigentlich, wen du vor dir hast? Wir haben dich von der Mobutu-Diktatur befreit, und du wagst es, mich unter Druck zu setzen!«

»Beeil dich, ich muss los. Du siehst doch …«

Wollte dich damals ein Polizist oder ein Soldat drankriegen, fand er immer einen Weg. Wütend befühlte der Junge den Pass. Er suchte einen Anlass, Franz festzunehmen, der ungeduldig von einem Fuß auf den anderen trat. Das Gesicht des Mannes erhellte sich:

»Sie sind hiermit verhaftet! Sie haben keine Berechtigung, sich in diesem Land aufzuhalten.«

»Aber Sie sehen doch, dass der Pass auf meinen Namen ausgestellt ist …«

Der Soldat schaltete einen Gang runter:

»Und Sie sehen doch, dass er von der Republik Zaire ausgestellt wurde.«

»Ja und?«

»Zaire existiert nicht mehr. Mobutu ist schon seit zwei Monaten weg, und falls Sie das noch nicht mitbekommen haben, das Land hat bereits seinen Namen geändert.«

»Der neue Pass ist noch nicht eingeführt, das wissen Sie.«

»Das ist nicht mein Problem. Ich bin nur ein einfacher Soldat. Wir sind hier im Kongo, und Sie laufen mit einem zairischen Pass herum.«

»Was soll der Unfug? Die zairische Währung ist auch noch in Gebrauch. Sie lehnen einen zairischen Pass ab, aber Sie nehmen zairisches Geld!«

Der Kindersoldat freute sich, dass Franziskus in seine Falle getappt war, und sagte mit leiser Stimme:

»Ein kleiner, aber bedeutsamer Unterschied, mein Herr. Geld lehnt man nicht ab …«

Franz wurde noch am selben Abend in ein Verlies im Stadtzentrum gebracht.

Die Gefängniswärter bekamen Franz' Wut zu spüren.

»Ich will ein Bett, saubere Laken und ein Fernsehgerät. Und wenn wir schon dabei sind, auch noch eine Zelle für mich allein.«

Seine Mitinsassen und sogar die Wärter lachten, bis sie sich auf dem Boden wälzten.

»Das ist hier kein Vier-Sterne-Hotel.«

»Hotelzimmer gibt's nicht gratis …«

»Der Herr wird frech!«

Er weigerte sich sogar, das traditionelle Gefängnisgericht zu essen: Reis mit Bohnen, in einem Topf gekocht, ohne Zucker, ohne Salz, erst recht ohne Palmöl. Nach knapp einer Woche, in der ihm niemand Honig ums Maul geschmiert hatte, schlief er wie seine Schicksalsgefährten auf dem blanken Boden. Schließlich brach er sein Schweigen.

»Papier und einen Stift«, rief er einem Wachmann zu.

»Papier und einen Stift?«, gab der Mann erstaunt zurück.

»Genau das habe ich gerade gesagt.«

»Sind Sie neuerdings Schriftsteller?«, fragte der Mann amüsiert, ohne ihn für voll zu nehmen.

»Ja, bin ich.«

»Da schau an! Gestern wollten Sie ein Bett, heute Papier, und was ist morgen dran? Wenn das so weitergeht, fordern Sie als Nächstes noch eine Nähmaschine!«

Der Wachmann rannte los, um seinen Kollegen von Franz' neuester Laune zu berichten. Schallendes Gelächter aus der Ferne. Nach nicht einmal einer Stunde kam er mit ein paar Zetteln zurück. Franz setzte sich hin und begann fieberhaft loszukritzeln. Ganz Angola schnellte wie ein Bumerang zurück in sein Gehirn. Er war atemlos, schwitzte, lachte und miaute wie ein Kätzchen, als hätte er einen Fluss im Bauch, die Augen zur Decke gerichtet wie die Madonna, wenn sie von ihren ersten Jahren in Lunda Norte erzählte.

54

Erzbischof Mukandila, von seinen Schäfchen auch genannt: der Prophet der Nationen, Mann nach dem Willen des Herrn, Sonderberichterstatter des Heiligen Geistes bei den Afrikanern (und den Zairern im Besonderen), Pfeiler des Evangeliums in Zentralafrika, Nachfahre Abrahams, Isaaks und Jakobs, geweihter Evangelist, dreizehnter Apostel, letzter afrikanischer Prophet, Sämann der fröhlichen Botschaft, Abwehrer von Nachtehefrauen und Nachtehemännern

Nach einer Wartezeit von einer Dreiviertelstunde kam ein junger, hochaufgeschossener Mann, wahrscheinlich von seiner Leibgarde, zu Sanza. Er gab dem Pickelgesicht ein Zeichen. Um ins Büro des Erzbischofs zu gelangen, durchquerten sie vier Korridore, die mit Plakaten für die Evangelisierungs- und Erlösungskampagne tapeziert waren. Auf jedem dieser Plakate thronte der Geistliche im weißen Hemd mit hochgekrempelten Ärmeln und roter Krawatte. Schweiß bedeckte sein Gesicht, wie bei jemandem, der sich sehr anstrengt. In seiner linken Hand hielt der Mann ein Mikro. Die rechte war in den Himmel gestreckt. Im Hintergrund eine Masse von Gläubigen, die ihn anbeteten. Das Foto war sicher in einem Stadion bei einem Gottesdienst aufgenommen worden. Zwischen zwei Plakaten hingen je zwei Fotos derselben Person, einer seiner zahlreichen Gläubigen oder ein Wundergeheilter. Auf dem linken Foto die

Person in Schwarz-Weiß vor der Heilung. In schmutzige Lumpen gehüllt. Die Augen zu Boden gerichtet. Die Haare ungekämmt. Trauermiene. Auf Krücken, auf einer Bahre oder in einem Rollstuhl. Der Fotograf rückte die Krankheit, die Behinderung oder die Verzweiflung des Gläubigen ins Zentrum.

Auf dem rechten Foto war in Farbe dieselbe Person zu sehen, wahrscheinlich nach der Erlösungszeremonie. In einem Zustand der Glückseligkeit. Aufrecht stehend, die Beine fest auf dem Boden wie ein Karateka, um der Welt zu beweisen, dass sie tatsächlich geheilt war. Das rechte Foto war mit einer Bildunterschrift versehen, die die Art der Erlösung beschrieb. Beim Betrachten der Fotos erfuhr man, dass der Erzbischof Mukandila die Schlafkrankheit heilte, familiäre Flüche abwendete, Nachtehemänner und andere Nachtehefrauen abwehrte, die Dämonen der Ehelosigkeit vertrieb, Alzheimer linderte, Lepra behandelte, Ehen kittete, selbst wenn das Paar seit zehn Jahren in Trennung lebte, Hexerei unschädlich machte …

Der junge Mann zog sich zurück, nachdem er dem Erzbischof etwas ins Ohr geflüstert hatte.

»Ich empfange nur mit Termin. Man hat mir gesagt, dass Sie da seien. Wir versuchen, unsere Willkommenskultur zu verbessern, auch wenn wir sehr ausgelastet sind. In diesem Land, und das wissen Sie so gut wie ich, leidet das Volk. Und damit meine ich nicht das materielle Leid, das es in allen Gesellschaften gibt. Ich spiele auf die spirituellen Gefahren an. Wir versuchen, unserer Mission gerecht zu werden.«

Er bat Sanza, sich zu setzen. Die Worte kamen sorgfältig abgewogen und verpackt aus seinem Mund. Der Erzbischof wählte sie mit Bedacht. Er bemühte sich, jedem seiner Sätze einen Sinn zu geben. Fast wäre Sanza aufgestanden und gegangen. Der Mann vor ihm verkörperte die Wandlung. Molakisis Französisch war nicht besonders gut gewesen. Er verwendete falsche Konjugationen und grammatikalische Konstruktionen. Wenn er sprach, suchte er nach Wörtern, und wenn er sie nicht fand, wurde er wütend. Der Mann vor ihm wies keine dieser Lücken auf. Außerdem schien er um zwanzig Jahre gealtert. Eine strahlende Halbglatze zierte seinen Kopf. Ein kleiner Bauch wölbte sich unter seinem Hemd. Wieder einmal wurde Sanza bewusst, wie wichtig es war, gut zu verdienen. Geld repariert Unansehnlichkeit oder macht sie kleiner. Molakisi war ein schöner Mann geworden. Seine Nase war breiter als früher. Seine weit aufgerissenen Augen, das Gespött der Schule, machten ihn nun umso attraktiver. Seine dicken Arme und dieser Brustkorb eines Schimpansen, von der Wölbung seines Bauchs ausgeglichen, unterstrichen seinen Charme. Keine Spur von übertriebener Männlichkeit. Der Molakisi, der bedacht sprach, war nicht der, der sich mit nacktem Oberkörper mit sechs Personen prügelte, immer ein Messer in der Tasche hatte, fluchte, auf dem Boden schlief …

Im Vergleich zu ihm schien Sanza von einem anderen Planeten zu stammen. Er hatte sich seit drei Tagen nicht gewaschen. Er war von Kopf bis Fuß mit Staub bedeckt. Ihm fiel auf, dass er ein verschlissenes Hemd und eine zerknitterte, vergilbte, viel zu große Hose trug. Als wäre das nicht genug, war Sanza weiter geschrumpft und hatte seine magere Statur aus der Schule behalten. Er wirkte weder alt noch jung. Man hätte ihm jedes Alter geben können. Er hatte den Eindruck, hundert Jahre alt zu sein, obwohl er noch nicht einmal ein Vierteljahrhundert hinter sich hatte.

Molakisi schaute ihn nicht an. Er starrte zur Decke, als würde er die Vergangenheit seines Freundes auf einem unsichtbaren Bildschirm ablesen.

»Bruder im Herrn«, sprach er ihn an, »ich sehe Ihr Leid. Sie hatten eine glückliche Kindheit. Eltern bei der Union Minière, die sich den Rücken krumm schufteten, damit Sie zur Schule gehen konnten. Umsonst … Wegen der Dämonen, die seit Jahrhunderten Ihre Ahnenfolge belasten, gelingt es Ihnen nicht, ein geordnetes Leben zu führen. Diese Dämonen haben alle Schleusen geschlossen. Reichtum, Gesundheit, den Stand der Ehe … Unter diesen Bedingungen kann keine Bewerbung Erfolg haben. Keine sicheren Zukunftsaussichten. Was ich sehe, Bruder, ist ein abstoßendes Leben voller Fallstricke. Der Herr öffnet die Himmelstore und lässt seine Segnung niedergehen, aber sie kommt nicht bei Ihnen an, weil sie von Ihren Angehörigen abgelenkt wird.«

Sanza verzog das Gesicht. Erinnerungen strömten durch seinen Kopf. Er konnte sich ein Lächeln nicht verkneifen. Aber der Erzbischof setzte seine Prophezeiungen fort:

»Sie sind unschuldig, wissen Sie das? Sie ernten, was Ihre Vorfahren gesät haben, der Fluch erstreckt sich bis auf die vierte Generation. Ich schlage Ihnen eine Komplett-Erneuerung vor. Wir müssen alles entsperren: die Finanzen, die Liebe, die Gesundheit …«

Er blätterte in einem Kalender auf seinem Tisch.

»Freitagvormittag?«

»Freitag?«

Molakisi feierlich:

»Sie kommen am Freitag um 10 Uhr und beten für Ihre Erlösung. Wir wollen Sie ja nicht hungern lassen. Ihr gesundheitlicher Zustand ist nicht sehr gut. Ist es Ihnen möglich, sich mit hundert Dollar am Werk des Herrn zu beteiligen? Kommen Sie mit dieser kleinen Summe wieder. Diese Summe ist nichts gegen das, was Sie an Reichtum erwartet. Wir werden alle Türen aufsperren, und Sie werden ein bedeutender Mann. Können Sie mir folgen?«

»Molakisi?«

Sanza hing seinen Erinnerungen nach und wusste nicht, wie das Wort seinen Mund verlassen hatte.

Molakisi zuckte zusammen, musterte ihn:

»Erinnert Sie mein Gesicht an jemanden?«

»Bist du nicht Molakisi? Aus der Gemeinde Kamalondo?«

Er nahm seine Brille ab. Er durchsuchte seine Erinnerungen nach Sanza. Dieser Spitzname Molakisi wurde in seinen Gedanken nach oben gespült wie Abfall, der von Wellen an Land getragen wird. Er hatte nicht damit gerechnet, dass sein Name in Kolwezi auftauchen würde, wo er keinerlei Verbindung zu Menschen aus Lubumbashi unterhielt, wo alle ihn für seine Erlösungskampagnen kannten, wo er als Erzbischof respektiert und gefeiert war, wo seine Auftritte regelmäßig zu Staus führten.

»Waren wir als Kinder befreundet? Oder auf dem Gymnasium?«

»Sanza …«

Verstört schlug er dreimal heftig auf den Tisch.

Im Flur rannte jemand herbei. Es war der junge Mann, der für die Einhaltung des Protokolls zuständig war.

»Sie haben nach mir verlangt, Hochwürden?«

Um ihn zu beruhigen, stellte Molakisi dem jungen Mann Sanza vor:

»Das ist Sanza, der älteste Sohn eines engen Freundes. Ich habe ihn seit Jahren nicht gesehen, und sein Besuch berührt mich zutiefst. Ich habe ihn aufwachsen sehen … Er hat mit meinem Sohn gespielt, der nun in den Vereinigten Staaten lebt.«

Molakisi war ein Schuft erster Güte. Sanza war nicht mehr sein jüngerer Bruder. Jetzt gab er ihm das Alter seiner Kinder.

Sicherlich frei erfundener Kinder. Nach dem Krieg bastelten die Leute sich einen neuen Lebenslauf, vor allem diejenigen, die oft die Region wechselten. Die meisten waren nicht gerade zimperlich. Sie änderten ihre ganze Vergangenheit.

»Sie können gehen.«

Nachdem der junge Mann die Tür hinter sich geschlossen hatte, erhob sich Molakisi mithilfe einer Krücke. Nun fiel Sanza auf, dass sein rechtes Bein bis zum Knie amputiert war. Er stürzte sich auf ihn. Molakisi schloss ihn in die Arme und drückte ihn so fest, dass er fast erstickte.

»Ich dachte, du wärst in Lunda Norte ums Leben gekommen.«

»Ich dachte, du wärst an der Front gefallen.«

»In Angola oder an der Front, das ist doch dasselbe.«

»Ein Unfall?«

Molakisi setzte sich wieder. Die Frage war unpassend. Von allen Zairern, die im Angola-Krieg auf Antipersonenminen getreten waren, hatten nur die Glücklichsten bloß eine Gliedmaße verloren.

Molakisi, ärgerlich:

»Warum bist du zu mir gekommen? Wie hast du mich gefunden? Dabei bin ich doch tot …«

»Hör zu, Molakisi.«

»Ich bin nicht mehr Molakisi. Ich bin tot. Ihr habt mich beerdigt.«

»Ob tot oder nicht, es geht ums Geschäft.«

Energisch wehrte Molakisi ab:

»Als ich beschloss zu sterben, meinen eigenen Tod zu inszenieren, wollte ich mit Lubumbashi nichts mehr zu tun haben. Ich habe mir ein Leben aufgebaut. Ich verdiene gut, eure Geschichten …«

»Hast du Angst? Es geht um eine Maschine. Solide, zuverlässige Typen. Ich habe es ausprobiert ... Ich versuche, eine Finanzierung aufzutreiben. Stell dir vor, eine Dollar-Maschine ...«

Sobald das Wort im Raum stand, hellte sich Molakisis Gesicht auf. Sanza zog einen Zehn-Dollar-Schein aus der Tasche. Molakisi riss ihn ihm aus der Hand, setzte sich wieder hin, befühlte den Schein, drehte und wendete ihn, roch an ihm:

»Auf deine Tricks falle ich nicht herein, aber Geld lehnt man nicht ab.«

Die Kadenz

(ein Knast-Gedicht)

der Platz vor der Post
ein Auffangbecken
geborstener Träume
träge Bälger
pennen
Blick in den Himmel
Mund offen
die Augenlider
vom Klebstoff feuerrot
in ihren Träumen
Ozean weißglühender Bilder
tanzen sie
bis ihre Wirbelsäule bricht
den Tanz der Teufel
den Tanz aller, die das Geld verachten
das Geld zur Tür hinauswerfen
das Geld zum Fenster hinauswerfen
ins Klo
und in den Gully
Bälger, Bälger
sie tanzen und tanzen
den wunderbaren Tanz der Teufel

Anmerkung des Autors

Seit ihrer Gründung hat die Demokratische Republik Kongo, auch bekannt als Kongo-Kinshasa oder DR Kongo, immer wieder neue Namen bekommen. Zaire ist der Name, der den Erlebnissen der Figuren und der Atmosphäre dieses Romans am besten entspricht. Die Jahre des Mobutu-Regimes waren Jahre der Utopien, Träume, Phantastereien und anderer unkontrollierter Wünsche nach sozialem Aufstieg, dem Streben nach schnellem Geld und der Schändung der Orte politischer Macht. Zu diesen Phänomenen gehören die Einwanderung von Zairern nach Angola während des Bürgerkriegs, ungeachtet der aus Zeiten der Kolonisation geerbten Grenzen, als ob das Land keine eigenen Diamanten hätte, und die Besetzung öffentlicher Plätze durch Straßenkinder, *les enfants du dehors*. Ihnen allen widme ich diesen Roman.

Dies hier ist auch eine Gelegenheit, meine Schulden zu begleichen. Ein Augenzwinkern an meine Lektorin Lise Belperron für ihre Geduld und ihre große Beobachtungsgabe; an die Freunde Sayaka Osaki und Filip de Boeck, die in zahlreichen Gesprächen die Figur der Madonna haben wachsen lassen; an Ana Lanzas und Didier de Lannoy, die seit der ersten Fassung an diesen Text geglaubt haben; an Jean Bofane und Marc de Gouvenain – die wissen, warum.

Diese Seiten wurden oft in der Nacht geschrieben, zu südafrikanischem Jazz – Dudu Pukwana, Mongezi Feza, Johnny

Dyani, Pinise Saul, Chris McGregor, Masekela – und zairischer Rumba – Papa Wemba, Tabu Ley, Camille Feruzi, Wendo Kolosoy … Dieser Roman ist auch der Roman dieser Musiker.

Fiston Mwanza Mujila

TRAM 83

Roman

Aus dem Französischen von
Katharina Meyer und Lena Müller

208 Seiten. Zsolnay 2016

Eine heruntergekommene afrikanische Großstadt, wer hierher kommt, hat ein Ziel: Geld zu machen, egal wie. Das *Tram 83* ist der einzige Nachtclub der Stadt, sein pulsierendes Zentrum. Verlierer und Gewinner, Profiteure und Prostituierte, Ex-Kindersoldaten und Studenten, sie alle treffen in dieser Höhle aufeinander, um zu essen, zu tanzen, um sich zu betrinken und sich zu vergessen. Hier, an diesem von Kriegen und Korruption gezeichneten Ort treffen sich auch zwei ungleiche Freunde wieder: Lucien, der Schriftsteller, findet auf der Flucht vor Erpressung und Zensur Schutz bei Requiem, der sich durch das Leben gaunert. Rhythmisch und rau erzählt Fiston Mwanza Mujila ihre Geschichte, mit einem beeindruckenden Drive, der an die Musik von John Coltrane erinnert.

»Ein grandioser erster Roman, der uns mit einem gnadenlos verrohten Leben konfrontiert. Mit großer Präzision wird eine Welt ohne Empathie und Ethos evoziert, in der Werte wie Nächstenliebe, Respekt oder Barmherzigkeit ersetzt werden durch Wörter wie Silber, Kupfer, Barium oder Zinn … Ein einzigartiger Debütroman.«
Helmut Schödel, *Süddeutsche Zeitung*

»*Tram 83* ist von Mujilas Liebe zur Musik durchtränkt. Mit einem scharfen Blick auf das, was sich in der Lebenswirklichkeit seines Landes abspielt, zugleich aber stets literarisch gedacht.«
Florian Balke, *Frankfurter Allgemeine Zeitung*